Angela Gilges schrieb mit 14 ihre ersten Kurzgeschichten, ging dann aber nach Wien, um dort Schauspiel zu studieren. Sie spielte am Wiener Burgtheater und folgte Peter Zadek ans Berliner Ensemble. Nach dem Theater arbeitete sie im Zoo als Vogel- und Affenpflegerin. Seit 2011 widmet sie sich ganz dem Schreiben.

Angela Gilges

ICH GEHÖRE IHM

Nach dem gleichnamigen Drehbuch
von Angela Gilges und Ruth Olshan

Oetinger Taschenbuch

MIX
Papier aus verantwortungsvollen Quellen
FSC® C014496

1. Auflage 2019

Poppenbütteler Chaussee 53, 22397 Hamburg
Februar 2019

Covergestaltung: Unimak
Druck: GGP Media GmbH,
Karl-Marx-Str. 24, 07381 Pößneck, Deutschland
ISBN 978-3-8415-0571-2

www.oetinger-taschenbuch.de

Für all die Unsichtbaren

Ich will nicht sterben.

In meinem Kopf ist kein Platz mehr für einen anderen Gedanken. Nur dieser eine Satz, in Endlosschleife.

Ich will nicht sterben.

Ich will nicht sterben.

Ich will nicht sterben.

Unter mir ist es kalt. Der Boden vibriert, wir müssen sehr schnell fahren. Autobahn. Es fühlt sich an wie eine Ewigkeit, aber ich habe in der Dunkelheit jedes Zeitgefühl verloren. Vielleicht sind es erst ein paar Minuten …

Wie viele Mädchen sind vor mir in dieser Dunkelheit gefangen gewesen?

Ich darf den Verstand nicht verlieren. Ich weiß nicht mehr, was tun. Ich habe alles probiert. Habe mir meine Fingernägel an der Tür abgebrochen. Habe dagegengehämmert, getreten. Mich mit dem ganzen Körper dagegengeworfen. Geschrien wie eine Wahnsinnige. Es hat nichts genützt. Man muss mich doch gehört haben. Aber es ist nichts passiert.

Die Dunkelheit, das Rattern der Autobahn, die Kälte, meine Angst. Wohin bringen sie mich? Was werden sie mit mir machen, wenn wir ankommen? Warum hab ich das nicht kommen sehen? Warum bin ich so dumm? So unglaublich dumm?

Bitte.

Bitte.

Ich will nicht sterben.

Ich glaube an keinen Gott, trotzdem flehe ich ihn an.

Bitte, lieber Gott.

Lass mich nicht sterben!

Caro

1. Teil

Hunderteinundzwanzig Tage vorher

1

Es ist der Sommer meiner Unsichtbarkeit.

Ich war nie eines dieser Mädchen, die besonders viel Aufmerksamkeit auf sich ziehen. Ich bin weder besonders hübsch noch besonders schlagfertig. Ich würde sagen, ich bin so ziemliches Mittelmaß. Mittelblond, mittelgroß, mittelschlank. Abgesehen von meinen Brüsten. Die sind airbaggroß. Rückenschmerzengroß. Weggucker, keine Hingucker. Wenn ich das Geld hätte, ich würde sie sofort verkleinern lassen. Aber ich habe ja noch nicht mal das Geld für ein anständiges Handy. Und meine Eltern kann ich nicht fragen, mit Eltern kann man nicht über die eigenen Brüste reden, eher könnte ich den Papst deswegen anschreiben.

Trotz oder vielleicht auch grade wegen meiner Airbag-Brüste bin ich es eigentlich gewohnt, aufmerksamkeitstechnisch in der zweiten Reihe zu stehen. Aber dass ich seit diesem Sommer richtiggehend unsichtbar bin, irritiert mich dann doch.

Seitdem Paps sich mit seiner Werkstatt selbstständig gemacht hat, sind meine Eltern nämlich nur noch wandelnde Taschenrechner: nichts als Zahlen in ihren Köpfen. Die Hypothek für unser Haus muss bezahlt werden, die Miete für die Werkstatt, die Dienstwagen, die paar Tischler, die mit Paps in der Werkstatt arbeiten – und wir drei Kinder: Jonas, Greta und ich. Gestern ist zu allem Übel noch die Spülmaschine kaputtgegangen. Bei Paps nicht vorhandenem Techniktalent müssen wir uns hundertpro eine neue kaufen. Eigentlich wollte ich vorsichtig wegen einem neuen Handy anklopfen, das kann ich jetzt mal schön vergessen.

Mum glaubt ernsthaft, dass sie den ganzen Geldstress gut vor uns Kindern versteckt hält. Dabei sind wir in den Sommerferien schon wieder nicht in Urlaub gefahren. Mittlerweile glaubt selbst meine kleine Schwester Greta nicht mehr, dass wir nur wegen der Meerschweinchen zu Hause geblieben sind.

Greta geht jetzt in die zweite Klasse und hat eine ganze Clique pferdeverrückter Nervensägen gefunden. Für Gretas neue Freundinnen bin ich pferdemeidende Jugendliche natürlich viel zu uncool: Alles, was größer als ein Labrador ist, versetzt mich an den Rand eines Herzstillstands, und so bin ich bestenfalls die dumme Babysitterin, wenn Mum und Paps abends mal wegmüssen.

Okay, und dann ist da natürlich noch mein älterer Bruder Jonas, der jetzt ein »Nicht betreten!«-Schild an seiner Tür hat. Der hat sowieso nur seine Computerspiele im Kopf und lässt maximal seinen besten Kumpel Tom ins Zimmer, mit dem er zusammen zockt.

Sie sind beide eine Stufe über mir, und Tom ist der lässigste Junge, den ich kenne. Er spielt auch Basketball, so wie ich, und wenn er nebenan bei Jonas im Zimmer ist, setzt mein Hirn in regelmäßigen Abständen aus.

Ich hab mir schon tausendmal überlegt, wie ich ihn wohl ansprechen könnte. So zufällig vorm Bad oder in der Küche. Aber dann trau ich mich doch nicht. Wäre sowieso sinnlos – Tom sieht mich natürlich auch nicht. Tom sieht nur Chrissy. Die geht – leider! – mit mir und Lara in eine Stufe, und wir spielen alle drei im gleichen Basketballteam *(würg)*.

Chrissy wäre bestimmt Schulballkönigin, würde es bei uns so einen Quatsch geben. Auch für Chrissy bin ich meistens Luft – ich wünschte nur, es wäre immer so. Manchmal schaut sie mich mit einem Blick an, so eine Art abgeturntes Mitleid, dass ich am liebsten mit der Wandtapete verschmelzen würde.

Lara ist eigentlich die Einzige, die mich wirklich kennt. Seit der dritten Klasse sind wir allerbeste Freundinnen. Abgesehen von ihren krassen Locken, ist Lara äußerlich auch eher so der Durchschnittstyp – aber sie ist verdammt loyal, im Gegensatz zu mir richtig schlagfertig und nimmt alles irgendwie herrlich leicht, und deshalb ist das Leben mit ihr einfach tausendmal besser als ohne sie.

Ich versuche mühsam, mein überhitztes Hirn am Laufen zu halten, obwohl Tom noch in der Halle ist: Es ist nämlich Mittwochnachmittag, Basketballtraining, also eine perfekte Gelegenheit, meine Unsichtbarkeit mal wieder unter Beweis zu stellen.

Die Jungs haben ihr Training eben beendet, unseres beginnt gleich. Als Lara und ich zwei Bälle für die Aufwärmübungen aus dem Geräteraum holen, schreitet niemand anderes als Chrissy aufs Spielfeld. Ich hab keine Ahnung, wie sie das macht, aber bei ihr sieht selbst der zwischen Hüfte und Ellenbogen eingeklemmte Basketball irgendwie sexy aus. Kaum hat Tom sie entdeckt, startet er seinen Angriff aus dem Hinterhalt, pirscht sich an sie heran und klaut ihr genau im richtigen Moment den Ball. Ich wünschte, dass er sich bloß über Chrissys Pose lustig macht – aber leider läuft das wohl eher unter Kampfflirt. Er läuft spielerisch davon, dribbelt ein paarmal cool, grinst Chrissy frech an.

Die macht auf übertrieben empört. »Ey, du spinnst wohl!«, fährt sie ihn an.

»Komm doch und hol ihn dir wieder, wenn du dich traust!« Tom grinst noch einen Grad frecher.

»Na warte …« Chrissy setzt ihren Luxuskörper in Bewegung, rennt quer durch die ganze Halle hinter Tom her und lacht ihr Lachen Marke Meerschweinchen mit Panikattacke.

Lara und ich fangen mit Korblegern an, aber Chrissy und Tom müssen natürlich dazwischenrennen.

Langsam reicht's Lara. »Geht doch zum Knutschen in die Duschen, ihr Spacken!«, pampt sie die beiden gereizt an, woraufhin Chrissy natürlich noch lauter lacht – Meerschweinchen kurz vorm Exitus.

Und dann passiert es. Chrissy schnappt nach dem Ball in Toms Hand, Tom holt aus, wirft den Ball weg und BAMM! Der Ball knallt an meinen offensichtlich aus unsichtbarer Materie bestehenden Hinterkopf.

In meinen Ohren klingelt es, vor meinen Augen tanzen schwarze Punkte, trotzdem hebe ich leicht zittrig den Ball auf, als sich zwischen dem tanzenden Schwarz eine Figur herausschält: Tom. Er nimmt, ohne mich anzuschauen, den Ball aus meiner Hand, murmelt »Danke, Cora«, und verkrümelt sich wieder.

Cora. *Ich heiße Caro!,* will ich ihm hinterherbrüllen. Stattdessen beobachte ich stumm, wie die schwarzen Punkte wieder verschwinden, lausche, wie das Klingeln aufhört in meinen Ohren, und lasse mein Herz am Boden liegen.

»Ich sag dir, da wette ich drauf. Tausend Prozent nimmt der dich! Hunderttausend Prozent!«, sprudelt es neben mir aus Lara hervor. Ich hab wohl kurz nicht aufgepasst, denn ich habe nicht den geringsten Schimmer, wovon sie eigentlich redet.

Von hinten tippt mir jemand auf die Schulter. Für eine millikurze Sekunde springt mein Herz vom Boden auf, hüpft zurück in den Brustkorb und veranstaltet dort einen Breakdance-Contest. Ist das Toms Hand?

Weil er endlich begriffen hat, dass Chrissy eine hohle Nuss ist und ich in Wirklichkeit eine verdammt gut getarnte Traumfrau?

Es ist Herr Yildirim, unser Mathelehrer und Basketballcoach. Mein Herz haut sich für seine Dummheit selbst eins drüber.

Auf Herrn Yildirims Gesicht hat ein merkwürdig stolzes Lächeln Platz genommen. »Na, Caro«, rückt er schließlich seine große Neuigkeit heraus, »was meinst du, willst du unsere neue Kapitänin werden?«

Lara wibbelt neben mir rum und pikst mir mit dem Zeigefinger in die Seite. »Hab ich's gesagt oder hab ich's gesagt?«

Davon hat sie also geredet …

Finja, unsere alte Kapitänin, ist mit ihrer Mutter nach Ostfriesland gezogen – und die Kapitänsstelle wird, so wie's aussieht, jetzt mir angeboten. Wahnsinn, obwohl ich unsichtbar bin!

»Ich?«, frage ich leicht bescheuert.

»Ja, du. Hast du Lust?« Der Yildirim grinst immer noch.

»Ja, klar, warum nicht«, sag ich so locker wie möglich und unterstreiche meine nicht wirklich vorhandene Coolness mit einem Schulterzucken. Muss ja niemand mitbekommen, dass ich verdammt stolz bin, weil der Yildirim ausgerechnet mich fragt.

Aber Herr Yildirim durchschaut meine schlechte

Schauspielerei wohl, denn er lacht laut auf und klopft mir freundschaftlich auf die Schultern.

»Na dann mal los. Zack-zack, haucht euren müden Gliedern ein bisschen Leben ein!« Er klatscht die Mannschaft zusammen.

Lara neben mir macht eine kinoreife Strike-Geste. »Tu doch nicht so cool, glaubt dir sowieso niemand. Jetzt freu dich halt endlich!« Sie grinst breit.

Hm … wo sie recht hat, hat sie recht.

2

Mein frisch erworbener Kapitänsposten muss gefeiert werden, also flüchten wir nach dem Training bei gefühlten fünfzig Grad im Schatten in das klimatisierte Innere eines Fast-Food-Schuppens: Lara, ich und meine zwei überdimensionierten Schweißflecken unter den Achseln. Ich würde am liebsten meinen Hoodie überziehen. Hoodies sind meine Geheimwaffe, zusammen mit nach vorne hängenden Schultern könnten sie auch gleich 55 Prozent meines Brustumfangs verdecken. Aber es ist einfach zu heiß für einen Hoodie heute, Klimaanlage hin oder her.

Wir sind bei meinem Lieblingsthema: Tom. Und ob er und Meerschweinchen-Chrissy wohl ein Paar werden.

Lara hat so viele Pommes im Mund, dass bei ihrer Antwort kleine Stückchen davon über den Tisch fliegen.

»O 'n … Atsch!«, posaunt sie unverständlich.

Ich hebe eine Augenbraue. »Was war das im Mittelteil?«

Lara schluckt.

»So ein Quatsch!«, wiederholt sie. »Bei der Tonlage von Madame kriegt der doch sofort einen Hörsturz, wenn er jemals versucht, sie zu knutschen.«

Ich zucke die Schultern, während ich zugleich verstohlen zum riesigen Spiegel rüberschiele. Unauffällig zuppel ich mein T-Shirt zurecht. Nicht unauffällig genug, Lara entgeht nichts.

»Und wenn du noch so viel an deinem Shirt rumnestelst, kleiner werden die Dinger doch nicht.«

Ich grunze und schieb mir ein paar Pommes rein.

»Kein Wunder, dass Tom mich nicht auf dem Schirm hat. Da ist vor lauter Holz gar keine Hütte mehr da …«, murmle ich, auch wenn ich selbst weiß, dass ich meine Pommes besser in Mayo als in Selbstmitleid ertränken sollte.

»Jetzt hör doch mal auf mit dem Idioten! Das ist ein Kleinkind aus der Zwölften, was willst du denn mit dem? Der rasiert sich doch noch nicht mal.«

»Na klar rasiert der sich«, verteidige ich Toms Bartwürde.

Lara stöhnt entnervt. »Darum geht's nicht. Du musst einfach mal einen richtigen Mann treffen, dann läuft die Kiste schon.«

»Nicht alle stehen auf Opas«, kontere ich.

»Benedict Cumberbatch ist kein Opa, sondern ein Gentleman! Vielleicht der letzte, den es noch gibt!«, echauffiert sich Lara.

»Auf jeden Fall ist er ziemlich verheiratet.«

»Pah, die fress ich zum Frühstück, die Theaterschnickse.« Lara grinst diabolisch und verschlingt den Rest ihres Burgers.

»Dann kannst du ihn ja zusammen mit deiner Mutter klarmachen«, ich grinse zurück und weiche in letzter Sekunde der Pommes aus, die sie prompt nach mir wirft.

»Der läschn … an«, brabbelt Lara, schon wieder mit vollem Mund.

Wieder hebe ich nur fragend eine Augenbraue.

»Der lächelt dich voll an!« Lauter könnte Lara das jetzt nicht durch den Laden gerufen haben. Ich drehe mich extra nicht um zur Kasse, zu der Lara begeistert zeigt.

»Ja, klar, superwitzig.« Ich esse einfach weiter. So leicht gehe ich Lara nicht auf den Leim.

»Jetzt guck doch wenigstens hin!«

Okay. Sie meint es ernst. Ich riskiere einen schnellen Blick zur Kasse.

Was ich da sehe, muss ein Fehler in der Matrix sein.

Mich lächelt tatsächlich ein Junge an. Mich! Und gut sieht er auch noch aus. Glaub ich zumindest. Ich hab mich so schnell wieder weggedreht, dass ich mir schon nicht mehr sicher bin.

»Der muss sich die Kontaktlinsen falsch rum eingesetzt haben«, sage ich leicht verdattert. Eine andere Erklärung finde ich nicht.

»Wirst du grade rot?«, erkundigt sich Lara.

Aargh. Könnte sie nicht wenigstens leiser sprechen!

Ich riskiere einen zweiten Blick zur Kasse. Der Junge schaut nicht mehr her. Er zahlt grade; und anscheinend hat er was Lustiges gesagt, denn die Fast-Food-Tante gluckst ganz beglückt.

Jep. Von der Seite sieht er tatsächlich unverschämt gut aus. Seine dunkelblonden Haare fallen ihm in die Stirn; und im Gesicht trägt er den eindeutigen Beweis dafür, dass er sich bestimmt jeden Tag rasieren könnte, sich aber freiwillig für einen Dreitagebart Marke Jamie Dornan entschieden hat. Sein Körper sieht ziemlich durchtrainiert aus. Überhaupt kann man dieses Wesen an der Kasse nicht mehr Junge nennen, eigentlich ist er schon fast so was, was Lara *einen richtigen Mann* nennen würde, aber noch sehr weit entfernt von dem, was bei mir unter *Opa* fällt. Er schäkert immer noch mit der Kassiererin. Tja, sag ich ja, Fehler in der Matrix, mehr nicht.

Ich fische die letzten Pommes von meinem Teller und tue so, als wäre nichts gewesen. Laras Blick durchbohrt mich.

»Tomate.«

»Jetzt halt doch mal die Klappe!« Mein knallrotes Gesicht leuchtet mir sogar noch aus dem verdammten Spiegel entgegen. Aber Laras Live-Kommentar nervt wirklich.

»Der kommt her.«

»Lara!« Ich könnte ihr an die Gurgel springen, wenn ich nicht am ganzen Körper spüren würde, dass es stimmt. *Er kommt her.* Die Haare in meinem Nacken stellen sich auf. Er schlendert so dicht an mir vorbei, dass ich den Luftzug an meinem Arm spüre.

Und dann geht er einfach weiter, ohne uns auch nur eines Blickes zu würdigen. Na toll. War ja klar.

In dem Moment, als meine Herzfrequenz entscheidet, mal ein paar Gänge runterzuschalten, dreht er sich doch noch zu mir um. Diesmal lächelt er nicht. Er schaut nur.

Die Zeit steht plötzlich still. Mir wird heiß und kalt gleichzeitig; und ich weiß, dass er gerade durch alle Unsicherheiten hindurch, an allen Schweißflecken vorbei, direkt in mein Herz guckt und auf einen Schlag alles sieht. Alles, was ich bin, alles, was ich mir wünsche, alles, was mir Angst macht, alles, wofür ich mich schäme.

Die Zeit läuft weiter. Er dreht sich noch im Gehen wieder weg und steuert den Tisch neben der Eingangstür an. Aber er hat nicht bemerkt, dass im gleichen Moment eine pummelige Zwergenfamilie in den Fast-Food-Laden tritt und ihm die Tür genau in seinen Lauf knallt. Er rasselt dagegen; und sein Tablett mitsamt Burgermenü knallt mit einem ohrenbetäubenden Scheppern zu Boden.

Ich eile ihm zu Hilfe. Das ist keine bewusste Entscheidung, mein Körper tut es einfach. Lara versucht in meinem Rücken relativ erfolglos, sich ihr Lachen zu verkneifen. Es ist mir egal. Ich sammle Pommes und Burgerfetzen vom Boden auf und lege sie auf sein Tablett. Er hebt das Tablett mit einer Hand auf und reicht mir die andere, um mir hochzuhelfen. Zum ersten Mal sehe ich seine Augen richtig. Sie sind grün. Unglaublich grün. Dass ein Mensch so grüne Augen haben kann …

Ich nehme seine Hand. Stehe vom Boden auf. Das Tablett in seiner Linken schwankt leicht, als stünden wir im Wind. Immer noch liegt meine Hand in seiner. Zu lange. Peinlich lang bestimmt. Schnell lasse ich los.

»Das war natürlich Absicht.« Er macht sich über sich selbst lustig. Anscheinend kann auch einem Wesen wie ihm manchmal etwas peinlich sein. Wahnsinn.

»So was passiert mir ständig.« Ich Unsichtbare versuche tatsächlich, den Jamie-Dornan-Gott über seine Peinlichkeit hinwegzutrösten. Lara verschluckt sich beim Versuch, leiser zu kichern.

»Du bist mir gleich aufgefallen.« Er sieht mich unverwandt an, ein Lächeln umspielt seinen Mund. »Ich hätte mich notfalls sogar zum kompletten Vollidioten gemacht, nur damit du einmal herschaust.«

»Na, hast du ja auch.« Lara hat ihre Sprache wiedergefunden, wie immer im falschen Moment.

»Einfach ignorieren, das Hintergrundrauschen.« Ich wedle mit der Hand in Laras Richtung. »Magst du dich zu uns setzen?« Irgendetwas muss von mir Besitz ergriffen haben, denn so etwas würde ich sonst nie im Leben sagen. Nie.

Sein Lächeln wird breiter. Er wirft das zusammengesammelte Essen in den Müll. »Na klar.«

Ich stelle das Hintergrundrauschen als Lara vor und mich als Caro. Das grünäugige Wunder heißt Nick. Wir reden, ich glaube die meiste Zeit über Basketball. Lara plappert wie ein Wasserfall. Dass wir unbesiegt sind in dieser (zugegebenermaßen noch sehr kurzen) Saison. Dass Basketball der beste Sport überhaupt ist. Dass wir meine Kapitänswahl feiern.

Nick wirft mir einen anerkennenden Blick zu. Jungs sind oft nur mäßig begeistert, wenn Mädchen selbst Basketball spielen und nicht bloß als Cheerleader rumhopsen. Aber Nick findet es anscheinend wirklich cool, dass wir in einer Basketballmannschaft sind.

Und dann erzählt Lara tatsächlich von Tom und dass ich für ihn mehr oder weniger Luft bin. *Aaaargh-ätzwürg!* Ich muss ihr wirklich mal ordentlich die Marschroute blasen – die macht echt vor gar nichts halt.

Nick reagiert jedoch so lässig, dass ich Lara nicht lange böse sein kann: »In dem Alter sind die meisten Jungs ziemlich blöd. War ich auch«, sagt er und zuckt lächelnd mit den Schultern. »Aber jetzt ehrlich mal, ist der blind, oder was? Wer dich nicht sofort bemerkt, gehört ins Krankenhaus.«

Viel mehr kriege ich vom Gespräch nicht mit. Ich höre nicht richtig zu. Ich sehe nur seine Augen.

Ich stehe immer noch ziemlich neben mir, mittlerweile allerdings auf dem Bürgersteig vor einem grauen

BMW, der nach mächtig viel PS aussieht. Eine total unökologische Spritfressmaschine. Absolut unkorrekt.

»Und bestimmt mindestens genauso cool, wenn man damit über die Autobahn jagt«, meint Lara, die den Wagen bestaunt, als wäre es ein Spacemobil.

Am Steuer sitzt Nick. Er wartet auf uns. Darauf, dass wir einsteigen. Irgendwie ist unser Gespräch im Fast-Food-Laden bei Musik gelandet, und jetzt will Nick uns einen Song vorspielen. In seiner Karre. Aber ... na ja, ich weiß nicht. Grüne Augen hin oder her, ein bisschen Verstand muss man sich doch bewahren.

Lara sieht das anders. »Komm schon, einen Song kannst du dir doch wohl anhören.«

»Aber wir kennen ihn ja gar nicht wirklich.« Unsicher sehe ich zwischen Lara und Nick hin und her.

»Du sollst auch nicht mit ihm mitfahren.« Lara schiebt mich Richtung Beifahrertür, die Nick im selben Moment mit einem Lächeln öffnet. Verflixt, diese grünen Augen helfen null dabei, eine intelligente Lösung zu finden. Lara schiebt gnadenlos weiter – ich kann nicht anders, ich muss mich auf den Beifahrersitz setzen, wenn ich keine unfreiwillige Charlie-Chaplin-Nummer hinlegen will. Lara beugt sich über mich in den Wagen.

»Ja dann, ciao. Und viel Spaß ...« Noch ein letztes, unverschämtes Grinsen, und schon tritt sie den Rückzug an.

»Lara!«, zische ich leise. Aber sie winkt nur frech zurück. Vielleicht sollte ich wirklich mal die Wahl meiner Freunde überdenken.

Nick verbindet grade sein I-Phone mit dem Autoradio. Die kindische Kabbelei zwischen mir und Lara ignoriert er zum Glück.

»Ist das hier das neue?« Ich kann den Blick nicht von seinem I-Phone nehmen. So muss ein richtiges Handy aussehen!

»Hab ich mir grade erst geholt.« Das sagt er mit einer Selbstverständlichkeit, als würde er von einer Scheibe Brot reden. So nach dem Motto: Und morgen geh ich dann Speedboat-Shoppen, wenn ich nach dem Helikoptereinkauf noch Zeit hab.

Die Boxen auf der Hutablage senden den ruhigen Bass eines Songs durchs ganze Auto direkt in meine ohnehin schon flattrige Magengrube.

»Lass die andern sich verändern und bleib so, wie du bist …«

»Magst du den Song?« Nick beobachtet mich mit dem Blick, der vorhin schon die Zeit zum Stillstand gebracht hat.

Ich entspanne mich. Wärme breitet sich in mir aus.

Ich nicke stumm. Es hat eh keinen Sinn, hier auf cool zu machen.

»Vorhin, als du mich angelächelt hast …« Seine Stimme ist wie ein Streicheln, als er fortfährt: »… da hatte ich sofort diesen Song im Kopf.«

»Du hast zuerst gelächelt.«

Nick lacht. Für ihn bin ich nicht nur sichtbar, für ihn bin ich wohl auch schlagfertig. Wer hätte das gedacht.

Mir fällt auf, dass er noch kein einziges Mal meine Brüste angestarrt hat. Ich hatte völlig vergessen, dass ich diese XXL-Ausgaben vor mir hertrage, und ärgere mich umso mehr, dass sie mir ausgerechnet jetzt wieder einfallen müssen. Ihn scheinen sie nicht zu stören, trotzdem fühle ich mich plötzlich gar nicht mehr entspannt, sondern eher wie eine Elefantenkuh, die Schlittschuh laufen soll.

»Der ist wirklich schön, der Song.« Was Besseres fällt mir nicht ein. So viel zum Thema Schlagfertigkeit. Kaum war sie da, ist sie auch schon wieder weg.

Nick schaut mich immer noch an.

»Deine Augen sind der reinste Wahnsinn, weißt du das?«

Meine Augen? Meine?! Nein, das weiß ich nicht. Was soll ich denn jetzt sagen? *Selber*, schwirrt mir im Kopf rum, aber glücklicherweise behalte ich das für mich. *Wechsel das Thema, grünäugiger Nick, bitte, wechsel das Thema, sonst knallt mir die Schädeldecke weg!*

Er scheint mein innerliches Flehen gehört zu haben.

»Magst du den Song für dein I-Phone haben?«, fragt er jetzt.

Guter Witz. *Mein* I-Phone.

»Hab keins.«

»Echt? – I-Pod?« Er sieht aus, als hätte er in seinem Leben noch keinen Menschen ohne I-Phone getroffen.

»Auch nicht«, murmle ich verlegen.

Er zuckt die blöde Stimmung, die grade aufkommen will, mit seinen Schultern weg. »So was brauchen auch nur arme Poser wie ich. Hast du gar nicht nötig.«

Wie von allein formen meine Lippen ein Lächeln, das an Debilität bestimmt nicht zu überbieten ist.

»Du weißt schon, wie wunderschön du bist, oder?«, sagt er leise.

Jetzt kann ich nicht anders und pruste los. Das ist einfach zu viel. Meine Wangen nehmen trotzdem wieder die Farbschattierung Tomate an, fürchte ich.

Nick beugt sich vor zu mir. *Oh mein Gott, ach du Scheiße, was passiert denn jetzt?* Ich spüre einen Kurzschluss nach dem anderen in meinem Hirn. Will er mich jetzt *küssen*, oder was?

Aber er greift nur zum Handschuhfach und holt einen kleinen I-Pod hervor. In Grün, klar.

»Ich muss leider los«, sagt er.

Hä? Kein Kuss. Er muss los. Zu viele Kurzschlüsse, mein Kopf kommt nicht mehr hinterher.

Er legt mir den I-Pod in die Hand und hält meine Hand einen Moment lang fest – definitiv länger als nötig.

Prompt bekomme ich keine Luft mehr. *Jetzt lass schon los,* bete ich im Stillen. *Sonst sterbe ich noch an Atemstillstand!*

Als hätte er meine inneren Gebete gehört, lässt er meine Hand wieder los und legt sie sanft in meinen Schoß. *Bodenlose Frechheit – so hab ich das doch gar nicht gemeint!* Aber immerhin kann ich jetzt in Ruhe weiteratmen.

»Den kannst du mitnehmen«, sagt er mit rauer Stimme. »Da sind noch mehr gute Songs drauf.«

»Danke.« Ich muss jetzt aussteigen. Er will fahren. Ich halte ihn bestimmt nur auf. Ich steige jetzt aus.

Mein Körper gehorcht, doch auf dem Bürgersteig fällt mir noch eine Kleinigkeit ein: »Wann kann ich dir den I-Pod denn zurückgeben?«

»Wann immer wir uns wiedersehen.« Wieder dieser Blick.

Mit wackligen Händen schließe ich die Beifahrertür, und er fährt davon.

Ich lasse seinen letzten Satz in meinem Kopf hin und her hüpfen. Wir werden uns also wiedersehen. Ich spüre das Grinsen in meinem Gesicht wachsen.

So muss sich Glück anfühlen.

Aber Moment mal – wie sollen wir uns denn wiedersehen? Ich hab seine Nummer gar nicht, noch nicht mal seinen vollen Namen. Und er hat meine Nummer auch nicht. So eine Hühnerpisse.

Trotzdem – dieses federleichte Glücksgefühl bleibt.

3

Die Songs auf seinem I-Pod sind der perfekte Liebesfilm-Soundtrack für meinen Weg nach Hause. Sommer, Sonne, Sonnenschein, seine grünen Augen und jede Menge Träumereien. Mein Grinsen und ich schweben glücklich dahin.

Meine Eltern bemerken mich nicht, als ich zur Tür reinschwebe. Paps hängt immer noch in der Spülmaschine, und Mum brütet mal wieder über irgendwelchen Papieren. Bestimmt Rechnungen. Aus der Spülmaschine scheppert es. Ein Schraubenzieher fliegt heraus, knallt gegen die Wand.

»So ein verfluchtes Scheißteil!«

»Christian, bitte.« Mum kann es nicht ausstehen, wenn jemand flucht. Dabei flucht sie selbst viel heftiger, wenn sie müde ist oder ihre Nerven blank liegen. Und dann erinnert Paps sie daran, ruhig zu bleiben, und kriegt erst recht eins drüber.

Paps klettert aus der Spülmaschine und tritt zur Sicherheit noch einmal dagegen.

»Christian!«

»Ja, Anna?« Paps schlägt den Singsangton an. Der Singsangton kommt nach Fluchen und vor Ausrasten. Das wäre jetzt ein guter Moment, unbemerkt auf mein Zimmer zu huschen. Aber mit dem Liebesfilm-Soundtrack in einem Ohr ist das hier fast wie Popcornkino.

»Was sollen wir denn jetzt machen?« Mum antwortet auf Paps' Singsang mit ihrem Weltuntergangston.

»Eine neue kaufen.«

»Völlig ausgeschlossen.«

»Eine neue klauen.«

»Das ist nicht lustig«, meint Mum. Dabei finde ich es schon ein bisschen lustig und bewundernswert noch dazu, weil Paps das Ausrasten einfach übersprungen hat.

»Wir gönnen uns doch schon gar nichts mehr. Wo sollen wir denn noch sparen?« Mum kommt vom Weltuntergang gar nicht mehr runter.

»Ich brauche nur einen großen Auftrag.« Ja, den braucht Paps schon seit Jahren.

»Alle reden ständig davon, wie gut es den Handwerkern geht. *Handwerker müsste man sein. Die verdienen sich ja grade dumm und dämlich.* Wo bleiben denn dann die Aufträge?« Langsam wird Mum anstrengend.

Ich will mir grade den zweiten Ohrstöpsel wieder ins Ohr stecken, da latsche ich blinde Kuh gegen den Schirmständer. Mist. Deckung aufgeflogen.

»Caro?« Mum guckt in den Flur. »Na, wie war das Training?« Sofort ändert sich ihre Stimmlage. Jetzt, wo sie mich bemerkt hat, ist wieder *alles super*.

Ich zucke die Schultern. »Ganz okay.« Und schwebe die Treppen hoch.

»Machst du heute den Salat?«, ruft Paps aus der Küche.

Aber ich bin schon oben: Stöpsel ins Ohr, Musik aufdrehen, über Gretas Spielzeugpferde klettern, zu Jonas ins Zimmer rufen, dass er den Salat machen soll, und endlich die Tür zu meinem Zimmer schließen, mich aufs Bett fallen lassen und weiterträumen.

Salat. Wer braucht denn Salat? Wer schwebt, braucht nicht zu essen.

Jonas poltert in meinen Liebesfilmtraum.

»Ich fahr jetzt zu Tom, du machst den Salat, verstanden?« Mein lieber Bruder glaubt, dass er mich wie ein Feldwebel herumkommandieren kann, bloß weil er ein Jahr älter ist.

Ich drehe die Musik noch lauter. Für Jonas verlasse ich jetzt nicht mein Privatkino. Soll er zu Tom fahren, mir doch wurscht. Überhaupt, Tom. Wer war das noch mal?

Jonas zuckt die Schultern und zieht Leine. Ich tauche wieder ab. Egal, wo ich hinschaue, ich sehe nur Nicks Augen.

Als ich am nächsten Morgen verträumt den Schulflur entlangschlappe, springt mir Lara wie ein Äffchen von hinten um die Schultern.

»Wie war's, wie war's, wie war's?! Habt ihr geknutscht?«

Ich schnappe nach Luft. »Natürlich nicht.« Lara sieht richtig enttäuscht aus, aber ich bin noch nicht fertig. »Wenn du noch einmal einfach so abhaust, kannst du dein Mathezeug in Zukunft alleine machen, Madame!«

Ich versuche offensichtlich völlig vergeblich, streng auszusehen. Lara grinst bloß. Ich hab einfach keine Autorität.

»Hast du dir gar keine Sorgen gemacht?« Das interessiert mich jetzt doch. Immerhin hätte Nick auch ein unglaublich gut aussehender Serienkiller sein können – in den Krimis sehen die immer echt übel oder unfassbar gut aus, siehe Jamie Dornan.

»Doch, vielleicht, ein mikro-bisschen. Aber du bist ja jetzt hier und liegst nicht irgendwo tot im Wald. Also, wie war's?« Lara wird nicht lockerlassen.

»Schön … oder so«, murmle ich.

»Und ihr habt echt nicht geknutscht?« Aus Lara wird bestimmt mal eine erstklassige Klatschspaltenjournalistin.

Ich schüttle lächelnd den Kopf, und wir schlendern Arm in Arm in unseren Matheraum.

»Bist du zu Toms Party eingeladen?«, fragt Lara, als wir uns in die zweite Reihe setzen.

»Ja, ganz bestimmt.«

»Ich auch nicht. Egal, ich geh auch so hin.« Und das wird sie wirklich tun, so ist Lara nämlich, und deshalb kriegt sie jetzt auch einen Knutsch auf die Wange – und gleich fragt sie mich bestimmt wieder, ob sie die Hausaufgaben von mir abschreiben kann.

Ich krieg den ganzen Tag nicht wirklich viel vom Unterricht mit. Obwohl ich sonst ganz gerne zur Schule gehe und ein paar Fächer richtig mag, vor allem Mathe. Das schreit zwar nach »Nerd«, aber heute bin ich davon sowieso meilenweit entfernt: Heute fliegen sämtliche Zahlen und Formeln kurzerhand an meinem Kopf vorbei. So romantisch ich es gestern noch fand, zu Nicks Soundtrack vor mich hin zu träumen, so frustrierend ist es heute. Ich will ihn wiedersehen. Nur von ihm zu träumen, ist Hühnerkacke. Ich will mehr. Ich könnte in unsere blöden Schulbänke beißen.

Ich hab nicht dran gedacht, ihn nach seiner Nummer zu fragen, weil ich ein naives Kleinkind bin, klar. Aber was ist mit ihm, warum hat er nicht gefragt? – Ihm war es garantiert nicht wichtig genug. Genau. Weil er mich eben gar nicht *so* toll fand. Weil er mich bestimmt längst schon vergessen hat.

Nach dem Basketball versucht Lara in der Umkleidekabine, mich aufzuheitern.

»Warum schenkt er dir dann einen I-Pod, wenn du ihm *so* egal bist?«, argumentiert sie.

»Weil er zu Hause eine Garage voller Speedboote und Helikopter hat«, antworte ich prompt.

Lara guckt mich fragend an.

»Was weiß denn ich«, sage ich und zucke mit den Schultern. »Vielleicht sind einfach nur drei weitere BMW in seiner Garage.«

Daraufhin spart sich Lara jeden weiteren Kommentar, zeigt mir einen Vogel und verschwindet auf der Toilette.

Kaum ist sie weg, spüre ich Chrissys Blick auf mir. Es ist genau einer dieser Mitleidsblicke. Ich gucke an mir runter. Auf meinem Slip spielen Cartoonkatzen Fangen. So eine Hinternbekleidung wäre für Greta vielleicht noch passend, an mir sieht das nur peinlich aus. Chrissy trägt natürlich Tanga, und das Gemeine ist, dass sie sogar den Po dafür hat. Ich ziehe mich schnell weiter an. Wie lange braucht Lara denn auf der Toilette?

»Hat einer Zigaretten mit?«, fragt Chrissy in die Runde um sie herum. Chrissy hat immer ihren Hofstaat mit dabei. Und wie es sich für einen ergebenen Hofstaat gehört, springen alle sofort herbei und wetteifern darum, wer Chrissy als Erste eine Zigarette anbieten darf. Chrissy zieht sich ihr Kleid über und stolziert mit ihrem Tross von dannen.

Als Lara und ich kurz darauf aus der Halle kommen, stehen Chrissy und die anderen draußen und teeren sich ausgiebig die Lungen.

»Ich bleib auf Toms Party bis zum Morgengrauen!«,

tönt Chrissy gerade. »Ist mir doch egal, wenn meine Eltern ausrasten.«

Eine Hofdame schleimt sich ein. »Der würde doch eh am liebsten eine Privatparty nur für dich machen.« Das ist natürlich das Stichwort für den Kicherchor.

Lara und ich verdrehen im Gleichtakt mit dem Kicherchor die Augen. Die anderen können hervorragend kichern, wir können hervorragend die Augen verdrehen.

Auf einmal bleibt Lara so plötzlich stehen, dass ich gegen sie laufe. Ihre Hand erhebt sich wortlos und zeigt auf die andere Straßenseite. Mein Blick folgt ihrer Hand.

Da steht Nick an seinen BMW gelehnt und lächelt zu uns rüber!

Ich dreh mich in Lichtgeschwindigkeit zu Lara.

»Aber, woher weiß der denn … ich meine, wie hat der uns denn …?!« Zu mehr bin ich grade nicht fähig.

Lara wirkt auch ein bisschen ratlos, und das ist bei ihr wirklich untypisch. »Basketball, vielleicht?«, schlägt sie vor.

Na klar, das muss es sein. Er hat gegoogelt, wo es hier eine Mädels-Basketballmannschaft gibt und wo und wann die immer trainieren. Für den Bruchteil einer Sekunde wird mir kalt. Das ist ganz schön krass. Das riecht ein bisschen nach Stalker. Ich sollte das vielleicht unheimlich finden. Aber mir wird schon wieder warm und dann heiß. Er hat mich gefunden. Und wenn er ein Stalker ist – von ihm lass ich mich gern bis ans Ende der Welt stalken. Ich muss ihm also doch wichtig sein. Oder er hat eine echt krankhafte Bindung an seinen I-Pod, das kann natürlich auch sein.

»Warte! Kajal …« Lara wischt mir rasch den verschmierten Kajal aus den Augenwinkeln.

Ich dreh mich zurück zur Straße. Beim Umdrehen kann ich Chrissys saudummes Gesicht im Augenwinkel erkennen. Ihr hängt der Kiefer runter wie bei einem altersschwachen Kamel, weil Nick mir grade zuwinkt und auf mich und Lara zugeht. Chrissys Clique sieht auch nicht intelligenter aus, alle schweigen sie und gaffen. Als Nick plötzlich vor uns steht, bin auch ich komplett überfordert. Was soll ich denn jetzt sagen? Also streck ich ihm einfach schweigend seinen I-Pod entgegen.

»Deshalb bin ich bestimmt nicht gekommen«, sagt er und grinst wieder so unverschämt süß. Gut, also keine krankhafte Bindung an Sachgegenstände, das ist doch schön.

Er beugt sich vor und gibt mir ein Küsschen rechts und ein Küsschen links auf die Wangen. Er macht das bestimmt tausendmal am Tag bei allen möglichen Frauen, aber ich spüre trotzdem einen unglaublichen Stolz in mir wachsen.

Ha, Chrissy, das hättest du nicht gedacht, was?

»Ich hab mir die ganze Nacht deine Songs angehört«, sage ich so leise wie möglich – Lara steht mit immer größer werdenden Augen noch neben uns.

»Ich hab auch nicht so gut geschlafen«, gibt er mit erstaunlicher Offenheit zu und sieht mich vielsagend an. Wie beiläufig nimmt er meine Hand.

Kurz sehe ich ihn verblüfft an, dann gehen wir zu seinem Auto. Einfach so. Ich blicke mich noch einmal zu Lara um und zucke nur mit den Schultern.

»Ich will alle Details wissen, alle!«, flüstert Lara mir schnell zu. Hinter ihr hat Chrissy auch die letzte Kontrolle über ihr Kamelgesicht verloren.

Nick hält mir die Beifahrertür auf. Diesmal zögere ich nicht, einzusteigen. *Adios, Mädels, Aschenputtel muss jetzt zum Ball!*

4

»Hier gibt es das beste Mangoeis nördlich von Nizza«, behauptet Nick.

Wir sind zu einer Eisdiele direkt am Rhein gefahren – und es stimmt: Es ist nicht nur das beste Mangoeis, es ist überhaupt das beste Eis, das ich jemals gegessen habe.

Wir schlendern mit unseren Eiswaffeln am Rhein entlang, und meine Hand landet wieder in seiner, als hätte sie niemals etwas anderes getan. Ich fühle mich aufgehoben, so an seiner Hand.

Heute ist es nicht mehr so heiß, die Sonne versteckt sich hinter ein paar Wolken, und übers Wasser kommt ein Wind, der mich kurz frösteln lässt. Nick bleibt stehen.

»Warte.« Er reicht mir sein Eis, zieht seine leichte Jacke aus und legt sie mir über die Schultern. Dann schlägt er auch noch den Kragen der Jacke in meinen Nacken hoch. Seine Hände bleiben kurz dort, rechts und links an meinem Kinn. Ich komme mir vor wie eine Hollywood-Diva, sehr elegant, sehr begehrenswert, sehr erwachsen.

»Du bist süß«, sagt Nick und fügt lächelnd hinzu: »Süß wie Honig.«

Süß wie Honig? Ich lache auf, mitten in Nicks Gesicht – und, okay, das ist jetzt weder elegant noch begehrenswert und erwachsen schon gar nicht, aber ich kann einfach nicht anders. Nick hat seine Hände von meinem Kinn weggezogen und sein Eis zurückgenommen. Er sieht ein bisschen verletzt aus. Ich reiße mich zusammen.

»Entschuldige, aber du redest wie in einem Bollywoodfilm«, versuche ich die Situation zu retten.

Zack! Nick drückt mir sein Eis auf die Nase. Da ist es wieder, sein Lächeln. Ich grinse zurück und *zack!* – jetzt hat auch er mein Eis auf seiner Nase.

»Na warte«, droht er.

Ich laufe davon, runter zum Rheinstrand. Ich lache. Ich platze vor Glück. Nick rennt mir nach. Ich klinge jetzt bestimmt wie Meerschweinchen-Chrissy, und außerdem trage ich nicht mehr meinen Sport-BH … aber es ist mir egal! Ich schaue mich im Rennen nach Nick um. Kaum sieht er meinen Blick, legt er einen filmreifen Slapstick-Stolperer über einen liegenden Baumstamm ein. Er wirbelt in die Luft, kommt irgendwie wieder auf seinen Füßen zu stehen – nur um dann doch noch im Sand zu landen. Ich kann nicht mehr. Ich glaub, so sehr habe ich das letzte Mal im Kindergarten gelacht, und da habe ich mir vor lauter Gekicher in die Hose gepinkelt – also aufgepasst!

Ich reiche dem Komiker, immer noch vor mich hin glucksend, meine Hand und helfe ihm hoch. Auf einmal steht er ganz dicht vor mir, unendlich nah. Mein Glucksen verebbt, alles wird still um uns herum.

»Ich habe noch nie jemanden geküsst«, platze ich heraus und füge hinzu, »zumindest nicht richtig.« Das ist die traurige Wahrheit meines fünfzehnjährigen Lebens.

»Wer redet denn hier vom Küssen?«, fragt er.

»Niemand.«

Er steht immer noch so nah, näher noch, nur einen Millimeter müsste ich mich vorlehnen …

»Willst du etwa knutschen?«, fragt er weiter.

»Quatsch, auf gar keinen Fall!«

Nick lacht über meine Antwort und geht zum Rheinufer, weg von mir. Bin ich ihm wohl auf den Leim gegangen, war nichts mit Küssen.

Irgendwann lassen wir uns in den Sand fallen und halten unsere nackten Füße ins Wasser. Unsere Hände spielen miteinander, verstohlen und vielleicht auch ein bisschen unsicher. Ein Containerschiff fährt grade vorbei, neben uns taucht ein Kormoran ab.

»Guck mal«, ich stupse Nick in die Seite. »Der hat sich einen Fisch geangelt!«

Nick lächelt mir zu und verpasst mir seinerseits einen kleinen Knuff.

Während wir hier sitzen und auf den Rhein schauen, erzähle ich ihm von Greta und von Jonas, davon, dass wir Geschwister momentan nicht viel gemeinsam haben, und davon, dass ich in diesem Sommer für meine Familie und die meisten anderen unsichtbar geworden bin. Ich habe ihm sogar erzählt, dass ich meine Brüste nicht leiden kann. Ich war mir sicher, dass spätestens bei diesem Thema ein blöder Spruch kommen würde, aber Nick hört einfach nur zu.

Auch er erzählt ziemlich viel von sich: vom Eberstal, dem Viertel bei der Autobahn, aus dem er kommt, von seinem Bruder, der wegen seiner Drogenabhängigkeit abgerutscht ist, von seinem Traum, ein besseres Leben als seine Eltern zu führen und selbst einmal für ein Kind ein besserer Vater zu sein, als sein Vater es ihm jemals war.

Seine Ehrlichkeit haut mich um. Ich kenne niemanden aus Eberstal, ich war auch noch nie dort. Meine Eltern sagen immer, dass man sich dort nachts nicht blicken lassen darf, wenn man an seinem Leben oder an seiner Brieftasche hängt. Sie übertreiben bestimmt, trotzdem bewundere ich Nick jetzt umso mehr. Er hatte es bestimmt nicht leicht, bei allem, was er in seinem Viertel erlebt haben muss, und doch ist er so witzig und rücksichtsvoll.

Wie aus dem Nichts küsst er mich auf die Wange. Ich werde sofort rot.

»Das warst jetzt aber du. Ich will ja gar nicht knutschen.« Schon wieder setzt das nervöse Plappern bei mir ein.

»Ich auch nicht«, sagt er und küsst mich wieder auf die Wange.

Ich drehe den Kopf, er hält inne.

Dann küsse ich ihn auf den Mund.

Ich weiß nicht, wie oft ich mir meinen ersten richtigen Kuss vorgestellt habe, aber nichts in meiner Vorstellung kommt auch nur annähernd an diesen Kuss heran. Seine Lippen sind unglaublich weich. Er überlässt mir die Führung, lässt mich seine Lippen erforschen, bevor er seinen Mund ein wenig mehr öffnet und ich dahinschmelze.

Alles um uns herum löst sich auf, es gibt nur noch ihn, seinen Mund, seine Arme, seine Hände, die mich langsam fester umschließen, in meinen Haaren verschwinden. Mein ganzer Körper fühlt sich an, als erwache er erst jetzt zum Leben. Als hätte ich bis heute nur schlafwandelnd existiert. Ich will nie mehr aufhören, ihn zu küssen. Nie mehr.

Als wir uns voneinander lösen, bin ich außer Atem. Er stupst meine Nase. Ich glaube, das war ein verdammt guter Kuss, der beste. Ich glaube, ich bin ein Naturtalent. Er greift um mich und holt etwas aus seiner Jacke, die mir immer noch über den Schultern hängt. Es ist flach, klein, rechteckig – und ganz offensichtlich ein Geschenk, denn es ist superschön verpackt.

»Damit du mich immer erreichen kannst.« Er legt es mir in den Schoß. »Wenn dich mal wieder keiner sieht oder du traurig wirst vorm Spiegel, weil er dir nicht zeigt, wie schön du in Wirklichkeit bist. Dann komm ich und prügle den Spiegel zu Brei!«

Vorsichtig öffne ich die Verpackung. Eine Schachtel ist drin. Mit einem Apfel drauf. Fassungslos hebe ich den Deckel der Schachtel an – und starre auf das neueste I-Phone.

»Das geht nicht. Das geht auf gar keinen Fall!« Auch deswegen nicht, weil er, wie ich jetzt weiß, weder ein Speedboot noch einen Helikopter besitzt.

Aber er sieht das anders. »Klar geht das. Ich will einfach nur, dass du für den Fall der Fälle jemanden hast, der dir zuhört. Ich wäre gern dieser Jemand. – Aber natürlich nur, wenn du willst …« Plötzlich sieht er aus wie ein Hundewelpe, der seine Mutter verloren hat.

»Und ob ich das will, du Idiot!«, platzt es aus mir raus. »Aber dafür musst du mir doch nicht so was schenken, das ist viel, viel, viel zu teuer!«

Es fällt mir wirklich schwer, aber ich halte ihm das I-Phone hin. Meine Hand hat nicht die geringste Lust, mir zu gehorchen, immerhin halte ich – noch – etwas in meiner Hand, das ich mir seit Jahren wünsche. Aber Prinzipien sind Prinzipien, und was nicht geht, geht einfach nicht.

Schweigend nimmt er das Handy mitsamt Schachtel und Geschenkpapier zurück. Auf einmal sieht er aus, als würde er sich über sich selbst ärgern. Er kann mich nicht angucken, als er wieder zu sprechen beginnt.

»Ich glaube, ich habe mich in dich verknallt«, gesteht er dem Sand zu seinen Füßen.

Nick fährt mich mit seiner grauen Spritfressmaschine nach Hause, was ich total gut finde. Doch als wir im Neubaugebiet auf unsere Spielstraße abbiegen, verlässt mich der Mut.

»Dahinten, das Blaue. Aber du kannst mich ruhig schon hier rauslassen.«

»Okay.« Er hält. Und lässt den Motor laufen. Ich muss daran denken, wie sehr sich Paps immer aufregt, wenn jemand bei uns in der Spielstraße den Motor unnötig laufen lässt. Ich sollte etwas sagen, aber stattdessen redet er.

»Schämst du dich für mich?«

»Nein, natürlich nicht. Es ist nur wegen meinen Eltern, die werden in letzter Zeit immer peinlicher.«

»Hast Angst, deine Unsichtbarkeit zu verlieren, was?« Er zwinkert mir verschwörerisch zu.

»Unsichtbar sein ist sowieso eine Einbahnstraße. Wenn ich was von meinen Eltern will, dann bin ich nur Luft, aber wenn sie was von mir wollen, dann sehen sie mich plötzlich doch ganz gut.«

»Eltern.« Wie verdrehen gemeinsam die Augen, das klappt fast so gut wie mit Lara. Er betrachtet unser

Häuschen am Ende der Straße. »Ganz hübsch, wie aus einem Reisekatalog für Schweden. Du bist aber nicht zufällig Pippi Langstrumpf?«

»Ich bin Ronja Räubertochter, sieht man das nicht?«

Er schaut mich verständnislos an.

»Das ist auch eine Figur von Astrid Lindgren«, versuche ich meinen armseligen Witz zu retten.

Nichts, keine Erkenntnis in seinen Augen.

»Die Autorin von Pippi Langstrumpf. Aber das ist auch total egal. Entschuldige.«

»Du bist bestimmt die Beste in deiner Klasse.« Super, jetzt hält er mich für eine arrogante Strebertussi.

Ich zucke die Schultern und bleibe lieber still, bevor ich den nächsten Mist verzapfe.

Aber er nimmt es gelassen. »Keine Sorge«, sagt er, »ich bin aus dem Alter raus, in dem einen gute Noten unsexy machen. Vor ein paar Jahren war ich noch so bescheuert und hab lieber damit geprahlt, wie viel ich saufen kann, anstatt zu lernen. Aber nur vom Saufen und Coolsein bekommt man in der legalen Welt keinen Job, der Geld einbringt.«

»Jetzt klingst du genau wie mein Vater.«

»Ehrlich, ich schwör dir, die coolen Mädels in deiner Schule, die sitzen später an der Kasse. Und zwar genau in dem Kaufhaus, in dem du mal eben so Champagner für fünfhundert Öre kaufst.«

Bei der Vorstellung muss ich lachen.

Er nimmt meine Hand. Und küsst mich. Wie beendet man einen Abschiedskuss? Ich muss ja wohl irgendwann aussteigen. Aber ich fürchte, das wird nicht möglich sein.

Er beendet schließlich den Kuss. Beißt mir noch einmal zart in die Lippe und ist wieder zurück am Steuer, viel zu weit weg von mir. Ich bin schon wieder außer Atem. Mir fehlt wohl noch die nötige Kondition.

Ich gebe mir einen Ruck und steige aus.

»Ich vermiss dich jetzt schon.« Er sieht mich ernst an.

Unfassbar, er macht auf sterbenden Romeo! Ich muss schon wieder lachen. Wie's aussieht, habe ich einen *Romeo*, ganz für mich alleine.

Nach dem Abendessen skype ich sofort Lara an.

»Wir haben!«, verkünde ich stolz.

»Geknutscht oder das andere?«

»Geknutscht.«

»Her mit den Details!« Lara guckt in die Kamera, als erwartete sie ganz großes Kino.

Ich versuche, Worte zu finden für all die Gefühle in mir drin. Ich könnte Lara haarklein von Nicks Berührungen erzählen, seinen Küssen, seinen zarten Händen – aber das reicht nicht. Das Wunder liegt irgendwo dazwischen versteckt. Und es ist noch viel größer als die Summe aller Details. Es ist diese Spannung, die mich einfach nicht mehr loslässt. Als hätte er einen kleinen Anker in mein Herz geworfen, und ab jetzt sind wir miteinander verbunden. Ich kann ihn immer noch spüren, als stünde er direkt hinter mir. Ich rieche immer noch seinen Duft, schmecke ihn noch auf meiner Zunge.

Lara lacht sich schlapp.

»Dich hat es ja richtig erwischt, aber so richtig richtig!«

»Gar nicht, mich hat überhaupt nichts erwischt!« Lara darf man eben nicht mit romantischen Gefühlen kommen, hätte ich wissen müssen.

Lara kichert immer noch, als ich Schritte die Treppen hochkommen höre.

»Hör mal, ich muss jetzt das Referat vorbereiten.«

»Bist du etwa eingeschnappt?«, will Lara wissen, aber ich tippe schon auf Auflegen.

Schnell schließe ich das Skypefenster. Dahinter ist das Fenster mit dem Artikel zu Marx' zweihundertstem Geburtstag noch offen. Gerade rechtzeitig, meine Mutter kommt – schwer beladen mit Wäschekorb und zwei darauf thronenden Schüsseln – ins Zimmer gekeucht.

»Anklopfen«, erinnere ich sie.

»Entschuldige, Hase.« Umständlich klopft sie von innen an die Tür, wie jedes Mal. In diesem Haus gibt es einfach keine Privatsphäre!

Ächzend stellt Mum den Wäschekorb auf mein Bett und hält mir eine der Schüsseln entgegen.

»Päuschen? Ich kann dringend eins gebrauchen, mit viel Zucker – Tiramisu?«

Da sag ich nicht Nein. Es gibt auf der ganzen Welt kein besseres Tiramisu als das von meiner Mutter. Das Geheimnis sind die Haselnussschokoladenstückchen, göttlich. Ich genehmige mir sofort einen Riesenlöffel von dem süßen Zeug. Meine Mutter schaut auf meinen Laptop. Ich sag ja, ist nix mit Privatsphäre.

»Philosophie?«, fragt sie.

Ich nicke, obwohl das Referat eigentlich für Geschichte ist, aber darüber will sie bestimmt eh nicht reden.

Meine Mutter setzt sich auf mein Bett neben die Wäsche und nimmt sich einen Löffel Tiramisu aus ihrer Schüssel.

»Zum Geburtstag wünsch ich mir eine Waschmaschine, die die Wäsche selber faltet und einräumt«, träumt sie vor sich hin.

»Heißt die dann Paps?«

»Vielleicht auch Caro?« Sie hat ihr bittendes Leidensgesicht aufgesetzt.

Bitte schön, sag ich ja, wenn sie was von *mir* wollen ... Hätte ich mir auch gleich denken können, dass es nicht einfach so Tiramisu gibt.

»Hase, es tut mir leid, aber ich werde in der nächsten

Zeit tatsächlich mehr Hilfe von dir brauchen, zumindest beim Abspülen.«

»Okay.« Das Leben ist einfach zu schön grade, um sich über kaputte Spülmaschinen aufzuregen. »Aber Jonas muss auch mitmachen.«

»Natürlich muss er das«, beteuert meine Mutter. Sie leckt ihren Tiramisu-Löffel ab, haucht darauf und klebt ihn sich an die Nasenspitze. Ich mache mit. Wir grinsen uns mit unseren Löffelnasen an.

»Da hat ja jemand das Lächeln wiederentdeckt.« Meine Mutter wirkt richtig erfreut darüber.

»Gar nicht.« Ich vergrabe mich lieber wieder ins Tiramisu.

»Gibt es da einen Grund für?« Oh Mann, noch nicht mal lächeln kann man hier.

»Der Yildirim hat mich zur neuen Kapitänin gemacht.« Das ist nur ein mikroskopischer Teil der Wahrheit, aber gelogen ist es nicht.

»Was? Das ist ja toll! Wann denn?«

»Montag.«

»Und das erzählst du erst jetzt?« Meine Mutter sieht auf einmal ein bisschen traurig aus. Sie macht sich bestimmt Vorwürfe, weil sie nicht genug Zeit hat für uns. Mutter sein ist manchmal auch kein Spaß, glaub ich.

»*Hasen* sind nicht so gesprächig«, erwidere ich.

»Entschuldigung, ich werde dich nie wieder Hase nennen, Hase.« Ha-ha, Mum, die Witzboldin.

»Wolltest du nicht die Wäsche machen?« Mein Tiramisu ist alle, und ich muss tatsächlich noch einiges lesen.

»Nein, nein, Hase. Das ist *dein* Job!« Meine Mutter lässt den Wäschekorb auf meinem Bett, schiebt sich den Rest von ihrem Tiramisu rein und will sich grade verdünnisieren, da lunzt Paps ins Zimmer.

»Hierhin verschwindet das ganze Tiramisu also«, brummt er vorwurfsvoll.

Mum tätschelt Paps beim Rausgehen den Bauch. »Was wir essen, kannst du nicht ansetzen«, feixt sie.

»Tun wir nur für dich, Paps.« Ich feixe mit, dann wende ich mich endlich wieder dem Marx-Artikel zu und beginne, Notizen in meinen Block zu machen.

Paps steht immer noch in der Tür. Das macht mich so kirre, dass ich totalen Quatsch notiere. Ich reiße das Blatt aus dem Block, knülle es zusammen. Und tue Paps den Gefallen, ihm den Papierball zuzuwerfen. Er fängt ihn und will ihn cool weiter durch den kleinen Basketballkorb über meinem Mülleimer werfen. Das geht natürlich daneben. Ach Mann, mein Paps …

»Netter Versuch.« Ich kann mir ein Lachen nicht verkneifen.

»Irgendwann klappt's«, behauptet er.

»Die Hoffnung stirbt zuletzt«, stichle ich weiter.

Endlich geht auch mein Vater, da klingelt es einmal kurz in meiner Jacke, die in meinem Rücken über dem

Schreibtischstuhl hängt. Diesen Klingelton habe ich bei meinem Uralthandy noch nie gehört. Eine Ahnung kriecht in mir hoch.

Mein Vater steckt seinen Kopf wieder durch die Tür.

»Was war denn das?« Müssen Eltern so neugierig sein?

»Computer. Update oder so«, flunkere ich flott.

Mein Vater steht immer noch unschlüssig in der Tür.

»Sorry, Paps, aber ich muss mal weitermachen …« Ich deute auf meinen Bildschirm mit dem Artikel. Das überzeugt meinen Vater dann doch. Er geht. Diesmal wirklich.

Kaum ist die Tür zu, greife ich in meine Jackentasche.

Und hole das I-Phone hervor, das Nick mir partout schenken wollte.

Ich habe keine Ahnung, wann und wie Nick das in meine Jacke geschmuggelt hat. Auf dem Display leuchtet eine neue Nachricht. Es ist noch keine Bildschirmsperre eingerichtet – ein sanfter Fingerstreich von mir genügt, und die Nachricht wird geöffnet.

Sorry, ich konnte es mir nicht verkneifen …

Ich schreibe zurück. Meine Finger tippen ehrfürchtig auf das glänzende Display.

Du spinnst!

Ich zögere, und dann schreibe ich schnell:

Ich mag dich auch. Sehr sogar.

5

»Wenn meine Eltern das sehen, kriegen sie einen Herzinfarkt!«

Nick hat mich, eine Woche nach unserem ersten Kuss, in einen Klamottenladen geschleppt, der so vornehm ist, dass ich mich da niemals alleine reingetraut hätte. Verrückt – er will mir unbedingt noch etwas schenken. Als ob das I-Phone nicht mehr als genug wäre!

Er hat ein paar Kleider für mich ausgesucht, die mir allesamt den Atem rauben. So was tragen Filmstars auf dem roten Teppich, aber doch nicht ich.

Trotzdem habe ich das erste anprobiert …

Und jetzt stehe ich vor dem großen Spiegel bei den Umkleidekabinen und reiße ungläubig die Augen auf: Der schwarze Stoff ist ein wenig durchsichtig, das Kleid ist hauteng und wirklich nicht besonders lang. Wenn ich mich bücke, sieht man bestimmt mein Höschen aufblitzen. Da sind heute zwar keine Cartoonkatzen drauf, es ist einfach nur blau, aber trotzdem, bücken werde ich mich jetzt ganz sicher nicht. Das Krasseste aber ist der Ausschnitt. Der ist so eng und so tief, dass ich Angst habe, dass bei der ersten Bewegung rausfällt, was nicht rausfallen soll. Ich komme mir vor wie eine Milchkuh am Auktionstag. Bei meinen Klamotten bin ich bisher nur einem Gesetz gefolgt: meine Riesenbrüste so gut wie möglich zu verstecken. Und jetzt werden sie auf einem Silbertablett mit schwarzen Schleifen serviert. Nicht nur meine Eltern, ich selbst kriege einen Herzinfarkt bei dem Anblick!

Nick nimmt meine Bedenken anscheinend nicht ernst. Er hat sein Handy gezückt und macht Fotos von mir. Ich versuche, für ihn zu posieren, wie man eben so als Superstar für die ganzen Fotografen am roten Teppich posiert. Aber da ich im Superstarsein null Erfahrung habe, gelingt es mir so gar nicht. Und ich fühle mich wirklich nicht wohl dabei. Ich treffe eine Entscheidung.

»Ich kann das nicht tragen.« Ich will zurück in die Umkleidekabine, nichts wie raus aus dem Stück Stoff.

»Klar kannst du das tragen. Du siehst unglaublich gut aus. Das ist der Hammer! Dir fehlen nur noch die richtigen Schuhe«, meint Nick.

Ich gucke runter zu meinen Füßen, die in meinem Lieblingspaar Chucks stecken: knallorange und ganz schön ausgelatscht. Stimmt, die passen nicht zum Kleid – aber ganz ausgezeichnet zu meinem Hoodie. Ich muss aus diesem Kleid raus. Ich fühle mich ganz elend.

»Hey, Prinzessin …« Endlich begreift Nick, dass ich es ernst meine. So hat mich noch niemand genannt. Ich bin mir nicht sicher, ob es mir gefällt. Dann streichelt er mir tröstend über die Wange, ich lege mein Gesicht in seine Hand und schließe kurz die Augen. *Prinzessin …*

Als ich sie wieder öffne, sieht Nicks Gesicht ganz anders aus. Versteinert. Und ich habe verpasst, wie es dazu gekommen ist.

Er lässt mich los, dreht sich um und geht einfach davon.

»Vergiss es«, sagt er beim Weggehen.

Ich verstehe gar nichts. Was denn vergessen? Und was ist passiert? Warum geht er? Er darf nicht gehen!

Ich laufe ihm hinterher.

»Nick? Nick! Was ist denn los?« Meine Stimme ist zittriger, als es mir lieb ist. Aber mir kriecht die Unsicherheit zwischen die Stimmbänder, weil ich einfach nicht verstehe, was hier gerade passiert.

Im Weggehen redet Nick weiter, ohne mich dabei anzusehen.

»Das ist Schwachsinn, was wir hier machen. Wir kommen nicht nur aus zwei unterschiedlichen Welten, wir kommen aus zwei unterschiedlichen Universen! Vergiss es einfach. Vergiss mich!«

Ich halte ihn fest. So fest, dass er endlich stehen bleiben muss.

»Ich will dich nicht vergessen!«

Aber er reißt sich los und stürmt weiter.

»Nick! Bitte …« Fast verspüre ich so etwas wie Panik bei dem Gedanken, ihn womöglich nie wiederzusehen.

Abrupt bleibt Nick stehen und dreht sich zu mir.

»Hör zu, ich hab's kapiert … Ich bin nicht gut genug für dich. Das, was du willst, kann ich dir nicht bieten!«

»Aber …« Ich spüre, wie mir die Tränen in die Augen steigen. »Ich will *dich*.«

Nick blickt mich mit seinem versteinerten Gesicht an. Auf einmal nimmt er mich in seine Arme und hält mich, ganz fest. Er vergräbt sein Gesicht an meinem Hals.

»Verdammt, Caro, ich kann nicht ohne dich«, platzt es aus ihm heraus.

Er blickt mich an, alle Härte ist wieder aus seinem Gesicht, aus seiner Stimme verschwunden, als wäre sie nie da gewesen. Ich kann wieder sein weiches Herz sehen, seine Verletzlichkeit. Wir stehen mitten im Eingang des Ladens, versperren allen den Weg und liegen uns in den Armen. Ich streichle ihm durchs Haar wie einem kleinen Kind. Wie ich es bei Greta früher gemacht habe, wenn sie einen schlechten Traum hatte.

»Du sollst auch gar nicht ohne mich können«, flüstere ich liebevoll.

Am Abend gehe ich total mutig über das Schild an Jonas' Tür hinweg und besetze kurzerhand sein Zimmer. Ich habe ein Ass im Ärmel, schon seit einiger

Zeit. Und jetzt ist der Moment gekommen, es auszuspielen.

Jonas hat mich noch nicht bemerkt. Er hat Kopfhörer auf, sitzt vor seinem Computer und massakriert dort grade ein Ork-ähnliches Wesen, dass es nur so grünes Blut und blaue Gehirnmasse spritzt.

Ich ziehe ihm die Kopfhörer von den Ohren, und sofort flucht er los.

»Spinnst du? Raus hier!«

Der Ork war wohl noch nicht ganz tot, denn jetzt erhebt er sich mit halbierter Gehirnmasse und schlägt Jonas' Alter Ego auf dem Computerbildschirm den Kopf ab. *Upsie.*

»So ein Scheiß! Ich war kurz vorm Rekord!«

Ich zucke entschuldigend mit den Schultern. »Sorry.«

»Was willst du?!«, bellt Jonas. Er ist erwartungsgemäß wenig gesprächsbereit.

»Du nimmst mich mit zu Toms Party«, verlange ich.

Jonas schaut mich mitleidig an.

»Du bist gar nicht eingeladen … Schwesterchen, es tut mir leid, aber Tom steht einfach nicht auf dich. Such dir doch endlich jemand anderen.«

»Danke, hab ich schon. Deshalb sagen wir Mum und Paps auch nur, dass du mich zu Toms Party mitnimmst. In Wirklichkeit kannst du da fein alleine hingehen, ich hab andere Pläne.«

Ha! Da fällt Jonas das mitleidige Gesicht schön auseinander. Hätte er wohl nicht gedacht, dass seine kleine Schwester früher scort als er.

»Was denn bitte für andere Pläne?«, will er wissen.

»Geht dich nichts an.« Hach, ist das schön.

»Wenn ich für dich lügen soll, dann schon!« Jetzt kommt die Großer-Bruder-Nummer – aber das lässt mich kalt.

»Wenn du's mir nicht sagst, kannst du das Alibi mit Toms Party vergessen.« Erpressung, sehr schön, dann wären wir ja beim richtigen Thema angelangt.

»Kann ich nicht«, kontere ich. »Du wirst brav für mich lügen, weil ich Mum und Paps nämlich sonst verrate, was für eine Seite du dir im Internet angesehen hast, als ich das letzte Mal in dein Zimmer geplatzt bin …« Das Ass ist ausgespielt.

Jonas schweigt. Ich habe ihn in der Hand.

»Auf der Seite bin ich nur zufällig gelandet«, lautet seine schwache Verteidigung.

Ich tippe mir an die Stirn, *zufällig*, na klar.

»Die Ausreden kannst du dir für Mum und Paps aufsparen.«

Jonas nickt langsam. »Also gut, ich nehme dich offiziell mit. Aber dann müssen wir auch wieder zusammen nach Hause kommen.«

»Kein Problem. Ich ruf dich dann an, und wir treffen uns einfach an der Ecke.«

Ich strecke Jonas die Hand entgegen. Einen Moment zögert er noch, dann schlägt er ein. Deal.

»Die Karte kannst du aber nicht noch mal ausspielen«, fordert er.

»Mal sehen …« Mit federnden Schritten verlasse ich sein Zimmer. »Übrigens«, ich grinse breit, »Lara kommt auch, und die nimmst du wirklich mit zu Tom.«

Jippie – Jonas hat sich tatsächlich an den Deal gehalten, es ist alles mit meinen Eltern abgesprochen. Jetzt ist endlich Samstag, und er, Lara und ich gehen heute offiziell zusammen zu Toms Party. Jonas musste nur versprechen, bis spätestens halb zwölf wieder mit mir zurück zu sein.

Lara ist auch schon eingeweiht. Sie soll nicht klingeln, sondern mir texten, wenn sie vor der Tür steht, damit ich und mein Kleid unbemerkt das Haus verlassen können. Mum schläft – sie ist Stationsschwester in der Notaufnahme und muss später noch zur Nachtschicht –, aber Paps ist unten und guckt irgendeinen Krimi.

Als Laras Textnachricht kommt, ist Jonas immer noch im Bad.

»Von mehr Gel wird deine Frisur auch nicht besser«, zische ich durch die Badtür.

Als Antwort bekomme ich nur ein gestresstes »Fresse!« zu hören.

Plötzlich steht Greta vor mir im Flur, ihr Plüschpferd im Arm.

»Du sollst doch schon längst schlafen«, flüstere ich.

»Wie siehst du denn aus?« Greta sieht mich mit großen Augen an.

»Scht, nicht die Mum aufwecken«, erinnere ich Greta.

Ich bin schon in voller Montur: im schwarzen megasexy Kleid, die Haare hochgesteckt, die Lippen rot und Smokey Eyes. Nur die neuen High Heels, auf denen ich kaum gehen kann, habe ich sicherheitshalber noch in der Hand. Damit ich besser schleichen kann.

»Wenn du nicht verrätst, wie ich aussehe, dann verrate ich nicht, dass du auf meinem Laptop gleich noch *Wendy* guckst.«

»Echt?«, fragt sie entzückt.

»Na klar.«

Glücklich hüpft sie in mein Zimmer, kommt kurz darauf mit meinem Laptop wieder heraus und verschwindet ratzfatz damit in ihrem Bett. Ich lausche in den leisen Flur. Mum scheint immer noch zu schlafen. Sehr schön, Krise abgewendet.

Endlich schlurft Jonas aus dem Bad. Er hat definitiv viel zu viel Gel in den Haaren, aber das sage ich jetzt nicht, sonst kommen wir nie aus dem Haus. Er guckt mich an, von oben bis unten, mit schräg hochgezogenen Augenbrauen.

»Ich will kein Wort von dir hören!«, drohe ich leise.

Er hebt nur abwehrend die Hände, und gemeinsam schleichen wir die Treppen runter. Im Wohnzimmer läuft immer noch der Fernseher, also nichts wie raus hier.

Ich ziehe mir schnell meine Jacke über, schlüpfe in die Schuhe und öffne lautlos die Tür. Draußen wartet schon Lara und winkt uns freudig zu.

»Viel Spaß bei Toms Party.« Paps' Stimme. Aus dem Flur. Direkt hinter uns. Mist.

Jetzt bloß nicht umdrehen.

»Danke«, nuschle ich und will eilig die Tür hinter mir zuziehen.

»Was sind denn das für Schuhe?« Wieder Paps.

Scheiße. Scheiße. Scheiße. Ich sage nichts. Auch Jonas und Lara vor der offenen Tür hüllen sich in Schweigen.

»Drehst du dich mal um, bitte?«

Das war's. Ich hab keine andere Chance, ich muss mich umdrehen. Als Paps mein Make-up und das Kleid unter der Jacke entdeckt, sieht er tatsächlich nach Herzinfarkt aus.

»Was soll das denn werden?«

»Was?« Ich mache erst einmal auf Unschuldslamm.

»Hast du auch einen Rock zu dem Gürtel?« Paps ist ganz bleich um die Nase.

»Das ist ausgeliehen«, schwindle ich. »Von Lara.

So was tragen grade alle!« Lara, die Gute, steht immer noch vor der Tür und nickt jetzt eifrig. Jonas hingegen, der alte Feigling, versucht, Richtung Kirschlorbeerhecke in Deckung zu gehen, aber es hilft nichts.

»Wie kannst du deine Schwester nur so aus dem Haus lassen?«, fragt Paps empört.

»Na toll, jetzt krieg ich's wieder ab, oder was?« Das regt ihn nämlich tierisch auf, wenn Paps ihm mit dem ganzen Verantwortungsgedöns für die jüngeren Geschwister kommt. Also setzt er gleich noch eins drauf: »Ist doch nicht mein Problem, wenn Caro wie eine Nutte rumlaufen will!«

»Ey, spinnst du?!«, maule ich Jonas an, während mein Vater ihn gleichzeitig wegen seiner Wortwahl zurechtweist.

Jonas kickt sauer einen Kieselstein weg, und Lara weiß offensichtlich nicht, wohin mit sich, jedenfalls sieht sie etwas ratlos zwischen mir und Paps hin und her.

»Caro, du trägst so was nicht. Punkt«, sagt mein Vater entschieden und fügt etwas versöhnlicher hinzu: »Geh bitte hoch und zieh dir was anderes an, ja, Liebes?«

»Meine Fresse, wie spießig kann man denn sein?!« Genervt stakse ich die Treppen wieder hoch. Die High Heels machen einen Heidenlärm dabei. Scheiß drauf.

»Um halb zwölf bist du wieder zu Hause!«, ruft Paps mir noch nach, und jetzt kommt mir von oben auch noch Mum in ihrem Nachthemd entgegen. Ich bleibe auf der Treppe stehen, fühl mich regelrecht eingekesselt.

»Was ist denn hier los?«, fragt Mum verschlafen. Dann sieht sie mein Kleid. »Oh, là, là, wo hast du das denn her?«

Jetzt reicht's. Mir reißt auch der letzte Geduldsfaden.

»Ist doch völlig egal, wo ich das herhabe. Ich seh eben nicht wie ein Zombie aus – wie du!«, brülle ich und stöckle weiter, vorbei an meiner Mutter.

»Wie bitte?!«

Ich knalle meine Zimmertür zu.

Die können mich alle mal gernhaben, verdammt!

6

Vor dem 42 reihen sich enorm viele Leute in die Warteschlange. Nick hält meine Hand, und darauf bin ich auch angewiesen. Ohne seine Hilfe könnte ich keinen Schritt auf diesem Kopfsteinpflaster machen, ohne hinzuknallen. Ich trage nämlich wieder die High Heels, zusammen mit dem Kleid – und bin ganz nebenbei ziemlich stolz auf meine neu entdeckte kriminelle Energie: Die Schuhe habe ich kurzerhand aus dem Fenster geworfen und im Vorgarten wieder eingesammelt, und das bisschen Stoff vom sexy Kleid passte zum Glück in meine kleine Handtasche. Umgezogen hab mich dann bei Nick im Auto. Er hat die ganze Zeit draußen gewartet und weggeschaut, wie ein Gentleman der alten Schule. Da gibt's wohl doch mehr von als nur Benedict Cumberbatch – wird Lara sich bestimmt freuen.

Und das Beste: Wir wandern jetzt an der langen Schlange vorbei. Einfach so. Der coole Junge und das staksende Mädchen in den High Heels. Die anderen in der Schlange beobachten uns mit missmutigen Blicken. Eine aufgebrezelte Blondierte will sich beim Türsteher beschweren, aber wir sind schneller. Nick scheint den Schrank von Türsteher zu kennen. Sie begrüßen sich mit einer Mischung aus Highfive und einarmiger Umarmung.

»Yo, Alder, was geht?«, sagt der Schrank. »Ist sie das?« Er nickt zu mir hin.

Wow, das ist ja die reinste Hip-Hop-Persiflage. Nicht zu fassen, dass es wirklich Menschen gibt, die so reden!

Nick zeigt mich stolz vor, ich versuche ein unsicheres Lächeln.

»Respekt!« Damit öffnet uns der Schrank die Absperrung zum Club.

Nick führt mich zum Eingang und hält mir die Tür auf. Neidische Blicke funkeln mir aus der Warteschlange entgegen, aber keiner traut sich, was zu sagen. Ich wünschte, Chrissy würde mich jetzt sehen.

Als ich ins 42 trete, schlägt mir sofort eine Welle ohrenbetäubend lauter Musik entgegen, dabei stehen wir erst im Flur. Hip-Hop. *Okay.* Das kommt jetzt nicht wirklich überraschend.

Ich brauche einen Moment, um in der Dunkelheit etwas erkennen zu können. Nick marschiert mit mir an der Kasse vorbei und nickt nur kurz zur tätowierten Kassiererin.

»Du bist hier wohl öfters?«, frage ich Nick beeindruckt.

Er grinst mich an. »Jep.«

Plötzlich bleibt er stehen.

»Prinzessin, pass auf, meine Kumpels ticken ein bisschen anders als deine Vorstadtfreunde«, warnt er mich.

Ich winke ab. Das schüchtert mich jetzt wirklich nicht ein. »Hey, meine Vorstadtfreunde sind voll gefährlich«, erläutere ich ihm – Lara hat schließlich auch eine große Klappe.

Jetzt schaut er mich an, als hätte ich was Supersüßes gesagt.

»Wirklich!«, versichere ich ihm, aber Nick nimmt mich einfach nicht ernst. Eigentlich hat er ja auch recht. So cool Lara – noch dazu meine *einzige* Freundin – auch ist, in seinem Viertel kommt sie mit ihrer großen Klappe bestimmt nicht weit.

»Meine Kumpels machen in Drogen und so. Das 42 ist unser Revier, hier trauen sich noch nicht mal die Bullen hin«, erklärt Nick.

»Willst du mir Angst machen? Das schaffst du nämlich nicht«, behaupte ich.

Nick lacht und will weitergehen. Aber ein bisschen unheimlich ist mir das Ganze doch. Ich bleibe stehen, halte Nick an seiner Hand zurück. Ich muss einfach fragen.

»Machst du auch *in Drogen* … und so?«

Zu meiner Erleichterung schüttelt er vehement den Kopf. »Ich deal nicht mehr. Mit dem Scheiß hab ich aufgehört. War schlimm genug, meinen Bruder dran krepieren zu sehen.«

Richtig, sein Bruder, fuck. Das hatte ich ganz vergessen.

Nick starrt irgendwo ins Leere – einen Moment lang scheint er schier unendlich weit von mir entfernt zu sein. Dann blickt er mich wieder an. »Trotzdem machen das bei uns eben alle, zumindest eine Zeit lang«, erklärt er. »Ich kann meine Kumpels nicht zwingen, mit dem Dealen aufzuhören. No way. Das ist wie ein Freiwilliges Soziales Jahr bei uns, das ist unser Wehrdienstersatz, verstehst du?«

Nein, tue ich nicht, aber ich nicke trotzdem.

Wir gehen weiter, Hand in Hand, auf die große Schwingtür zu. Mir ist mulmig im Magen.

Es ist unglaublich voll und die Tanzfläche viel kleiner, als ich sie mir vorgestellt habe. Direkt bei den Boxen ist die Musik so laut, dass ich keinen vernünftigen Gedanken mehr fassen kann. Die Bässe wummern in meinem Bauch, schicken Wellen durch meinen ganzen Körper. Die Menschenmasse tanzt nicht wirklich, dafür ist es zu eng. Sie wabert in minimalen Bewegungen – ein merkwürdiger Schwarm, gesteuert vom DJ hinter seinem Pult. Bunte Laser tanzen darüber hinweg.

An der hinteren Wand führen ein paar Stufen zu einer höheren Ebene hoch. Dort stehen ein paar Loungesofas, und es ist wesentlich weniger voll. Bestimmt eine Art VIP-Bereich. Ich folge Nick durch die Menschenmasse – und alle weichen sie vor ihm zurück, selbst die, die die Augen geschlossen haben.

Erst als wir am anderen Ende der Tanzfläche ankommen, entdecke ich die Absperrung zur höheren Ebene. Auch hier steht ein *Schrank* – im Vergleich zum bulligen Typen vor dem Club ist der hier aber eher eine Kommode. Sofort öffnet er die Absperrung für Nick, und wir steigen die Stufen nach oben, wo uns eine kleine Gruppe erwartet. Drei Jungs und ein Mädchen, obwohl – sofort ärgere ich mich darüber, dass ich immer noch in so kindischen Kategorien denke. Also, Entschuldigung, drei Männer und eine Frau. Wobei einer der Männer wirklich noch wie ein Junge aussieht.

Der Älteste der Männer erhebt sich und begrüßt Nick mit einer festen Umarmung. Sein dunkler Bart ist schon fast peinlich gut gestylt, und seine Augen sind schwarz wie die Nacht. Er wirkt auf mich wie ein Türke oder Araber – was weiß ich, irgendwie nahöstlich eben. – Oh Mann, warum denk ich denn so was überhaupt?! Ich hab noch kein Wort gesagt, aber schon tun sich vor mir jede Menge Fettnäpfchen auf. Bloß nicht reintreten jetzt. Am besten, ich halte die Klappe, es ist ohnehin viel zu laut zum Reden.

Mittlerweile hat Nick auch die anderen beiden Männer begrüßt, nur die Frau beachtet er nicht weiter.

Der ältere der beiden hat ebenfalls ziemlich dunkle Haare, aber sehr blasse Haut, ungesund blass. Er ist gerade dabei, auf dem niedrigen Tisch vor dem Sofa einen Joint zu drehen. Das erkennt mein fachmännischer, serienerprobter Blick sofort. Auch wenn das hier die erste Jointbauaktion ist, die ich live mitbekomme.

Tja, und sein jüngerer Kumpel? Der hat definitiv zu viele Muskeln für sein Bubigesicht. Unter seinen blonden Locken sieht er aus, als wäre er erst zwölf. Was wahrscheinlich nicht stimmt, siehe die Muskeln.

»Das ist Caro, meine *Prinzessin*«, stellt Nick mich liebevoll vor.

Ich spüre die Blicke auf mir. Sie pfeifen anerkennend. Ich verlagere mein Gewicht von einem Absatz auf den anderen und hoffe inständig, dass sie schnell wieder weggucken, sonst sehen sie selbst in dem schummrigen Licht, wie rot ich werde.

»Siehst du, du Jungfrau, so macht man das!«, grölt der Blasse dem Bubi zu.

»Grade erst gestartet und schon eine dicke Fresse, was?!«, maßregelt der Älteste den Blassen, woraufhin die vier in lautes Gelächter ausbrechen.

Ich komme nicht wirklich mit. Wahrscheinlich irgendein Insider aus der Kategorie Unter-der-Gürtellinie. Anspielungen auf das Gebiet südlich vom Bauchnabel ignoriere ich jetzt lieber – ich bin schon unsicher genug. Sind sicher auch nicht mehr ganz nüchtern, die Typen.

Mein Blick bleibt an der Frau auf dem Sofa hängen. Sie schaut mich ebenfalls an. Nein, sie schaut durch mich hindurch. Ich kann mich nicht entscheiden, ob ich ihren Blick kalt oder abwesend oder beides finden soll. Ich umklammere Nicks Hand noch fester.

Ich merke etwas zu spät, dass der älteste der drei mit mir redet.

»Willkommen, Schönheit. Das sind Demjan …« – damit meint er den Blassen – »… und Matze …« – das Bubigesicht –, »… und ich bin der Tarik.« – Aha, also doch, Türkisch-Arabisch-Nahost-Dings! Meine linke Hirnhälfte freut sich, meine rechte schreit *»Maul halten«!*

Ich nicke, und Tarik redet weiter.

»Das hier ist Tina, meine Perle.« Dabei streicht er der Frau auf dem Sofa über die Wange. Noch bevor seine Hand ihre Wange erreicht, zuckt die Frau fast unmerklich vor seiner Berührung zurück. Dann lässt sie das Streicheln über sich ergehen, ohne den merkwürdig kalten Blick von mir zu nehmen. Die Frau strahlt irgendetwas höchst Ungutes aus, aber ich bekomme es nicht genau zu fassen. Wahrscheinlich haben Tarik und sie eben noch gestritten, vielleicht ist sie eifersüchtig, vielleicht hat Tarik ein wanderndes Auge? Nicht mein Bier.

Tarik legt den Arm um Nick.

»Wie ist der Stand?«, will er von Nick wissen. Klingt, als machen die beiden doch irgendwelche Geschäfte miteinander. Auch das ist nicht mein Bier, ermahne ich mich selbst.

Tarik zieht Nick ein Stück weit weg von uns anderen. Ich muss Nicks Hand loslassen und komme mir plötzlich schrecklich alleine vor so ohne ihn – wie eine kleine Gazelle vor einem Rudel hungriger Löwen. Oder bei meiner Statur eher wie ein Flusspferdbaby, aber auf jeden Fall ausgeliefert.

Tarik und Nick haben die Köpfe zusammengesteckt und bereden irgendwas. Die laute Musik verhindert, dass ich auch nur ein Wort von ihrem Gespräch mitbekomme. Nick zeigt Tarik etwas auf seinem I-Phone.

Ich spüre Matzes Blick auf mir. Kein schöner Blick.

»Spasti, Mund zu, du sabberst!«, Demjan macht sich über den Bubi und seinen Blick lustig.

Matze guckt schnell weg von mir und trinkt seine Red-Bull-Dose leer.

»Magst du was trinken?«, fragt mich Demjan. Er hält mir ein Glas Cola hin, und ich nehme es highheel-bedingt mit einem Maximum an Körperspannung entgegen. Deshalb haben Frauen, die immer hohe Absätze tragen, wohl so merkwürdige Wadenmuskeln.

Genüsslich gönne ich mir einen guten Schluck von der »Cola« – und verziehe das Gesicht. Cola ist höchstens in homöopathischer Dosis in diesem Getränk enthalten. Es schmeckt nach Alkohol pur. Rum oder so. Keine Ahnung. Ich hab noch nie härtere Sachen getrunken, mit einem Bier fühle ich mich normalerweise schon verwegen genug.

Tina grinst mich verächtlich an. So ein bisschen Rum würde ihre Gesichtszüge wohl nicht zum Zucken bringen. Also trinke ich das scheußliche Gesöff aus purem Trotz halb aus.

Tarik klopft Nick väterlich auf die Schulter, und die beiden kommen zurück zur Runde. Endlich! Demjans Joint ist fertig, er zündet ihn an und reicht ihn weiter, nachdem er selbst einen Zug genommen hat. Keiner redet, es wird nur geraucht, zurückgelehnt und gechillt.

Nick lässt sich ins Sofa fallen und holt mich dazu. Ich versuche, irgendwie grazil zu wirken. Klappt nicht. Ich versuche, meine Beine so überzuschlagen, dass das Kleid nicht so megakurz aussieht. Klappt auch nicht. Nick breitet den Arm aus, und ich folge der Einladung, kuschle mich an ihn. Nick nimmt einen tiefen Zug vom Joint – ich schätze mal, das läuft für ihn nicht unter der Kategorie Drogen – und reicht ihn dann über meinen Kopf hinweg an Tarik weiter.

»Ich will auch mal probieren«, sag ich.

»Dafür bist du noch zu jung«, sagt er ruhig.

»Blödsinn.« *Zu jung*, Unverschämtheit!

Also reicht Nick mir doch den Joint. Ich ziehe daran. Währenddessen küsst er mir zärtlich den Hals. Und ich kriege einen Hustenkrampf. Nick gibt den Joint weiter, die anderen grinsen sich verstohlen an. Das mit dem Jointrauchen muss schnell besser werden, wenn ich mich nicht zur Lachfigur machen will.

Es dauert nicht lange, und ich bin wie in Watte gehüllt durch die Mischung aus Rum-Cola-Plörre und Joint. Der Club bewegt sich unter mir wie ein Floß auf ruhiger See. Ich fühle mich wie ein glückliches Baby, das sanft in den Schlaf gewiegt wird, nur bin ich nicht müde. Ich bin hungrig. So hungrig wie noch nie. Ich bin am Verhungern. Und das, obwohl sich vor mir schon die leeren Erdnusskartons und Chipstüten stapeln. Ich reiße den letzten Erdnusskarton auf und schütte mir so viele Nüsse in den Schlund, wie ich nur kann. Ich finde mich unglaublich witzig dabei und kriege prompt einen Lachkrampf. Das ist ziemlich unpraktisch, wenn der Mund voller Erdnüsse ist. Weil man dann weder weiterkauen noch schlucken kann und man diesen fiesen Krampf in den Wangen bekommt. Der einen nur noch mehr zum Lachen bringt.

Nick muss aufgestanden sein, er sitzt nicht mehr neben mir. Wo ist er denn? *Nick?*

»Wir müssen gehen, Prinzessin.« Ach ja, er steht vor mir, richtig.

»Ich bleibe lieber noch hier«, teile ich ihm mit – oder zumindest schickt mein Gehirn den Befehl für diesen Satz an meine Stimmbänder. Keine Ahnung, ob das auch so bei Nick ankommt.

Wohl eher nicht, denn er hebt nur die Augenbrauen und zieht mich hoch. Mir egal – ich mache einfach nicht mit, spiele Marionette mit durchgeschnittenen

Fäden. Ist auf High Heels keine gute Idee, ich knicke sofort um und muss mich an Nick festhalten. Ich spüre einen kühlen Luftzug an meinem Hintern, der wahrscheinlich bedeutet, dass der mikroskopische Rockteil des Kleides tatsächlich nur noch ein Gürtel ist. Wie Paps gesagt hat.

Hm.

Kurz lichtet sich der Nebel in meinem Kopf, und mir dämmert, dass ich grade eine lächerliche bis abstoßende Figur abgeben muss. Die Erkenntnis hält nicht lange.

»Komm, lass uns tanzen!« Ich ziehe Nick mit auf die Tanzfläche, torkle mutig voraus die Stufen hinunter.

Es läuft kein Gangsta-Rap mehr, sondern R&B. Viel besser, finde ich, perfekt zum Engtanzen. Ich hänge mich an Nicks Hals, und er macht lächelnd mit. Tanzt mit mir. Ich spüre ihn – er ist so dicht an mich herangerückt! Ich muss kichern. Seine Hände wandern meinen Rücken hinunter. Bis zu meinem Hintern. Wow! Ich genieße es – das Schaukeln des Bodens, die Watte um mich, der Nebel in meinem Kopf, und Nick.

»Was sagen die Jungs so über mich?«, frage ich sein rechtes Ohrläppchen.

»Die sagen nichts mehr. Die glotzen und staunen«, raunt er zurück.

Ich blicke mich verstohlen zu den anderen auf der höheren Ebene um. Sie lachen alle miteinander und schauen nicht her. Alle, außer Tina. Ihr Blick. Die geht mir auf die Nerven mit ihrem kranken Blick.

Nick löst sich von mir und zieht mich davon.

»Los geht's. Ich bring dich jetzt nach Hause.«

Verflucht.

7

Ich träume von Nick. Wir sind ganz allein im Club. Wir tanzen wieder, aber es ist keine Musik zu hören. Alles ist totenstill. Ich blicke in seine grünen Augen.

Plötzlich werden sie dunkel, das Grün verschwindet, und dann auch das Weiß …

Ein lautes Rattern reißt mich aus dem Schlaf.

Mum steht an meinem Fenster und zieht die Rollläden hoch.

»Hast du heute nicht ein Heimspiel?«, fragt sie.

Das Sonnenlicht tut mir in den Augen weh. Ich blinzle, versuche, meinen Wecker zu fokussieren.

Elf Uhr siebzehn!

»Scheiße!!!«, fluche ich und springe auf.

»Sprache, Caro, Sprache.«

Ich bin zu schnell aufgesprungen. Ich muss mich am Bücherregal festhalten. Mir dröhnt der Kopf, als wäre über Nacht ein Hornissenschwarm dort eingezogen, und die Gesetze der Schwerkraft haben sich scheinbar auch verändert. Oh Gott, ist mir schlecht.

Ich spüre in meinem Rücken, wie Mum mich beobachtet mit ihren Argusaugen. Ich lasse das Regal los. Nichts wie raus hier.

»'tschuldigung, ich muss«, nuschle ich und bin auch schon im Bad verschwunden.

»Caro?«, ruft mir meine Mutter hinterher. Ihr Ton verheißt nichts Gutes, doch ich sitze schon auf der Toilette und halte mich an der Duschwand fest, um nicht von der Klobrille zu rutschen.

»Caro?«, erkundigt sich meine Mutter noch einmal durch die Tür. Ich schweige beharrlich. Draußen kann ich sie lautstark ausatmen hören.

»Okay, dann eben später!« Sie gibt auf, wenn auch nur für jetzt. Ihre Schritte entfernen sich.

Ich atme auf.

Als ich endlich in die Halle hetze, sind die anderen Mädchen schon mitten beim Aufwärmtraining. Ich nicke Herrn Yildirim zu und peile Lara an. Wir umarmen uns, wie immer.

»Wow, wie siehst du denn aus? Hast du bis heute Morgen durchgemacht?« Lara springt weiter, fünfmal Knie hoch, fünfmal Fersen an den Po.

»Ich bin fit, ich kann spielen.« Ich versuche vergeblich, mit Lara Schritt zu halten. Die Wände der Halle wabern mir entgegen, als wären sie aus Gummi. Mir ist immer noch schlecht.

»Hey, chill mal, ich bin nicht der Yildirim«, Lara wirft mir einen kurzen Blick zu. »Also, wie war's?«

Oh Mann. Ich muss augenblicklich stehen bleiben, sonst kotz ich hier auf den Hallenboden. Ich halte mir die stechende Seite.

»Nice«, japse ich. »Wir sind da einfach so reinmarschiert. An der ganzen Menschenschlange vorbei. Wir haben total eng getanzt … Und ich hab gekifft!« Den letzten Satz flüstere ich Lara ins Ohr. Jetzt hört auch sie auf herumzuspringen.

»Was?! Und ich war auf Toms blöder Party!«, ärgert sie sich.

»War's nicht die Party des Jahrhunderts?«, frage ich mitleidig.

»Beschissen war's. Seine Eltern waren da. Die ganze Zeit!«

»Beim nächsten Mal kommst du mit in den Club«, verspreche ich ihr.

Ausgerechnet jetzt kommt Herr Yildirim auf uns zu.

Geistesgegenwärtig reicht mir Lara ein Kaugummi, das sie blitzschnell aus ihrer Hosentasche gefischt hat.

»Weißt du, was das heißt, Kapitänin zu sein?« Herr Yildirim schaut sehr ernst drein.

Also ich halte ja nicht so viel von rhetorischen Fragen. Wenn man die Antwort selbst weiß und weiß, dass das Gegenüber es auch weiß, warum fragt man dann noch? Logischerweise antworte ich auch nicht, sondern nicke nur.

»Davon sehe ich leider nichts. Du kannst dich umziehen und gehen!«

»Warum das denn?«, platzt es aus mir raus. Das ist unfair, total unfair!

»Ich kann deine Fahne durch die ganze Halle riechen. Was du in deiner Freizeit machst, geht mich nichts an, aber so brauchst du nicht noch mal zu einem Spiel zu kommen, verstanden?«

Ich kann nicht glauben, dass der Yildirim so gemein ist. Ich will mich verteidigen, aber ich weiß nicht, wie. Ich bin so wütend, dass mir die Tränen in die Augen steigen, was mich nur noch wütender macht.

»Herr Yildirim, machen sie mal halblang. Sie läuft sich doch grade erst ein«, versucht Lara zu vermitteln.

Der Yildirim ignoriert es einfach. Er blickt mich immer noch mit diesem todernsten Problemgesicht an.

»Verstanden?!«, wiederholt er.

»Ja. Tut mir leid«, sage ich so leise, dass er es wahrscheinlich gar nicht hört.

Dann laufe ich in die Umkleidekabinen und weiter zu den ekligen Toiletten, haue gegen die Klotüren und heule.

Wir sind fertig mit dem Abendessen. Greta sitzt hinten vor dem Fernseher und guckt irgendeine widerlich rosa Animeserie.

Ich bin mit Abspülen dran, Jonas mit Abtrocknen – was vollkommener Quatsch ist, wie ich finde, aber Mum muss eben immer eine saubere und leere Arbeitsplatte haben. Typisch Stationsschwester, schätze ich mal.

Mum und Paps sitzen noch am Esstisch und reden

leise miteinander. Aus dem Augenwinkel sehe ich, wie Paps beruhigend über Mums Hand streicht. Da ist ein Gewitter im Anmarsch, denke ich noch, und schon ist es so weit.

»Setzt ihr euch bitte mal zu uns?« Damit meint mein Vater Jonas und mich. Greta darf weiter fernschauen.

Wir tun, wie geheißen, setzen uns zu unseren Eltern. Jonas sieht aus, als hätte er ein genauso mieses Gefühl dabei wie ich.

Mein Vater holt tief Luft. »Mum hat das Kleid unter deinem Bett gefunden, Caro.«

»Durchsucht ihr jetzt mein Zimmer, wenn ich weg bin?« Ich bin aufrichtig schockiert.

Er geht gar nicht darauf ein, sondern redet sich jetzt richtig in Rage. »So, wie das Kleid stinkt, hast du es gestern Abend doch noch getragen. Caro, du kannst dich nicht einfach so über unsere Regeln hinwegsetzen!«

»So ein Kleid kann manche Jungen auf falsche Gedanken bringen«, gibt nun auch Mum ihren Senf dazu.

»Was denn für falsche Gedanken?«, frage ich provokativ.

»Außerdem warst du noch heute Morgen besoffen.« Mein Vater wieder. Meine Frage ignoriert er.

Ich schweige. Jonas will aufstehen. Er hat wohl keine Lust, Zeuge meiner Erniedrigung zu werden.

»Bleibst du bitte sitzen?« Mum sieht ihn streng an.

»Wir waren um halb zwölf zu Hause. Der Rest ist

nicht mein Problem«, sagt Jonas und steht trotzdem auf.

»Der Rest ist sehr wohl dein Problem!«, setzt mein Vater nach. »Wenn Caro mit dir auf eine Party darf, dann nur, weil wir glauben, dass du auf deine Schwester aufpasst. Sonst wäre Caro nämlich von Anfang an zu Hause geblieben.«

»Caro kann ja wohl selbst auf sich aufpassen!« Mittlerweile regt sich Jonas so lautstark auf, dass Greta verstohlen vom Sofa rüberlunzt.

»Wenn ich ein Junge wär, dann wäre das alles überhaupt kein Thema!«, beschwere ich mich. Damit treffe ich offensichtlich ins Schwarze, denn sowohl Mum als auch Paps sind kurz still.

Jonas steht unschlüssig am Tisch.

»Bitte, setz dich«, versucht Mum es noch einmal – ohne Erfolg.

»Ist nicht meine Schuld, dass ihr nach meiner Geburt zu blöd zum Verhüten wart!« Das raunt Jonas so leise beim Weggehen vor sich hin, dass nur ich es höre. Zum Glück, sonst wäre hier wahrscheinlich Schluss mit lustig.

Meine Eltern lassen ihn. Seine wütenden Schritte hallen durchs Treppenhaus. Dann ist es wieder still.

»Was hast du getrunken?«

Na toll. Anscheinend wird nun eine vollständige Anamnese durchgeführt, drunter macht es Mrs Krankenschwester nicht. Dabei geht's mir super, na ja, so einigermaßen zumindest.

Ich zucke mit den Schultern.

»Keine Ahnung. So dies und das.«

Mum holt tief Luft. »Jetzt hör mir mal zu. Erstens bist du zu jung für Alkohol, besonders in solchen Mengen. Und zweitens hast du auch noch geraucht!«

Ich schweige.

»Oder etwa nicht?!« Meine Mutter hat sich mittlerweile warmgeredet.

»Ich hab nicht geraucht«, lüge ich kleinlaut.

»Du riechst immer noch wie ein Aschenbecher«, konstatiert mein Vater.

Mir gefällt das hier überhaupt nicht. Wo, bitte schön, ist denn hier der Good Cop bei diesem verdammten Verhör?

»Tut mir leid, ehrlich. Die anderen haben auch alle geraucht.« Ich versuche es mit Reue und Gruppenzwang.

»Und wenn die anderen alle aus dem Fenster springen, dann springst du einfach hinterher?«

Ich stöhne genervt. Meine Mutter kann vielleicht Fragen stellen, da ist selbst die uralte Dröhse vom Deutschkurs origineller.

»Und Lara macht auch einfach so bei allem mit?«, will mein Vater wissen.

»Weiß nicht.« Also echt. So langsam reicht's mir.

»Hattest du einen Filmriss?« Meine Mutter.

Ich presse wütend die Lippen aufeinander und sage gar nichts mehr.

»Wir müssen nicht wirklich mit Hausarrest drohen, oder?« Mein Vater sieht mich fragend an.

»Weißt du, wie viele Mädchen mit Alkoholvergiftung bei uns eingeliefert werden? Manche *sterben* daran! Verstehst du? Das ist kein Spiel!«, regt sich Mum auf.

»Ich war doch pünktlich zu Hause!«, brülle ich.

Greta starrt mit aufgerissenen Augen zu uns herüber. Klar, das Drama hier ist weitaus interessanter als ihre beknackte Serie.

Mum springt auf. Sie sieht aus, als würde sie mir am liebsten eine scheuern.

»Ich muss mal raus«, schnauft sie und verschwindet im Garten. Paps läuft ihr nach, schließt die Gartentür hinter sich.

»Glotz nicht so blöd!«, mache ich Greta an. Am liebsten würde ich unauffällig in mein Zimmer verschwinden, aber das wäre aktuell vermutlich nicht so geschickt. Also beschließe ich, einfach mit dem Abwasch weiterzumachen – und nebenbei meine Eltern durch das Fenster über der Spüle im Blick zu behalten.

Sie stehen auf der Terrasse, und gerade redet mein Vater auf meine Mutter ein. Viel verstehe ich nicht, aber anscheinend versucht er, sie zu beruhigen. Sie wird aber nicht ruhiger. Stattdessen fährt sie nun *ihn* wütend an – vermutlich weil er gestern zwar gemerkt hat, dass ich pünktlich, nicht aber, in welcher Verfassung ich war, als ich nach Hause gekommen bin, alkohol- und zigarettentechnisch. Irgendwann stapft Paps zum Meerschweinchenauslauf davon. Mum bleibt stehen und schließt die Augen.

Greta guckt längst die nächste Serie, und ich bin grade fertig mit Abspülen, als Mum aus dem Garten zurückkommt, sich ein Geschirrtuch schnappt und neben mir mit gerunzelter Miene mit dem Abtrocknen beginnt.

»Als ich in deinem Alter war, hab ich mir einen Minirock geholt«, sagt sie nachdenklich. »Das hat auch Ärger gegeben …« Sie stockt kurz. »Bitte entschuldige, falls ich manchmal überreagiere. Ich will nur nicht, dass dir was Schlimmes passiert.«

»Weiß ich doch.« Auch ich hab mich inzwischen wieder abgeregt. »Ich pass auf, versprochen.«

Mum öffnet die Arme zu einer Umarmung. »Frieden?«, fragt sie.

»Wenn's sein muss.« Ich schmiege mich in ihre Arme.

In meiner Hosentasche vibriert es. Das ist das I-Phone. Nick!

Plötzlich habe ich das Gefühl, mir läuft mein Herz

über. Ich bin so glücklich, so verknallt, und ich würde es Mum so wahnsinnig gerne erzählen: Was für ein toller Mensch Nick ist. Dass sie sich nie Sorgen zu machen braucht um mich, solange er für mich da ist. Dass ich, wie's scheint, meine große Liebe gefunden habe.

»Mum?«

»Ja?« Sie schaut mich erwartungsvoll an.

Ich kann es ihr nicht sagen. Ich habe Angst, dumm zu klingen oder naiv. Wörter reichen nicht aus, um zu beschreiben, was ich für Nick empfinde. Und am Ende macht sich meine Mutter nur noch mehr Sorgen.

»Ach, nix«, sage ich und drücke sie noch einmal kurz.

Die Zeit fliegt in Lichtgeschwindigkeit dahin – zumindest, wenn ich mit Nick zusammen bin. Dann ist alles leicht und hell. Wir verbringen die letzten warmen Septembertage am Rhein. Fläzen im Sand, grillen, bauen Sandburgen und Kieselsteinschlösser. Wir schwimmen sogar im Rhein, was wirklich gefährlich sein kann, uns aber nicht kümmert. Das Wasser ist herrlich frisch, und alles, was ich will, ist Nick. Ich brauche sonst nichts. Keinen Schlaf, kein Essen, nichts. Meinen Eltern sage ich, ich sei mit Lara unterwegs, wenn ich Nick treffe. Lara spielt mit und gibt mir auf elterliche Rückfragen hin die perfekten Alibis. Ich sehe Lara jetzt seltener, aber ich glaube, sie gönnt es mir, das Glück.

Wenn ich nicht bei Nick bin, wird die Zeit plötzlich sehr zähflüssig. Eine alte, müde Schnecke, die sich nicht fortbewegen will. Schule, Hausaufgaben, im Haushalt helfen, auf Greta aufpassen, mit Jonas streiten, alles dauert so furchtbar lange. Unendlich ziehen sich die Stunden, bis ich wieder in seinen Armen liege. So fliegen und schleichen die Tage wechselweise dahin.

Heute hat Nick nach der Schule etwas Besonderes für mich geplant. Noch an seinem BMW verbindet er mir die Augen und führt mich über einen gepflasterten Weg durch eine Tür in einen Hauseingang. Wir warten kurz, dann geht es weiter. In einen Aufzug. Wir fahren ziemlich viele Stockwerke hoch, dann geht's raus aus dem Aufzug, durch einen Flur, in dem unsere Schritte hallen, zu einer Tür. Ich höre Nick einen Schlüsselbund herausholen und die Tür aufschließen. Wir treten hindurch, in meinem Rücken fällt die Tür wieder zu.

»Nicht gucken!«, warnt Nick.

Ich schüttle grinsend den Kopf und lasse mich noch ein paar Schritte weiterführen. Vorsichtig nimmt mir Nick die Augenbinde ab.

Vor mir liegt eine Fensterfront, die einen unglaublichen Ausblick bietet. Über die Dächer der Stadt hinweg bis zur Rheinbrücke. Nachts, mit den Lichtern der Brücke, muss das der Hammer sein.

Beeindruckt drehe ich mich einmal um mich selbst und kapiere so langsam, dass Nick mich in eine fast leere Wohnung geführt hat. Das hier soll wohl das Wohnzimmer sein. Es ist groß, viel größer als mein kleines Zimmer in unserem Bullerbü-Haus. Eine weiße Ledercouch steht an der Wand und gegenüber ein Flachbildfernseher einfach auf dem Boden. Ein Flur führt zu weiteren Zimmern. Die Wohnung sieht frisch renoviert aus, aber es riecht nicht nach Farbe. Nur ein bisschen nach Zigarettenrauch und Gras.

»Ist das deine Wohnung?«, frage ich Nick.

»Das ist *unsere* Wohnung, Prinzessin.«

8

Unsere Wohnung? Ich verstehe die einzelnen Worte, aber nicht ihren Sinn.

»Ich hab die Wohnung gekauft«, erläutert Nick. »Für uns.«

Ich fühle mich überrumpelt und begreife nicht, was hier grade passiert. Mit neunzehn kauft man doch keine Wohnung. Von welchem Geld denn, bitte schön? Und schon gar nicht kauft man eine Wohnung für seine fünfzehnjährige Freundin!

»Aha.« Ich spüre, dass Nick erwartet, dass ich mich freue. Aber ich kann mich nicht freuen, das geht so einfach nicht.

»Hey, was ist los?«, fragt er, sichtlich verunsichert.

»Na ja … Abgesehen von der kaputten Spülmaschine und vom Greta-Babysitten und den Streitereien mit Jonas ums Bad bin ich eigentlich noch ganz gerne bei meinen Eltern.«

»Wie jetzt?«, fragt er verblüfft. »Freust du dich denn gar nicht?«

NEIN!

»Doch, ja«, versuche ich, ihn zu besänftigen. »Es ist nur so … verrückt.«

Das trifft Nick. Kritik verträgt er nicht so gut.

»Ich hab die Wohnung nun mal gekauft, okay?« Er

sieht mich ein bisschen vorwurfsvoll an. »Ich will eben so viel Zeit wie nur möglich mit dir verbringen! – Aber du«, er schluckt, dann gibt er sich einen Ruck und redet weiter, »du erzählst ja noch nicht mal deinen Eltern von mir.«

Oh Mann, er versteht das grad alles völlig falsch! Ich nehme seine Hand, halte sie fest.

»Ich stell dich noch meinen Eltern vor, versprochen, ganz bald«, versichere ich ihm. »Irgendwie hab ich bloß noch nicht den richtigen Moment dafür gefunden.« Nachdenklich sehe ich ihn an. »Nick, ich will doch auch, sooft es nur geht, mit dir zusammen sein!«, starte ich einen unbeholfenen Erklärungsversuch. »Aber ich will *nicht*, dass du so viel Geld ausgibst für mich. Ich liebe dich doch auch so.«

Offensichtlich glaubt er mir – jedenfalls wirkt er nun ein bisschen erleichtert. Ich lehne mich an ihn, er nimmt mich in die Arme, küsst mich liebevoll auf die Stirn.

»Das hier wird unser Zuhause, Prinzessin.«

In seine Arme gekuschelt, schaue ich mir die Wohnung noch einmal genauer an. Meine Fantasie beginnt zu tanzen. Was man hier alles machen könnte … Den Wänden mehr Farbe geben, neue Möbel kaufen, ein neues Sofa (weißes Leder geht gar nicht!), Bilder aufhängen von unseren schönsten Fotos, Vorhänge, Pflanzen, ein flauschiger Teppich. Ich muss lachen. Das könnte wirklich verdammt schön werden hier. Krass.

»Du bist total durchgeknallt«, lache ich, ohne den Kopf von Nicks Schulter zu nehmen.

Er sieht jetzt so richtig stolz aus. Ich küsse sein breites Lächeln. Leidenschaftlich.

Nick wirbelt mich mitsamt meiner Handtasche hoch in die Luft und trägt mich wie eine Braut durch den Flur, an einem Bad mit begehbarer Regendusche (wow!) und an einer kleinen Küche vorbei und allen Ernstes über die Schwelle ins hintere Zimmer.

Langsam lasse ich den Blick darin umherwandern. Ein großes Bett steht mitten im Raum. Es ist mit seidiger Bettwäsche bezogen. Behutsam legt Nick mich auf dem Bett ab. Meine Handtasche rutscht mir von der Schulter und gleitet von der Bettkante zu Boden. Langsam beginnt mein Magen zu flattern.

Gegenüber vom Bett steht ein großer Spiegel. Sonst ist das Zimmer leer. Ich sitze ein bisschen nervös auf dem Bett, und Nick kniet vor mir. Er greift unter das Bettlaken und zieht etwas darunter hervor. Ich werde noch nervöser. Wenn das jetzt eine Ringschachtel ist, kippe ich um, hundertpro. Was zu viel ist, ist zu viel.

Es ist tatsächlich eine Schachtel, aber zum Glück keine Ringschachtel. Dafür ist sie zu groß und zu flach. Nick öffnet die Schachtel für mich. Darin liegt rote Spitzenwäsche. Ein BH und ein Tanga. Ich mag es nicht, mir BHs anzuschauen. Die Größe vom BH könnte stimmen. Umso schlimmer. In meiner Größe sehen BHs aus, als wären sie zum Melonenklauen erfunden worden. Und ein Tanga? Ich bin nicht Chrissy, und grade will ich auch wirklich nicht Chrissy sein. Das ist zu wenig Stoff, um bei mir sexy auszusehen. Ich betaste vorsichtig die rote Spitze.

»Wenn es dir nicht gefällt …«, flüstert Nick.

Ich kann ihn hierfür nicht auch noch kritisieren. Also schüttle ich den Kopf und lächle tapfer.

»Möchtest du, dass ich das anziehe?«, frage ich leise und merke im gleichen Moment, wie dämlich die Frage ist: *Natürlich* möchte er das, sonst hätte er es wohl kaum gekauft.

»Scht.« Nick küsst mich sanft. »Hab keine Angst, Prinzessin.«

Er reicht mir die Hände und steht auf. Mein Körper geht mit – wie bei einem stillen Tanz. Ich stehe vor ihm, hinter mir das Bett. Langsam öffnet er meine Sommerbluse, Knopf für Knopf. Er berührt meine Haut nicht, nur die Baumwolle. Trotzdem bebe ich am ganzen Körper. Vor Erwartung. Vor Angst. Vor Scham. Vor Lust. Nick hat mich noch nie nackt gesehen. Ich will, dass er weitermacht, dass er mich anfasst. Gleichzeitig habe ich eine Todesangst, dass er hässlich finden könnte, was unter meiner Kleidung zutage kommt. Er streicht mir die Bluse von den Schultern, sie fällt meinen Rücken, meine Arme entlang zu Boden.

Er öffnet den Reißverschluss meines Rocks. Auch er

fällt zu Boden. Jetzt stehe ich in Unterwäsche vor ihm. Heute blinzelt Minnie Mouse von meinem Schlüpfer herauf. Nick lächelt bei dem Anblick, ich muss kichern – nur kurz. Eine reine Übersprunghandlung. Ich zittere ganz leicht. Ich will nicht zittern, aber ich kann es nicht kontrollieren.

Nick streicht mir über die Wange, den Hals entlang, folgt dem Schnitt meines BHs, greift um mich. Und öffnet den BH.

Mein Herz bleibt stehen.

»Wie schön du bist. Wie wunderschön«, flüstert er.

Ich muss plötzlich weinen. Das Zittern wird stärker, ich heule wie ein Schlosshund. Nick hält mich fest, streicht mir übers Haar, küsst mich. Bis es besser wird, bis ich nicht mehr weinen muss.

Mein ganzes Leben lang habe ich mich hässlich gefühlt. Mal mehr, mal weniger, aber immer hässlich. Zum ersten Mal sehe ich in den Augen eines anderen Menschen, dass ich tatsächlich schön sein könnte.

Mein Schlüpfer fällt zu Boden, gesellt sich zum BH.

Wir liegen im Bett, unter der seidenen Bettwäsche, die sich auf der Haut synthetisch anfühlt. Ich trage die rote Spitzenwäsche. Nick hat sie mir angezogen. Ich hätte mir nie träumen lassen, dass es aufregender ist, von einem Mann angezogen zu werden, als ausgezogen.

Nick hat sich unter der Decke ums Kondom gekümmert. Ich bin sehr froh, dass er es alleine gemacht hat. Wir hatten auf unserer Schule eine HIV-Woche, bei der wir auch Kondome-Anlegen gelernt haben, aber ein Plastikdildo ist und bleibt ein Plastikdildo, und ich war, ehrlich gesagt, schon da kein Profi im Abrollen.

Jetzt liegt Nick auf mir. Sein Gewicht nimmt mir die Luft zum Atmen, aber für mich kann er grade gar nicht schwer genug sein. Er hält mein Gesicht in seinen Händen. Er spürt meine Unsicherheit.

Heute wird es passieren.

Jetzt wird es passieren.

Ich weiß nicht, was von mir erwartet wird. Was ich tun muss, wie mich bewegen, wohin mit meinen Händen, mit meinen Beinen. Ich sollte mich entspannen, aber erzwungene Entspannung hat noch nie funktioniert. Nick lächelt mich an.

»Wenn das zu schnell geht … Wir können warten, solange du willst.« Seine Stimme klingt so ruhig. Ich glaube wirklich, dass er gar nicht aufgeregt ist. Er hatte bestimmt schon jede Menge Freundinnen.

Hoffentlich bin ich keine Enttäuschung, denke ich – und könnte mich im selben Moment dafür ohrfeigen. Ich sollte endlich aufhören, so einen Quatsch zu denken, und anfangen zu genießen, dass ich seine Königin bin und er mich tatsächlich liebt und jetzt gleich etwas Großartiges passieren wird.

»Nein, nicht warten, ich will.« Meine Stimme ist nicht viel mehr als ein nervöses Hauchen.

»Hm? Ich hör dich nicht«, neckt mich Nick.

Er kitzelt mich am Bauch, ich quietsche auf.

»Ich will«, versuche ich es etwas lauter zwischen dem Quietschen.

Nick kitzelt mich noch mehr, ich strample wild und lache wie verrückt.

»Ich will! Ich will! Ich will!«, rufe ich. Ich platze gleich vor Lachen. »Aufhören! Ich kann nicht mehr!«

Aber Nick kennt keine Gnade, er kitzelt mich weiter, wir kugeln unter der Decke herum, jetzt versuche ich, *ihn* zu kitzeln, wir gackern beide, bis wir wirklich nicht mehr können und innehalten. Wir sind außer Atem. Wir liegen ganz eng, Haut an Haut. Ich spüre Nicks Herz rasen. Ich blicke ihn an. Jede Angst, jede Nervosität ist weg.

»Ich will …« Meine Stimme klingt ehrlicher und verführerischer, als ich es jemals für möglich gehalten hätte. Wir verschmelzen in einen Kuss. Unsere Körper beginnen, sich in einem gemeinsamen Rhythmus zu bewegen, mehr und mehr.

Ich muss daran denken, dass ich den Tanga noch trage. Sollte ich den selbst ausziehen oder –

Plötzlich ein Ruck. Ein Schmerz reißt in meinem Unterleib, dass ich aufstöhnen muss.

»Meine Prinzessin, meine Prinzessin, das ist nur beim

ersten Mal, danach wird es schöner, viel schöner …«
Nick küsst mein Gesicht, hält mich, bewegt sich nicht.

Ich versuche ein Lächeln.

»Es ist schön, sehr schön.« Das ist gelogen. Ich weiß nicht, warum ich das sage. Es ist nicht so schmerzhaft, wie ich es mir ausgemalt habe, und der Schmerz verebbt auch schon. Aber schön ist anders.

Nick beginnt vorsichtig, sich in mir zu bewegen. Er versenkt den Kopf an meinem Hals. Ich sehe unser Bild im großen Spiegel. Ich schließe die Augen. Versuche, mich von den Wellen forttragen zu lassen.

Ein Zucken durchfährt Nick. Er stöhnt leise. Es klingt ein bisschen wie das Atmen einer überzüchteten Bulldogge. Das darf ich ihm nie sagen. Ich klinge bestimmt auch nicht besser.

Dann ist es vorbei. Er sinkt auf mich nieder, verschwitzt.

Ich streichle ihm durch sein Haar.

»Jetzt bist du ganz mein. Für immer«, sagt Nick außer Atem.

»Für immer«, wiederhole ich leise.

Er küsst mich, ein schneller Kuss. Und setzt sich noch schneller auf. Mit dem Rücken zu mir entsorgt er das Kondom. Ich kann es nicht sehen, nur hören. Dann zieht er sich an und steht auf.

»Bleib noch liegen, Schönheit«, sagt er und ist auch schon aus dem Raum verschwunden.

Seine Abwesenheit hinterlässt eine Lücke, die fast wehtut. Alles ging so schnell, mein Herz hat Mühe, hinterherzukommen. Ich liege auf dem Bett und schaue zur Decke. Ich lausche in die Wohnung, aber ich höre nichts.

Ich setze mich auf. Kurz schießt mir wieder der Schmerz in den Unterleib. Und verebbt.

Alles ist still.

Ich greife nach meiner Handtasche neben dem Bett, öffne sie. Ein I-Phone, ein Uralthandy. Ich hole mein Uralthandy heraus und rufe Lara an.

»Hey, Caro!«, tönt es mir fröhlich entgegen.

»Hey, Lara ...«, flüstere ich. »Es ist passiert!«

»Was?! Wann? Wie war's?«

»Eben grad. Wir sind bei ihm. Also, genauer gesagt, bei *uns!* Er hat uns eine Wohnung gekauft.«

»WAS?! Wie krass ist das denn?« Danke, Lara, das ist doch mal eine angemessene Reaktion. Ich spinne also nicht. »Ja und, wie war's jetzt?«, will Lara weiter wissen. Es gibt hier thematisch schließlich Prioritäten.

Ich zögere kurz. Ich weiß selbst nicht so richtig, wie es war.

»Schön ... glaube ich«, ist meine wenig überzeugende Antwort.

»Hat es wehgetan?«

»Ein bisschen.« Auf einmal zieht die Angst wieder in meinen Kopf ein. Ist Nick vielleicht deshalb so schnell aus dem Zimmer verschwunden, weil es ihm nicht gefallen hat?

»Ich glaube, ich bin nur dagelegen wie ein toter Fisch«, teile ich meine plötzliche Befürchtung mit Lara.

»Quatsch, bestimmt nicht«, beruhigt mich Lara.

Ich höre die Wohnungstür ins Schloss fallen. Schritte nähern sich aus dem Flur.

»Ich muss wieder«, raune ich ins Handy.

Es folgt noch ein »Ich drück dich« von Lara, dann verstaue ich das Handy schnell in der Handtasche. Ich lege mich wieder hin, auf den Bauch, und stelle mich schlafend.

Ich lasse die Augen geschlossen, als die Tür aufgeht und sich Schritte dem Bett nähern. Ich muss grinsen, weil Nick anscheinend schon wieder eine Überraschung für mich besorgt hat. So ein toter Fisch kann ich wohl doch nicht gewesen sein.

Ich spüre seine Hand auf meinem Rücken, sie streicht hinab, unter die Decke, zu meinem Po.

Ich öffne verführerisch die Augen.

Aber es ist nicht Nick, der neben mir auf dem Bett sitzt.

Es ist sein älterer Freund Tarik!

Ich setze mich geschockt auf, versuche, die Decke um mich zu hüllen. An der Tür stehen Demjan und Matze. Sie kommen dazu, setzen sich mit aufs Bett. Als Letzter betritt der Schrank von Türsteher den Raum.

Ich spüre, wie mir Panik den Hals zuschnürt.

»Nick?«

Von hinten legt sich eine Hand um meinen Kopf. Ich wirble herum. Es ist Nick. Er streichelt mir übers Haar. Sein Blick … Das Grün in seinen Augen ist wie erloschen, er scheint weit weg zu sein, weit, weit weg.

Ich schüttle den Kopf, kurze, abgehackte Bewegungen. Ich will hier raus, ich will nach Hause, sofort.

»Nein … nein … nein …«, raune ich Nick zu. Meine Stimme klingt so leise, so jämmerlich.

Nick küsst mich. Dann steht er auf und geht einfach.

»Nick? Nick! NICK!!!« Ich schreie.

Tarik legt mir seine Hand auf den Mund. Seine Finger pressen fest zu. Ich will hineinbeißen, aber ich kann nicht.

Den Zeigefinger seiner anderen Hand legt er still vor seinen Mund. Ich verstumme. Ich gehorche. Ich habe Angst.

Der Türsteher setzt sich auf meine andere Seite und dreht meinen Kopf zum Spiegel.

»Nicht wegschauen«, sagt er.

***

Das Mädchen auf dem Bett wehrt sich wie ein wildes Tier gegen die Männer. Ihr Körper bäumt sich auf, ihre Beine wollen treten. Aber die Männer sind so viel stärker. Sie sind so viele. Zu Beginn schreit das Mädchen noch einmal auf. Der erste Schlag trifft sie unerwartet in den Bauch. Sie schreit nicht mehr. Sie wimmert nur noch. Leise.

Unhörbar fließen ihre Tränen. Ungesehen.

Die runtergelassenen Hosen, die Boxershorts an den Knöcheln der Männer. Die haarigen Beine. Die Hände, die mit ihrem Körper umgehen, als wäre sie eine leblose Puppe. Schlachtvieh.

Der Gestank nach Rauch und Alkohol und Aftershave und Haargel. Nach Schweiß. Dem Mädchen wird übel.

Das Bett knallt im schneller werdenden Rhythmus gegen die Wand. Jeder Knall eine Explosion.

Dann der Nächste. Die Männer wechseln sich ab.

Als der Bubi dran ist, kann er nicht. Seine Wut. Das Lachen der anderen. Dann der Nächste.

Der Himmel vor dem Fenster.

Die Wolken, die vorbeiziehen.

Das Mädchen wehrt sich nicht mehr. Weint auch nicht mehr.

Sie hält ihren Blick an ihrem Höschen auf dem Boden fest.

Minnie Mouse zwinkert ihr von dort entgegen.

***

Caro

2. Teil

9

Alles ist still geworden. Ich bin alleine im Zimmer. Ich hocke in der hinteren Ecke auf dem Boden, die Decke um mich gehüllt. Die Wände in meinem Rücken. Ich blicke immer noch auf meinen Schlüpfer, auf Minnie Mouse.

Der Himmel hat sich zugezogen, es ist grau vor dem Fenster und düster im Zimmer.

Ich bewege mich nicht, nicht mal mein Blick regt sich. Mein Atem geht so flach, dass selbst mein Brustkorb sich nicht hebt und senkt. Ich bin gar nicht mehr da.

Der Schmerz hat ein Loch in mich geschlagen, alles, was ich bin, alles, was ich jemals war, fließt aus mir heraus und versickert zwischen den Dielen.

Auf dem Bett und auf der Decke ist Blut, mein Blut.

Ich sehe nicht hin.

Ich verschwinde in mir selbst.

Die Tür wird geöffnet.

Ich schaue nicht auf.

Nick kommt herein, setzt sich zu mir auf den Boden.

Ich schaue ihn nicht an.

Er greift nach meiner Hand. Ich ziehe sie instinktiv weg.

»Ich dachte, das sind deine Freunde …« Meine Stimme klingt, als gehörte sie einem anderen Menschen.

Anstatt etwas zu sagen, deckt er mich noch mehr zu. Mein Körper gefriert. Er lässt von mir ab.

Mein Blick löst sich von Minnie Mouse und wendet sich Nick zu.

Er lächelt mich an, zaghaft.

Sein Lächeln lässt die Leere in mir noch wachsen.

Plötzlich merke ich den Schmerz wieder. Er war auf Abstand gegangen. Jetzt schießt er mir wieder in den Unterleib, als würde ich entzweigerissen. Ich krümme mich zusammen, kann Nick nicht weiter ansehen. Ich konzentriere mich auf meine Atmung.

Ein und aus.

»Ich will nach Hause.«

Ein und aus.

10

Wieder ein Abendessen. Wieder Hähnchenschnitzel mit Buttergemüse und Kartoffelbrei, weil Greta nichts anderes essen mag in letzter Zeit. Ich habe keinen Hunger.

Ich schneide das Hähnchenschnitzel auf Gretas Teller in kleine Stücke. So muss ich mich nicht um mein eigenes Essen kümmern. Der Schmerz ist immer noch da, pocht in mir. Ich halte mich gerade, so gerade ich kann.

»Greta kann das auch sehr gut alleine«, meint mein Vater.

Ich lege das Besteck zur Seite und schiebe Gretas Teller zu ihr zurück.

»War etwas Besonderes in der Schule?«, fragt Mum.

»Ich hab eine Vier plus in der Matheklausur«, antwortet Jonas mit vollem Mund und stopft noch mehr Hähnchen mit Kartoffelbrei in sich hinein. Ich beobachte, wie er frisst, höre sein Schmatzen. Es ekelt mich an.

»Na, könnte schlimmer sein«, kommentiert mein Vater die Mathenote. »Aber auch wesentlich besser …«, setzt er nach.

»Das ist nur wegen dem Rückert, der stellt Fragen in den Klausuren, die keine Sau verstehen kann. Das macht der extra!«, meckert Jonas mit noch vollerem Mund.

Ich spüre Mums fragenden Blick auf mir und schüttle den Kopf. Ich werde jetzt nicht über die Schule reden.

»Wir haben heute Pappmatsche-Köpfe gebastelt«, erzählt Greta stolz.

»Das ist ja schön.« Mum kneift die Kleine spielerisch in die Wange, Greta grinst breit.

»Papp*maschee*.« Mein Vater muss sie natürlich verbessern.

Aus meiner Handtasche dringt ein leises PLING. Ich ignoriere es, aber Mum greift einfach in meine Tasche zwischen uns und holt das I-Phone daraus hervor.

Erstaunt blickt sie das teure Gerät an.

»Lautlos während des Essens, schon vergessen?«, sagt Paps und bemerkt gar nicht, was für ein teures Teil Mum da in der Hand hält.

Ich nehme meiner Mutter schnell das I-Phone ab und schleudere es zurück in meine Handtasche.

»Wo hast du denn bitte ein I-Phone her?« Mum runzelt die Stirn und sieht mich fragend an.

In meinem Kopf reißt etwas. Scheiß auf das I-Phone, scheiß drauf, verdammt!

»Hat eine aus meiner Klasse aus Versehen in meine Tasche gelegt.« Ich brauche meine ganze Kraft, um jetzt nicht rumzuschreien.

Mum blickt mich nur an. *Erzähl mir keinen Mist,* sagt ihr Blick, und da raste ich aus.

»Glaubst du, ich hab das geklaut, oder was?!« Jetzt schreie ich doch, und zwar so richtig. »Andere Mütter sind nicht so geizig, die kaufen ihren Töchtern so was!« Ich springe so schnell vom Tisch auf, dass der Stuhl hinter mir umkippt und scheppernd zu Boden knallt. Wütend schnappe ich mir meine Handtasche.

»Außerdem geht dich meine Tasche gar nichts an!«, schreie ich weiter und laufe in den Flur und die Treppen hoch.

»Nicht in dem Ton!«, ruft mir Paps hinterher.

Ich renne in mein Zimmer und knalle die Tür so laut zu, wie ich nur kann. Ich will die ganze Spielstraße zusammenschreien. Sollen sie mich doch hören. Alle.

Ich werfe mich auf mein Bett und starre auf die Poster über mir. Nur gut aussehende junge Typen hängen dort – Musiker, Schauspieler. Was soll ich noch damit? Raus aus meinem Zimmer!

Ich bin so unglaublich wütend, ich reiße alle Poster von der Wand. An den Heftzwecken bleiben Papierfetzen hängen, sollen sie doch. So fest wie möglich knülle ich all die Posterboys zusammen und knalle sie in meinen Mülleimer unter dem kleinen Basketballkorb. Dann reiße ich gleich noch den Basketballkorb aus der Wand und schmeiße ihn dazu. Die Dübellöcher kommen zum Vorschein, ein kleines Stück

Wand habe ich mit rausgerissen. Jetzt hat auch die Wand ein Loch, aus dem sie ausbluten kann. Das soll ab jetzt der einzige Wandschmuck in meinem Zimmer sein.

Ich blicke mich um. Überall dünstet dieser Raum unberührte Kindheit aus. Naivität. Dummheit.

Ich ertrage es nicht länger.

Ich laufe ins Bad, reiße mir die Klamotten vom Leib und springe wieder unter die Dusche. Zum zweiten Mal. Ich stelle das Wasser an, kauere mich auf dem Boden zusammen und will nie wieder aufstehen.

Irgendwann hämmert es an die Badtür.

»Das Bad gehört nicht dir alleine!«, schnauzt Jonas.

»Verpiss dich!«, brülle ich.

»Geht's noch?«, mault Jonas weiter.

Ich halte mir die Ohren zu.

Vor meinen Augen taucht eine zwinkernde Minnie Mouse auf.

Ich stelle das Wasser auf kalt. Eiskalt. Und beiße die Zähne zusammen.

Das Wochenende verbringe ich in meinem Zimmer, auf meinem Bett, die Papierfetzen der abgerissenen Poster betrachtend. Nick schreibt mir häufig. Ruft an. Ich antworte nicht, hebe nicht ab.

Am Montag gehe ich zur Schule. Wie immer. Alles ist wie immer. Es macht mich wahnsinnig, dass für alle anderen das Leben einfach so weitergeht.

Wir haben eine Doppelstunde Mathe, Wiederholung und Vertiefung der Kurvendiskussion. Herr Yildirim hat eine Aufgabe an die Tafel geschrieben, die Klasse arbeitet stumm daran. Der Yildirim selbst schaut aus dem Fenster, die Arme hinter dem Rücken verschränkt. Immer wieder drückt er auf das Ende seines Kugelschreibers. Klack-Klack. Klack-Klack.

Die Aufgabe auf der Tafel kümmert mich nicht. Die Variablen, die Gleichungen, die Zahlen. Wen interessiert's? Ich tippe Nullen auf meinen Taschenrechner, endlos. Null Komma null null null null null … Wie viele Nullen kann er aufnehmen? Wie viel nichtiger kann ein Nichts werden?

Ich spüre Laras befremdeten Blick auf mir. Ja, die Mathe-Streberin strebt heute nicht. Chrissy tippt mich von hinten an.

»Ich check das nicht«, flüstert sie mir zu. »Was sollen wir machen mit f zwei von x?«

»Denk doch selber nach!«, zische ich. Chrissy starrt mich an.

Ich zeige auf.

»Ja, bitte, Caro?«, fragt der Yildirim vom Fenster.

»Kann ich mal auf Toilette?«

Er nickt. »Aber nur kurz«, antwortet er.

Ich bin schon halb aus der Tür.

Ich sitze in einer der Toilettenkabinen auf dem Klo, ich weiß nicht, wie lange schon, und starre auf die Klotür. *Life's a bitch and then you die*, hat irgendjemand draufgekrakelt.

Ich mag mich nicht mehr bewegen. Mein Körper fühlt sich genauso gelähmt an wie mein Kopf. Dröhnende, unbewegliche Leere in mir. Das I-Phone vibriert in meiner Hosentasche.

Ich weiß nicht, warum ich es noch nicht weggeworfen habe. Ich weiß nicht, warum ich es an meinem Körper trage. Und ich weiß noch viel weniger, warum ich jetzt abhebe.

»Prinzessin!«

»Nick«, meine Stimme ist tonlos.

»Ich werde verrückt ohne dich, ich dreh durch! Kann ich dich sehen? Heute?«

Nick wird verrückt?!

»Ich kann nicht.«

Stille in der Leitung.

»Kein Problem«, antwortet er schließlich. »Hauptsache, du –«

Die Tür zum Mädchenklo geht auf.

»Ich muss«, flüstere ich und lege schnell auf.

»Caro?« Es ist Lara. Sie steht vor der Kabinentür.

»Der Yildirim meint, ich soll mal nach dir schauen … Ist alles okay bei dir?«

Ich antworte nicht.

»Hast du Stress mit Nick?«

Ich antworte nicht.

»Habt ihr gestern noch mal …?« Das Letzte flüstert Lara nur.

Schon wieder reißt etwas in mir. Ich stürme so schnell aus der Kabine, dass Lara zurückspringen muss.

»Wenn's dich so wahnsinnig interessiert, dann probier's doch selber mal! Brauchst du nicht so behinderte Fragen zu stellen!« Ich stürze aus dem Mädchenklo, Lara bleibt vollkommen perplex zurück.

11

Das Schreckliche ist jetzt genau elf Tage her. Meine Eltern sind zusammen aus. Sie haben einen Tisch in ihrem Lieblingsrestaurant reserviert, was sie schon sehr, sehr lange nicht mehr gemacht haben. Jonas übernachtet bei Tom, die beiden werden die ganze Nacht durchzocken.

Ich bin mit Greta alleine zu Hause. Wir haben zusammen vorm Fernseher gegessen, obwohl Mum das ausdrücklich verboten hat. Wir haben Chips und Eis in uns reingestopft. Auch das hat Mum ausdrücklich verboten. Sämtliche Beweise entsorge ich in der Küche. Im Fernseher arbeiten irgendwelche amerikanischen Spurensicherer mit neuartiger Technik zu gutem Sound, sichern einen Tatort, untersuchen eine Leiche. Greta ist ganz fasziniert davon.

»Abflug ins Bett!«, rufe ich Greta von der Spüle aus zu.

»Die vergessen die DNA-Spuren am Schlüsselbund. Der ist unters Gartenhaus gefallen. Die müssen den Schlüsselbund finden! Sind die doof!« Greta ist mit ihren sieben Jahren schon der totale Krimiprofi.

Mich lässt dieser ganze Wer-was-wann-wieso-Quark total kalt. Ich schalte den Fernseher aus.

»Los jetzt!« Ich versuche es mit Autorität.

»Nö!« Greta versucht es mit Trotz und schaltet den Fernseher wieder an.

Ich schalte ihn abermals aus und behalte diesmal die Fernbedienung in der Hand.

»Ich habe null Komma null Bock auf Stress heute Abend, also reiz mich nicht!« Die Autorität ist nicht mehr gespielt, ich meine es ernst. Fast wünsche ich mir, dass Greta noch einmal gegenhält, damit ich einen Grund habe auszurasten.

Aber Greta hält die Füße still. Stattdessen klingelt es an der Tür. Wir schauen uns fragend an.

Ich gehe in den Flur, Greta folgt mir. Durch das Fenster neben der Eingangstür kann ich schemenhaft Nicks Umriss erkennen.

Auf einen Schlag wird mir kalt, schrecklich kalt.

Trotzdem öffne ich die Tür.

»Hey, Prinzessin.« Nick sieht nicht gut aus. Fertig und traurig. »Ich … ich will nur ganz kurz mit dir reden, ja?«

Greta lunzt neugierig an meinem Bein vorbei zu Nick.

»Geht jetzt nicht«, versuche ich, Nick abzuwimmeln.

Er zwinkert Greta zu, die grinst begeistert zurück. Ich schlage Nick die Tür vor der Nase zu und stapfe zurück in die Wohnküche.

»Du bleibst weg von der Tür!«, befehle ich Greta.

Eingeschüchtert folgt sie mir. Sie setzt sich aufs

Sofa und macht den Fernseher wieder an. Soll sie doch, meinetwegen. Ich schmeiße unser Geschirr in die Spüle, lasse Wasser einlaufen.

Es klingelt wieder. Ich ignoriere es. Ich spüle ab.

Es klingelt noch einmal und noch einmal.

Beim nächsten Klingeln kann ich nicht mehr und trete die Flucht auf die Terrasse an. Weg von der Klingel, weg von der Eingangstür, weg von Nick. Ich presse meine Hände gegen die Schläfen, damit mein Kopf nicht auseinandergesprengt wird von dem Geklingel. Nervös tigere ich auf und ab.

Endlich klingelt es nicht mehr.

Doch dann wird die Schiebetür zur Terrasse geöffnet.

Nick. Es ist Nick.

Er tritt aus der Wohnküche in unseren Garten, einfach so.

»Greta!«, rufe ich mit wackliger Stimme, doch sie versucht im Wohnzimmer, eine strahlend weiße Wii-Konsole mit dem Fernseher zu verbinden, und hört mich gar nicht.

Er hat ihr die Konsole geschenkt!

Gerade will ich ihn darauf ansprechen, da beginnt Nick, auf mich einzureden.

»Ich bin gleich wieder weg, versprochen«, versichert er mir und spricht so schnell weiter, dass es fast panisch wirkt. »Wenn du nicht willst, musst du mich nie wiedersehen. Aber hör mir wenigstens ein letztes Mal zu!«

Die Gedanken wirbeln derart wild in meinem Kopf herum, prallen aneinander und verursachen ein solches Chaos, dass ich keinen klaren Satz hervorbringe.

»Nicht hier«, murmle ich und gehe hastig auf die Wiese, weg von der großen Fensterfront, weg aus Gretas Blickwinkel.

»Es tut mir leid! Es tut mir so, so leid!« Nick ist mir gefolgt. Er klingt jetzt völlig verzweifelt. »Ich liebe dich über alles, mehr als mein Leben.« Weint er etwa? »Aber ich komme aus der Scheiße. Ich kenne nur Scheiße.« Nein, er weint nicht. »Weißt du, meine … Kumpels und ich …«, er stockt. »Wir teilen alles.« Er schüttelt den Kopf. »*Alles.* Das ist …« Wieder zögert er, sieht mich nicht an. »… normal. Dachte ich. Aber du … du bist so anders als alle, die ich kenne. Wenn du nicht da bist, kann ich nicht atmen.«

»Hör. Auf.« Mir ist schlecht.

Nicks Gesicht fällt zusammen. »Entschuldige. Ich werde dich nie wieder belästigen«, sagt er und geht. Über den Rasen zurück zur Terrassentür.

Ich blicke ihm nach.

Und plötzlich läuft mein Körper ihm hinterher. Mein Kopf will meine Beine zurückpfeifen, aber sie gehorchen nicht.

»Warte!«, rufe ich leise.

Nick bleibt vor der Terrassentür stehen. Es dauert einen kurzen Moment, bevor mir die Worte über die Lippen kommen.

»Ich kann dich nicht verlieren. Ich kann nicht.«

Es macht keinen Sinn. Ich sollte das nicht sagen. Ich sollte ihn nie wieder sehen. Ich sollte zur Polizei gehen. Es gibt tausend andere Dinge, die ich eher tun sollte, als ihm das zu sagen.

Aber jetzt, in diesem Moment, ist es die erbärmliche Wahrheit. Ich will ihn nicht verlieren. Ich will zurück zu unserem Sommermärchen. Ich will zurück in seine Arme und den Albtraum vergessen.

Nick geht auf mich zu. Einen Schritt, dann noch einen.

Und dann fällt er mir um den Hals und hält mich so fest, dass mir die Luft wegbleibt.

»Du musst die nie wiedersehen. Ich verspreche es dir. Nie wieder! Ich passe auf dich auf. Ich werde keine Scheiße mehr bauen. Nie mehr!«

Wir küssen uns, hungrig, gierig. *Mach mich vergessen, Nick.*

Greta hat die Hände ans Fenster gelegt und schaut uns großäugig beim Küssen zu.

Den restlichen Abend haben wir zu dritt Basketball auf der Wii gespielt, bis Greta so k.o. war, dass sie fast auf dem Sofa eingepennt wäre. Ich habe sie in ihr Bett getragen.

Jetzt sitzt Nick auf ihrer Bettkante und singt ihr irgendein fremdsprachiges Schlaflied vor. Mit einem seligen Lächeln schläft sie ein, und Nick schleicht aus ihrem Zimmer. Behutsam schließe ich die Tür.

»Was ist das für ein Lied?«, frage ich ihn.

»Das ist kurdisch. Das hat Tariks Mutter uns immer vorgesungen, als wir noch klein waren.«

Tarik.

Ich erstarre.

In dem Moment begreift auch Nick seinen Fehler. »Entschuldige …«

Wie eingefroren stehe ich im Flur. Minnie Mouse ist wieder da. In meinem Kopf. *Verschwinde, ich will dich nicht sehen!*

Verschw…

»Caro?« Nicks sanfte Stimme dringt erst jetzt zu mir durch. »Magst du mir dein Zimmer zeigen?«

Zögernd nicke ich. Dann führe ich ihn zu meinem Zimmer. Er blickt sich darin um, bemerkt die Papierfetzen an den Heftzwecken und das Loch in der Wand. Dann lässt er sich auf mein Bett fallen und wartet darauf, dass ich mich zu ihm setze.

Ich tue es, aber ich halte einen gewissen Abstand zwischen uns. Eine Angst kriecht mir den Nacken hoch. Ich will nicht, dass Nick hier in meinem Zimmer ist, und ich will nicht, dass er geht.

Nick holt ein silbernes Armband aus seiner Hosentasche und legt es um mein Handgelenk. Die feine Kette wird von einem Herzen in der Mitte zusammengehalten.

»Damit du nie vergisst, wie sehr ich dich liebe«, sagt er und blickt mir tief in die Augen.

Ich kann seinem Blick nicht standhalten, schaue weg. Vorsichtig nimmt er mich in den Arm. Ich versteife mich, mein Atem beginnt zu rasen. Aus der Angst in meinem Nacken wird Panik.

Nick beginnt, mich zu wiegen, ganz langsam hin und her. Er küsst mein Haar, streichelt meinen Kopf –

Plötzlich steht Greta im Zimmer.

»Ich kann nicht schlafen«, piepst sie. »Was macht ihr denn da?«

Sofort setzen Nick und ich uns auf, lösen uns voneinander.

»Nichts. Geh wieder ins Bett, Greta«, sage ich.

»Ich muss sowieso wieder los.« Nicks Stimme ist rau.

Lass mich nicht wieder allein, denke ich, doch da hat er sich schon hochgehievt und ist in wenigen Schritten bei der Tür. Auf einmal komme ich mir vor wie ein Schiffbrüchiger auf einem Stück Treibgut, mutterseelenallein auf dem weiten Ozean.

»Kommst du bald wieder?«, fragt Greta.

»Bestimmt«, antwortet Nick. »Aber psssst.«

»Klar, psssst«, spielt Greta brav mit.

Nachdem er in den Flur verschwunden ist, lauschen Greta und ich seinen Schritten auf der Treppe. Lauschen der Haustür, wie sie geöffnet wird. Und wieder ins Schloss fällt. Den Schritten draußen auf der Spielstraße, dem Motor, der gestartet wird, dem wegfahrenden BMW. Dann ist alles still.

Ich schlüpfe unter meine Bettdecke und halte sie für Greta ein Stück hoch. Erfreut hüpft sie zu mir ins Bett, kuschelt sich an mich und spielt etwas neidisch an meinem neuen Armband herum.

»So was will ich auch …«, murmelt sie schläfrig.

Ich halte meine kleine Schwester fest und sauge den Kindershampoo-Geruch ihrer Haare ein.

Greta schnarcht glücklich neben mir vor sich hin, doch ich wälze mich unruhig hin und her. Irgendwann tappe ich ins Bad und trinke im Dunkeln aus dem Wasserhahn, als ich höre, wie meine Eltern nach Hause kommen. Ich drehe den Wasserhahn zu. Mum und Paps tuscheln, sie klingen ganz schön angeheitert.

»Es hat geklappt, es hat tatsächlich geklappt!« Mum scheint sich über irgendetwas extrem zu freuen.

»Unterschreiben muss er schon noch«, flüstert mein Vater.

»Ein Handschlag ist ein Handschlag ist ein Handschlag. Oder soll ich den Cafémenschen mal bezirzen?«

»Weil du so eine super Businessfrau bist und ich nicht?«

»Dooooch, du bist total die Businessfrau«, gackert meine Mutter.

»Nicht so laut, Anna!«, ermahnt sie mein Vater und gackert prompt selbst.

Die beiden sind nicht nur angeheitert, die sind komplett besoffen. Das riecht nach einem großen Auftrag für Paps' Schreinerei, und das wiederum riecht nach einer neuen Spülmaschine.

Die beiden reißen sich zusammen und tappen, leise weiterkichernd, die Treppe hoch.

Ich laufe schnell in mein Zimmer, klettere zurück zur schlafenden Greta und schließe die Augen.

Keine Sekunde später höre ich, wie meine Zimmertür geöffnet wird. Eine Weile regt sich nichts. Wahrscheinlich genießen sie das friedliche Bild ihrer Arm in Arm schlafenden Töchter.

Dann schließt sich die Tür wieder. Ich öffne die Augen.

In mir ist nichts friedlich. In mir ist abgrundtiefe Einsamkeit. Ich bin allein. Vollkommen allein auf dem weiten Ozean.

12

Ein paar Tage später holt Nick mich ab, und wir fahren an den Rhein. Gehen zu dem Strand, an dem wir uns das erste Mal geküsst haben.

Wir reden fast gar nicht. Nichts scheint wichtig genug, um erzählt zu werden. Der Sand ist ein bisschen kühl. Ich liege in Nicks Jacke eingekuschelt da, den Kopf in seinen Schoß gelegt, die Augen geschlossen. Seit dem Schrecklichen habe ich nicht mehr richtig geschlafen. Hier, mit Nicks Arm um mich und dem leisen Gluckern des Rheins, döse ich langsam davon.

Das Klingeln von Nicks Handy weckt mich.

Nick steht auf, geht mit seinem Handy ein paar Schritte weg von mir, lauscht und zischt etwas für mich Unverständliches ins Telefon. Scheinbar streitet er mit jemandem, jedenfalls wird seine Miene immer finsterer. Plötzlich legt er so wütend auf, dass er dabei fast sein I-Phone zerschlägt.

Hastig stehe ich auf, laufe zu ihm, lege ihm meine Hand zwischen die Schultern.

Er fährt herum – mit einem Gesicht so voller Wut, dass ich zusammenzucke. Sein Atem rast, auch wenn er offensichtlich versucht, sich zusammenzureißen.

»Was ist los?«, frage ich beklommen.

Nick weicht meinem Blick aus. »Nichts«, presst er zwischen zusammengebissenen Zähnen hervor.

Er lässt sich wieder in den Sand fallen, ich setze mich neben ihn. Sein Blick klebt am Rhein.

Zunehmend verunsichert, sehe ich ihn von der Seite an. »Nick, ich merke doch, dass etwas nicht stimmt.«

»Alles gut, okay?!« Jetzt werde auch ich angezischt, doch dann holt er tief Luft und hebt einladend den Arm. Ich lege meinen Kopf wieder in seinen Schoß und betrachte sein zerfurchtes Gesicht. Er scheint weit, weit weg zu sein.

Entschlossen setze ich mich wieder auf. Ich ertrage sein Schweigen nicht. »Du musst mit mir reden, bitte!«

»Ich habe versprochen, dass ich keinen Mist mehr baue«, sagt er leise zu den Wellen.

Ich blicke ihn unverwandt an.

»Was ist passiert?«

Nick schüttelt den Kopf. Wie aus dem Nichts schlägt er mit der geballten Faust in den Sand. Einmal. Zweimal. Dreimal. Feste, zornige Schläge.

»Nick!«

Schweigend sieht er mich an, dann scheint er sich zu einer Entscheidung durchzuringen.

»Ich … ich habe Schulden«, gesteht er mir. »Bei Typen, bei denen man keine Schulden haben sollte. Ich habe gedacht, ich hätte Zeit, das alles zurückzuzahlen.

Aber die wollen nicht warten. Ich habe nichts mehr. Ich kann nichts zurückzahlen.«

Ich starre ihn an. Wovon genau redet er da? Moskau Inkasso? Mafia? Rockerbanden?

»Die machen mich kalt.«

»Nick …« Das klingt doch wie das reinste Klischee, was er da von sich gibt!

»Die bringen mich um!« Er zittert am ganzen Leib.

Ich kann nicht glauben, was ich höre. Aber Nicks Angst wirkt so echt, dass sie auf mich überschwappt. Ich nehme ihn in den Arm. Er fängt an zu weinen.

»Wer sind *die*?«, frage ich ihn, aber er schüttelt nur vehement den Kopf. »Ist das wegen der Wohnung? Hast du für mich Schulden gemacht?«, frage ich, als er sich ein bisschen beruhigt hat.

»Ich will dir all das geben, was du verdienst. Ich will eine Zukunft für uns. Ich will für dich sorgen können. Aber ich habe nichts, was ich dir bieten könnte, nichts. Die Karre, die Handys, alles heiße Luft! Wovon hätte ich die Wohnung denn kaufen sollen …?«

»Wir finden einen Weg«, sage ich, bin völlig ratlos – und fühle mich fast ein wenig schuldig.

Nick löst sich von mir, schnieft und blickt wieder stur geradeaus.

»Die wollen, dass du das für sie abarbeitest.«

»Abarbeiten?« Ich sehe ihn verständnislos an. »Wie soll das denn gehen?«

Nick lacht bitter auf. »Prinzessin, du bist zu gut für diese Welt.«

Langsam beginne ich zu verstehen. Der Gedanke ist so abartig, dass ich ihn nicht zu Ende denken will.

»Ich lasse das nicht zu!« Nick sieht mich ernst an. »Ich werde dich beschützen«, sagt er entschieden, »ich habe es versprochen. Eher mache ich einen Bruch oder ... Keine Ahnung. Sollen sie mich doch umlegen!«

Ich bringe kein Wort hervor.

Nick legt seine Hände um mein Gesicht. »Du machst das nicht, hast du verstanden?!«, sagt er eindringlich. »Nur über meine Leiche, über meine Scheißleiche!«

Ich rapple mich hoch.

»Geh nicht. Noch nicht.« Nicks Hand an meinem Bein.

Ich schaue auf seine Hand, schaue in sein Gesicht. Meine Stimme ist verschwunden. Ich küsse ihn schnell auf die Wange. Ich muss hier weg. Ich muss alleine sein.

Ganz kurz blicke ich noch einmal zu ihm zurück, bevor ich mich endgültig abwende und ihn allein zurücklasse. Zusammengesunken sitzt er im Sand, kraftlos, ein Häufchen Elend.

Ich weiß nicht, wie lange ich unterwegs bin. Irgendwann komme ich zur Hauptstraße, zu einer Bushaltestelle. Der Bus kommt, ich steige nicht ein. Ich gehe zu Fuß weiter. Den ganzen Weg nach Hause herrscht Leere in meinem Kopf, ich laufe auf Autopilot.

Was soll ich tun?

Wie geht es jetzt weiter?

Leere. Systemfehler. Alle Programme haben sich aufgehängt.

Endlich stehe ich vor der Haustür unseres Schwedenhäuschens. In Jonas' Zimmer werden die Rollläden runtergelassen. Das kriegt abends die meiste Sonne ab. Selbst im Herbst wird es darin noch brühwarm.

Anstatt durch die Tür zu gehen, setze ich mich auf den Steinweg davor und hole das I-Phone aus meiner Hosentasche. Ich öffne ein Foto von Nick, das er mir vor dem Schrecklichen geschickt hat. Ich schaue in seine grünen Augen, die mich vom Handydisplay anlächeln.

Was soll ich nur tun?

Hinter mir geht die Haustür auf.

»Was machst du denn hier?« Jonas schlüpft an mir vorbei und schließt sein Fahrrad auf, das neben dem Eingang an die Wand gelehnt steht.

Ich sitze hier, sieht man doch, denke ich gereizt und lasse das I-Phone wieder in meiner Hosentasche verschwinden.

»Das ist schon deins, oder?«

Ich nicke. Dem entgeht nichts, meinem lieben Bruder. Aber er wird schon nicht petzen.

»Hast du eine Zigarette?«, frage ich ihn.

Jonas starrt mich perplex an. »Spinnst du? Doch nicht hier!« Er nickt zum Eingang, wo die Gefahr der elterlichen Spionage lauert.

»Mir doch egal«, brumme ich. »Also, hast du?«

Er holt eine Packung aus seinem Rucksack hervor und reicht mir eine Zigarette. Light. Mein Bruder ist so süß. Schnell lässt er die Packung wieder verschwinden, als würden wir hier mit Crack dealen oder so.

»Die hast du nicht von mir.« Jonas schwingt sich auf sein Fahrrad.

»Feuer«, verlange ich.

Er schnauft, gehorcht aber. Dann radelt er schnell davon, während ich mich vor den Eingang setze und rauche. Ich warte geradezu darauf, dass ich entdeckt werde. Dass es ein Donnerwetter gibt. Hausarrest. Dass ich eingesperrt werde, unfähig gemacht, Nick wiederzusehen.

Wenn er mir doch egal sein könnte …

Aber es kommt niemand. Ich bleibe alleine mit der Leere und der Ratlosigkeit in meinem Kopf und diesem Herzen, in dem Nick sitzt und sich nicht herausschneiden lässt. Die Zigarette schmeckt scheußlich, mir wird übel davon. Ich trete sie aus und vergrabe sie unter der verblühten Hortensie.

Am nächsten Abend steht mein Entschluss fest. Ich fahre zu der Wohnung. Zu der Wohnung für *mich,* wegen der Nick so große Schulden gemacht und sich selbst in Lebensgefahr gebracht hat. Der Wohnung, in der das Schreckliche passiert ist. Die ich nie wieder sehen wollte.

Nick hat schon auf mich gewartet. Er nimmt mich in die Arme. Ich habe keine Kraft, die Umarmung zu erwidern.

»Ich will nicht, dass du das machst«, nuschelt Nick in meinen Hals.

Er löst sich, ich versuche, ihn anzulächeln. Aber das Lächeln erreicht meine Augen nicht.

»Bist du dir wirklich ganz sicher?«, fragt er zum tausendsten Mal. Wie vorhin, als ich ihm am Telefon von meinem Entschluss erzählt habe. Da hat er auch wieder und wieder versucht, es mir auszureden.

Ich nicke. Zu mehr bin ich nicht in der Lage.

Einen Moment lang blickt er schweigend aus der großen Fensterfront. »Also gut«, sagt er schließlich leise. »Dann ziehen wir das gemeinsam durch.« Er holt tief Luft. »Aber das geht nur, wenn keiner was merkt. Du darfst nicht zu spät nach Hause kommen. Du musst weiter deine Hausaufgaben machen, Basketball, alles wie immer.«

Er dreht sich zurück zu mir, kommt auf mich zu, streicht mir liebevoll über den Arm.

»Deine Eltern dürfen nichts davon wissen. Niemand.«

Ich nicke wieder. Ich spüre, wie mir der Kreislauf abzusacken droht. Mir wird schwindelig, ich kriege keine Luft. Kurz wird mir schwarz vor den Augen. Dann geht es wieder. Unterzuckerung, ich habe nicht genug gegessen.

Nick blickt mich besorgt an. Dann dreht er sich wieder um und starrt nach draußen.

»Fuck«, murmelt er leise.

Kurze Zeit später stehe ich im Schlafzimmer. Ich trage neue Unterwäsche, die Nick gekauft hat. Diesmal in Schwarz, wieder ein Tanga. Ich bin allein. Ich höre die Wohnungstür auf- und zugehen. Schritte kommen den Flur entlang. Alles klingt genau wie damals. Ich beginne zu zittern. Meine Finger verkrampfen sich ineinander. Mein Herz rast. Ich fühle mich so nackt, so ausgeliefert. Ich kann das nicht. Es war ein Fehler.

Ich kann das nicht!

***

Die Tür zum Schlafzimmer geht auf. Der Freund des Mädchens kommt mit einem älteren Mann herein, um die vierzig, sportliche Figur, Glatze. Das Mädchen steht in der schwarzen Spitzenunterwäsche mitten im Raum wie ein Reh auf der Straße, angestrahlt von den sich bedrohlich nähernden Scheinwerfern eines Autos.

»Ich will dir einen Bekannten vorstellen«, sagt der Freund des Mädchens.

»Hallo«, der Glatzköpfige lächelt das Mädchen an.

Brav erwidert das Mädchen die Begrüßung.

Der Glatzköpfige nickt dem Freund des Mädchens zufrieden zu. Die beiden Männer schütteln die Hand, besiegeln das Geschäft. Der Freund blickt das Mädchen an. Und geht.

Die Tür wird wieder geschlossen.

Eine unerträgliche Stille dehnt sich im Raum aus.

Der Glatzköpfige lächelt immer noch. Er setzt sich auf das Bett, betrachtet das Mädchen.

»Hab keine Angst, ich werde deine Flügelchen nicht brechen, Engel«, sagt er.

Leise klopft er neben sich auf das Bett. Zitternd setzt sich das Mädchen auf die Bettkante. Ihre Unsicherheit gefällt ihm. Wieder klopft er neben sich aufs Bett. Das Mädchen rückt näher an ihn heran.

Er streicht ihr das Haar hinter die Schulter zurück.

»Ist das dein erstes Mal für Geld?«, fragt er.

Das Mädchen nickt. Ihr Blick ist starr.

Er streichelt dem Mädchen die Schulter.

»Aber mit ihm hast du schon?« Damit meint er den Freund des Mädchens.

Wieder nickt sie, fast unmerklich.

»Du musst ihn sehr lieben.«

Er streicht ihr den BH-Träger runter, küsst die entblößte Schulter. Das Mädchen kann sich nicht bewegen.

»Ganz ruhig, armer Engel«, flüstert er.

Er legt seine Hand auf ihren Oberschenkel.

»Kein Mädchen in deinem Alter sollte so etwas tun müssen. Die Welt ist zu schlecht für so ein reines Wesen. Armer, armer Engel.«

Er öffnet seine Hose.

»Ich werde sanft sein, sanfter als er«, sagt er. Wieder meint er den Freund des Mädchens.

Er zieht sich die Hose und die Unterhose mit einem Zug runter bis zu seinen Fußgelenken. Das Mädchen kann ihren Ekel nicht verstecken.

»Magst du ihn anfassen?«

Das Mädchen tut es, ohne hinzuschauen.

Der Glatzköpfige nimmt ihr Kinn in seine Hand und dreht ihr Gesicht zu sich, bis sie ihm in die Augen sehen muss. Er streichelt ihre Wangen.

»Nimm ihn in den Mund … bitte.«

Das Mädchen schaut ihn weiter an. Reglos. Eingefroren.

Dann geht das Mädchen auf die Knie.

***

13

Ich liege mit Nick auf dem weißen Sofa. Das Kunstleder klebt an meinen Beinen fest. Nick raucht einen Joint und reicht ihn mir weiter. Ich nehme einen tiefen Zug, spüre dem grauen Nebel nach, wie er sich in mir ausbreitet, mich anfüllt mit Stille und Gleichgültigkeit. Nick hat was beim Thailänder für uns bestellt. Er füttert mich, Reisnudel für Reisnudel. Ich habe keinen Hunger, drehe meinen Kopf weg, setze mich auf, blicke zur Rheinbrücke in der Ferne und nehme einen weiteren tiefen Zug vom grauen Nebel.

Nick hat sich eine Reisnudel über die Nase gelegt und macht Faxen damit.

»Hm, leckel, sehl leckel …«, witzelt er und lacht wie ein Bekloppter.

Ich lächle bemüht, die Nudel esse ich nicht. Nick isst sie selbst. Er küsst mich, seine Hände in meinem Nacken. Ich schließe die Augen, lasse mich fallen in die Gleichgültigkeit. Mein Körper ist eine Ansammlung biologischer Abläufe. Mein Geist ist woanders, irgendwo verloren gegangen.

»Wir schaffen das zusammen. Das ist nur eine kurze Zeit, und dann werden wir es vergessen, als wär es nie passiert«, flüstert Nick. »Ich will alt werden mit dir. Und Kinder haben, mindestens drei. Und dich nie, nie wieder loslassen.«

Wieder küsst er mich.

»Du bist so schön, so schön …«

Ich lehne meinen Kopf gegen seine Brust und öffne die Augen wieder.

»Ich fühle mich schmutzig«, sage ich.

Ich dusche, ich weiß nicht, wie lange schon. Diesmal hocke ich nicht auf dem Boden. Ich stehe einfach nur da, die Stirn an die Wand gelehnt. Das Wasser fließt mir über den Kopf, durch die Haare, eine Wand aus Wasser, die mich umgibt. Ich habe mich abgeschrubbt, den ganzen Körper mit Nagelbürste und Seife bearbeitet. Es nützt nichts. Der Schmutz bleibt an mir kleben.

Es klopft laut an der Badtür.

»Brauchst du noch lange?«, fragt mein Vater.

Ich antworte nicht.

»Eine Stunde duschen reicht. Wasser kostet! … Caro?«

»Ja doch!«, rufe ich über das Rauschen des Wassers.

Als ich in ein dickes Handtuch gewickelt aus dem Bad trete, ist der Flur leer. Schnell schlüpfe ich in mein Zimmer und ziehe mir einen alten Pyjama an.

Ich sitze auf dem Bett und kämme meine nassen Haare, als es wieder klopft.

»Ja?«

Mum kommt ins Zimmer und hält mir das silberne

Armband hin, das Nick mir geschenkt hat. »Das hast du im Bad liegen lassen.«

Ich nehme das Armband entgegen und lege es auf meinen Nachttisch. »Das hab ich mir von meinem eigenen Geld gekauft!«, verteidige ich mich automatisch.

»Du musst nicht über alles Rechenschaft ablegen, Caro.« Der Ton meiner Mutter klingt versöhnlich.

Sie holt ein paar Geldscheine aus ihrer Hosentasche und legt sie auf meinen Schreibtisch. »Es ist nicht viel, aber wenn du anfängst zu sparen, dann ist nächstes Jahr vielleicht ein I-Phone drin.«

»Danke.«

Mum steht unschlüssig im Raum. »Soll ich das machen?«, fragt sie und meint meine nassen Haare damit.

»Ich bin nicht Greta, Mum.«

Schnell dreht sie sich um und steuert meine Zimmertür an. So abgehackt bewegt sie sich nur, wenn sie nicht will, dass man Tränen in ihren Augen sieht. Ich kann ihre Empfindlichkeit grade nicht aushalten und atme lauter ein, als ich will. Mum hält inne.

»Du kannst mit mir über alles reden, egal, was. Das weißt du, oder?«

Warum sagt sie das jetzt?

Ich wünschte so sehr, es würde stimmen!

Schweigend drehe ich mich von ihr weg und halte ihr die Bürste hin. Zögerlich nimmt Mum sie entgegen.

»Ich habe dich lieb, auch wenn ich mich manchmal nicht so benehme«, gestehe ich.

Mum wischt sich unauffällig über die Augen, ist plötzlich wieder bei mir und kämmt mir vorsichtig die Knoten aus den nassen Haaren. Sie wartet darauf, dass ich weiterrede – doch das tue ich nicht.

Ich kann es nicht.

Der nächste Nachmittag.

Wieder die Wohnung. Wieder Spitzenunterwäsche. Wieder das weiße Sofa.

Es klingelt.

Erst dieses Klingeln reißt mich aus der Betäubung, die mich seit gestern erfasst hat. Ich werde das nicht noch einmal machen. *Nicht noch einmal!*

Warum wird mir das erst jetzt klar? Warum habe ich damit so lange gewartet? Egal, es ist noch nicht zu spät.

Als Nick zur Freisprechanlage geht, springe ich vom Sofa und laufe zu ihm.

»Mach nicht auf!«, fordere ich.

»Was?« Nick ist total perplex.

»Lass ihn nicht hier rein. Ich kann nicht. Ich kann das nicht!«

Fassungslos starrt Nick mich an.

Ich nehme seine Hände in meine. »Warum verkaufen wir die Wohnung nicht einfach wieder? Oder ich frage meine Eltern!«

Nick reißt seine Hände aus meinen. »Das wird nicht reichen«, flüstert er. »Das funktioniert so nicht … die werden sich nicht mehr so einfach abspeisen lassen.«

»Es muss einen anderen Weg geben, es muss!«, sage ich, auch wenn ich seine Angst spüre, als wäre es meine eigene.

Nick blickt mich an. Sein Blick ist leer. Alles an ihm ist verändert. Er drückt den Buzzer der Freisprechanlage.

»Nein, Nick, nicht!«

»Ich hab dir nicht alles erzählt.« Er holt sein Handy hervor und startet ein Video darauf.

Die Männer, das Mädchen unter ihnen, ihre nackte Haut.

Ich kann nicht hinsehen. Ich höre das brutale Klatschen, *bamm, bamm, bamm,* den erstickten Schrei unter dem zugehaltenen Mund. Meinen Schrei …

»Tarik hat mir das Video geschickt.« Nicks Gesicht ist auf einmal hart, als könnte er selbst das alles kaum noch aushalten. »Er lässt fragen, ob du willst, dass das auf Facebook gepostet wird. Dann hat das morgen deine ganze Schule gesehen.«

»Das kannst du nicht machen. Das kann *er* nicht machen.« Mein Kopf platzt, wenn er das Video weiterlaufen lässt. »Ist er derjenige, dem du Geld schuldest?«

Nick übergeht meine Frage. »Keiner wird mehr was mit dir zu tun haben wollen. Mit einer wie dir …«

»Aber … ich wollte das nicht … ich wollte das nicht!« Mein Kopf – ich halte das nicht mehr aus!

»Und was ist mit dem Freier von gestern? Mit dem hast du es freiwillig gemacht. Oder nicht?«, redet Nick gnadenlos weiter.

Ich halte mir die Ohren zu.

»Oder nicht?!«, wiederholt Nick.

Ich presse meine Hände gegen die Ohren, schließe die Augen, schüttle den Kopf. Ich will nichts mehr hören, nichts mehr sehen.

»Geh ins Schlafzimmer«, befiehlt Nick.

Ich nehme all meinen Mut zusammen. Ich zwinge mich, die Augen wieder zu öffnen und die Hände von den Ohren zu nehmen. Mich gerade hinzustellen.

»Ich gehe da nicht mehr rein.« Meine Stimme ist brüchig. »Ich gehe da nicht mehr rein!«, wiederhole ich. Meine Stimme wird fester.

Ich sehe den Schlag nicht kommen. Ich kann mich nicht schützen. Nicks Faust erwischt mich im Unterleib. Der Schmerz raubt mir den Atem, lässt mich zusammensacken, mein Magen will sich entleeren. In mir ist nur rot glühender Schmerz.

Dann ist Nick bei mir.

»Oh Gott, Caro«, flüstert er, »das wollte ich nicht. Das … das bin nicht ich.« Er scheint zutiefst über sich selbst erschrocken zu sein, seine Augen sind weit aufgerissen. Unendlich vorsichtig schließt er mich in seine

Arme. »Ich will dir doch nicht wehtun, aber du bringst mich dazu. Bitte, du darfst mich nicht wütend machen!« Voller Verzweiflung küsst er meinen würgenden Mund.

»Bitte, meine Prinzessin, bitte …« Er streichelt meine Wange, seine Hand zittert leicht, aber sein Blick ist wieder voller Wehmut, sanft und grün.

Es klingelt, diesmal an der Wohnungstür. Nick lässt mich los. Geht zur Tür, wartet, bis ich im Schlafzimmer verschwunden bin.

***

Immer wieder öffnet sich die Schlafzimmertür. Immer wieder treten Männer herein zu dem Mädchen. Alte Männer und junge. Schlanke und dicke. Manche riechen nach teurem Aftershave, andere nach billigem Tabak. Viele riechen nach Familie. Sie könnten ihr Vater sein. Sie könnten zu Hause Töchter im selben Alter haben.

Sie fassen das Mädchen mit ihren Händen an, benutzen ihren Körper, bedienen sich an ihrem jungen Fleisch. Der Schmutz brennt sich dem Mädchen in die Haut ein und begleitet es Schritt für Schritt, überallhin.

Das Mädchen geht weiter zur Schule. Isst mit der Familie, macht die Hausaufgaben, kümmert sich um die kleine Schwester, spielt Basketball, duscht. Duscht und duscht und duscht.

Dazwischen die Wohnung, das Schlafzimmer, die Män-

ner, ihr Körper. Die Joints und der Alkohol zum Vergessen. Die Müdigkeit. Das weiße Pulver, das ihr Freund ihr seit einiger Zeit ausstreut. Hochziehen in die Nase. Pillen dazu, wenn das Pulver nicht reicht, um sie wach zu halten.

Die Erinnerung an das Sommermärchen. Je weiter sie verblasst, desto mehr klammert sich das Mädchen an ihren Freund. An seine Küsse, bitter und süß.

Die Tage verschwimmen, Zeit wird belanglos. Die Blätter fallen von den Bäumen. Vor der großen Fensterfront regnet es immer häufiger.

Das Mädchen bekommt Routine darin, ihren Körper Tag für Tag, Nachmittag für Nachmittag, nach der Schule auf die Schlachtbank zu legen. Ihr Geist bleibt verschwunden. Gebrochen und versteckt, findet sie ihn nicht mehr wieder. Die Lücke wird aufgefüllt mit Wut. Wut über die eigene Schwäche, Wut über die Unwissenheit der anderen, ihre Blindheit, ihre normalen Leben. Langsam wächst die Wut, mehr und mehr.

***

14

»Chrissy will nachher noch eine Pizza essen gehen mit den Mädels, kommst du mit?«, erkundigt sich Lara leise bei mir.

Wir quälen uns durchs Basketballtraining – der Yildirim hat uns zu einer Extrarunde Korblegern verdonnert, und Lara steht hinter mir in der Reihe vor dem Korb.

Klingt ganz so, als wäre Lara jetzt mit Chrissy befreundet. Wie bescheuert ist das denn? So bescheuert, dass ich gar nicht erst antworte.

»Gehst du zu Nick?«, setzt Lara nach. Ihr Ton ist etwas schärfer geworden, ein bisschen eifersüchtig. Ich antworte immer noch nicht.

Ich bekomme den Ball zugeworfen, laufe los, dribble, springe hoch – und verfehle den Korb. Fuck!

Lara dribbelt als Nächste, ihr Korbleger sitzt perfekt. Ich schaue weg. Lara läuft wieder zu mir. »Scheiße, Caro, jetzt red halt mit mir«, raunt sie frustriert. »Voll der Roboter bist du geworden. Und wenn du gnädigerweise doch mal was sagst, dann immer nur *Nick, Nick, Nick*. Ich bin nur noch deine Ausrede!«

»Kann mir auch eine andere Ausrede suchen«, raune ich zurück.

»Ja, mach doch!« Lara läuft von mir weg und stellt sich in die Reihe vor den anderen Korb.

Der Yildirim klatscht in seine Hände. »Nicht so lahm, Mädels!«, ruft er durch die Halle. Mein Blick bleibt an seinen Händen hängen. Männerhände.

Leise piepst das I-Phone in meiner Sporttasche. Ich zögere. Eigentlich bin ich wieder dran in der Korbleger-Reihe. Egal – schnell laufe ich zu meiner Tasche.

Nick hat geschrieben.

Brauche dich heute so schnell wie möglich.

Ich werfe das I-Phone zurück in die Tasche und spüre Herrn Yildirims Blick auf mir – streng, missbilligend, schätze ich mal. Ungeduldig drehe ich mich zu ihm.

»Ich habe Krämpfe wegen meiner Periode«, leiere ich meine Entschuldigung herunter, bevor er mir irgendwelche Vorwürfe an den Kopf knallen kann. »Ich glaube, ich kann heute nicht trainieren.«

Der Yildirim blickt mich ungläubig an. »Und das fällt dir jetzt erst ein?«, meckert er. Auch Lara schaut jetzt vom Basketballkorb rüber.

Ich zucke mit den Schultern.

»Hast du ziemlich häufig in letzter Zeit. Periode, Migräne, Bauchschmerzen … Was ist los, Caro? Ist dir Basketball egal geworden?«

Halbherzig schüttle ich den Kopf.

»Wir können keine Kapitänin gebrauchen, die jedes zweite Spiel ausfällt«, mault der Yildirim weiter.

»Dann hör ich halt auf!«, schleudere ich ihm entgegen.

Ich schnappe meine Tasche und renne an ihm und Lara vorbei aus der Halle.

»Caro!«, ruft mir Lara hinterher, doch ich renne einfach weiter.

»Meine Fresse!«, höre ich den Yildirim noch fluchen. Dann bin ich schon in der Umkleide.

Keine halbe Stunde nach dem Rausschmiss aus dem Basketballteam gehen Nick und ich Hand in Hand den gepflasterten Weg entlang zum Häuserkomplex, in dem die Wohnung liegt. Die Hecke neben dem Weg ist braun geworden, das tote Laub raschelt unter unseren Füßen.

Nick lässt meine Hand los.

Vor der Eingangstür wartet ein Mann auf uns. Anzug, Krawatte, Geheimratsecken, leicht untersetzt. Versicherungsheini oder Bankfuzzi. Sein Blick springt immer wieder zum Weg und zur Straße. Wie ein ängstliches Kaninchen sieht er aus mit seiner nervösen Nase und den großen Augen. Wir sind fast bei ihm angekommen, und ich stelle mir vor, wie das Kaninchen davonlaufen will, von einer Hand an den Hinterläufen gepackt, hochgerissen wird und mit einer Holzlatte einen Schlag hinter die Löffel bekommt. Ich stelle es mir so genau vor, dass ich das Genick des Kaninchens brechen hören kann. Die Vorstellung hat etwas Tröstliches – da ruft jemand von der Straße zu uns herüber.

»Caro?«

Ich erkenne die Stimme sofort. Mum. Ich gefriere. Schritte kommen von der Straße den Weg entlang auf uns zu. So locker wie möglich drehe ich mich zu meinen Eltern um.

»Was machst du denn hier?« Mum sieht mich verwundert an. »Hast du kein Training?«

»Ist ausgefallen«, antworte ich knapp.

»Hallo, wie schön – ich bin Nick.« Mit diesen Worten greift Nick wieder nach meiner Hand und lässt sein unwiderstehliches Lächeln aufstrahlen.

In den Gesichtern meiner Eltern breitet sich die Erkenntnis aus, bei Mum etwas schneller als bei Paps – sie versucht vergeblich, sich ein erfreutes Grinsen zu verkneifen. Nick hält ihnen seine Hand entgegen, Paps schüttelt sie als Erster. Er sieht ein bisschen überfordert aus, fast tut er mir leid.

»Christian, Anna – wir sind Caros Eltern«, stellt Paps sich und Mum vor.

»Das wurde ja wirklich einmal Zeit, dass wir uns kennenlernen. Freut mich sehr. Caro erzählt viel von Ihnen.« Ich staune, wie gut Nick lügen kann.

»Hoffentlich nur Gutes«, scherzt Paps. Er lacht, Mum lacht mit, wenn auch ein klein wenig zu schrill.

Nick lächelt immer noch. Nur der Kaninchenmann sieht aus, als wäre ihm gar nicht wohl.

»Dann sind Sie …«, beginnt meine Mutter den Eierschalentanz.

»Entschuldigung …«, unterbricht Nick sie höflich. »Aber können wir uns nicht bitte duzen?«

»Dann bist *du* …«

»Ja, genau.« Es reicht langsam. Ich unterbreche das Geplänkel. »Müsst ihr nicht irgendwohin? Was macht ihr überhaupt hier?«

»Keine Sorge«, beruhigt mich Mum und zwinkert mir zu. »Wir sind schon wieder weg. Paps kriegt dahinten beim neuen Café einen richtig großen Auftrag. Spülmaschinengroß!« Ich hatte also recht mit meiner Vermutung. Stolz zeigt Mum in die Ferne, wo wohl besagtes Café sein muss.

Paps greift nach ihrer Hand. »Na, so wichtig ist das ja nicht«, meint er bescheiden, dabei ist es ihm sicher sehr wichtig. »Darf ich fragen, wie alt du bist?«, setzt er an Nick gewandt nach.

»Paps!«, protestiere ich.

Meine Mutter will meinen Vater wegziehen, aber er bleibt stehen.

Nick reagiert gelassen. »Hey, kein Problem«, versichert er meinen Eltern und fügt hinzu: »Ich bin neunzehn.«

»Hm.« In meinem Vater arbeitet es, er kann sich nicht entscheiden, ob neunzehn gut oder schlecht ist.

»Magst du demnächst mal zu uns zum Essen kommen?«, schlägt Mum vor.

Ich funkle sie an. Können die beiden nicht *bitte*

endlich abhauen?! Die *Alles-super*-Maske, die ich aufgesetzt habe, brennt sich so langsam in mein Hirn.

Nick nimmt die Einladung ohne zu zögern an. »Gerne, klar, sehr gern sogar.« Ich fasse es nicht. Ein ganzes Essen lang Komödie spielen …

»Wie wäre es mit Freitag?« Mum blickt fragend zu meinem Vater.

Er nickt. »Ja, Freitag wäre schön. Wir könnten was kochen.«

»Wunderbar, dann sehen wir uns am Freitag.«

Mir wird schlecht.

»Ja, dann …« Mum bläst zum Rückzug, endlich.

Wieder werden Hände geschüttelt. Erst jetzt scheint mein Vater den Kaninchenmann am Eingang so richtig wahrzunehmen. Er streckt auch ihm die Hand entgegen. Nick reagiert sofort.

»Entschuldigung, wie unhöflich von mir. Das ist ein Bekannter«, stellt er den Mann vor.

Mein Vater schüttelt ihm die Hand, dem Mann, der gleich gegen Geld an seiner Tochter Dinge ausleben wird, die ihm keine andere Frau erlauben würde. Der Anblick raubt mir kurz den Atem.

»Hallo und tschüss«, sagt mein Vater noch.

Das Kaninchen nickt kurz, dann zieht Mum meinen Vater mit sich. Langsam verschwinden die beiden um die nächste Ecke. Ein letztes Mal winkt meine Mutter noch, Nick winkt zurück, dann sind sie weg.

Nick sieht mich einen Moment lang an, dann atmet er tief ein.

»Also dann mal los!« Er legt eine Hand auf meinen Rücken und schiebt mich sanft zur Haustür. Ich drücke die Tür auf, doch der Kaninchenmann rührt sich nicht von der Stelle.

»Wenn du nicht mehr willst, musst du trotzdem zahlen«, meint Nick kühl.

Der Mann überlegt, wieder fliegt sein Blick hin und her. Dann nickt er kurz und folgt mir ins Haus.

Nick schließt hinter uns die Tür. Ich höre das Klacken des offenen Türschlosses.

Das war sie, meine Chance. Ich habe sie nicht genutzt. Meine Maske lächelt gekonnt, darunter ist nur noch Dreck.

Als der Aufzug kommt, flackert in den Augen des Kaninchens die Vorfreude auf, die Lust, die Perversion.

15

Als ich am Abend heimkomme, will ich mich eigentlich direkt in mein Zimmer verkriechen. Schlafen. Vergessen. Aber Mum und Paps erwarten mich am Esstisch, und irgendetwas sagt mir, dass es hier nicht nur um Nick gehen wird.

Es ist merkwürdig still im Haus. Ganz leise kann man Greta in ihrem Zimmer spielen hören. Keine Ahnung, wo Jonas steckt.

Ich habe keine Kraft für ein weiteres Problemgespräch, ich bin müde, ich will nicht. Trotzdem setze ich mich brav zu meinen Eltern.

»Herr Yildirim hat uns von deinem Abgang heute berichtet.« Paps sieht mich fragend an.

Ich seufze leise. War ja klar, dass der Yildirim sofort petzt.

»Wenn du keine Lust mehr auf Basketball hast, ist das ganz alleine deine Entscheidung«, meint Mum.

Hä? Bitte was? Ich dachte, es gibt jetzt Ärger!

»Du willst lieber die Zeit mit deinem Freund verbringen, oder?«, säuselt Mum weiter.

Ich verstehe nicht so ganz, was hier vor sich geht. Trotzdem nicke ich und mache Mum anscheinend eine Freude damit, denn sie grinst schon wieder so rosarot wie heute Nachmittag bei dem Geplänkel mit Nick.

»Wir waren auch mal verknallt.« Sie blickt jetzt lächelnd zu Paps.

»Was heißt denn hier *waren*?« Paps erwidert ihr Lächeln mit einem breiten Grinsen, bei dem mir ganz übel wird.

»Soll ich euch mal eben allein lassen?«, erkundige ich mich finster.

Mum räuspert sich und löst den Blick von Paps. »Warum hast du uns denn nichts von Nick erzählt?«

Ich zucke die Schultern.

Ich schweige.

»Möchtest du, dass wir zusammen zum Frauenarzt gehen?«

Mein Vater steht hastig auf und macht sich davon – *das* Thema überlässt er lieber meiner Mutter.

»Ich schau mal nach Greta«, sagt er und eilt auch schon die Treppen nach oben.

»Verhütung ist wichtig – um nicht schwanger zu werden, natürlich. Aber auch weil es so viele Krankheiten gibt, die –«

»Wir nehmen Kondome, keine Angst«, würge ich Mum ab.

Sie sieht baff aus, überrascht, überfordert.

»Dann habt ihr also schon … Aha. Wie …? Also … möchtest du darüber reden?« Sie sieht aus wie ein Fisch an Land. Zappelnd, nach Luft schnappend.

Ich schüttle den Kopf. Nein. Ich möchte nicht darüber reden. Ich kann nicht darüber reden. Wenn meine Mutter bei der harmlosen Vorstellung, die sie gerade in ihrem Kopf hat, schon Schnappatmung bekommt, wie soll ich ihr da die Wahrheit erzählen? Das bringt sie um.

»Du machst nichts mit Nick, das du nicht wirklich willst, oder?«

Ich versteinere. Tief in mir drin schreit es, tief in mir sehe ich ein kleines Mädchen, das sich an seine Mutter kuscheln will und heulen und endlich aufhören mit dem Horror.

»Kann ich die Meerschweinchen füttern gehen?« Mehr bringe ich nicht heraus.

Es geht nicht.

Es ist schon dunkel im Garten, die Meerschweinchen sind in ihren Ställen, tief im Stroh und kuscheln sich aneinander. Ich fülle die Näpfe mit Futter auf, werfe die Gemüseabfälle hinein und wechsle das Wasser. Dann schnappe ich mir das Meerschweinchen mit den langen Haaren. Greta hat es Pinky getauft. Es guckt mich neugierig an. Ich muss an den Kaninchenmann von heute Nachmittag denken. An die Haare auf seinem Rücken und sein erbärmliches Wimmern, als er gekommen ist. Ich drücke das Meerschweinchen an mich. Ich drücke fester und fester. Erst als Pinky panisch aufquiekt, merke ich, was ich tue. Schnell setze ich das Tier wieder zurück in den Stall.

Auf dem Rückweg ins Haus bemerke ich aus dem Augenwinkel ein typisches Leuchten hinter den Himbeerhecken. Ein Handydisplay. Da ist Jonas also!

Mein Bruder ist nicht alleine: Tom hockt neben ihm auf der Holzbank. Jonas beugt sich mit einem leisen Lachen über Toms Handy. Sie bemerken mich nicht, sie tuscheln, lästern, wie es scheint, lachen nun beide. Möglichst lautlos schleiche ich mich von hinten an die Bank heran, ich will sehen, was so lustig ist.

Es sind Fotos von halb nackten Frauen. Sie scrollen durch die Bilder, eine Frau nach der anderen hüpft über das Display, dazu kurze anrüchige Texte in schlechtem Deutsch und Stundenpreise. Die beiden gucken sich eine *Fickseite* an! An einem Bild bleiben sie hängen. Der Kopf der Frau ist nicht zu sehen. Nur ihr Körper in der knappen Unterwäsche, ihre riesigen Brüste in dem überflüssigen Push-up-BH. Tom grölt wieder los, auch Jonas kichert.

Mir fährt ein Stromschlag durch den Kopf, als ich kapiere, dass es mein Körper, meine Brüste sind, die sich die beiden da anschauen. Unter dem Bild steht *Junges, enges Möschen will hart rangenommen werden* und *150 € ohne Extras.*

Ich reiße Tom das Handy aus der Hand. Irgendwie ist ein Stein vom Erdbeerhochbeet in meine Hand gekommen. Damit schlage ich auf Toms Handy ein, wieder und wieder und wieder. Die Jungs schreien, fluchen, wollen mich abhalten, aber ich bin nicht aufzuhalten.

Erst als das Handy in Splittern und Trümmern auf dem Gartenweg liegt, höre ich auf.

»Was ist denn hier los?«, ruft Paps aus der Wohnküche.

Versteinert blicken Jonas und ich uns an. Tom kniet völlig fertig über seinem Handy.

»Du bist ja total krank! Das zahlst du, das musst du zahlen!«, stammelt er.

Jonas starrt mich an. Ohne ein weiteres Wort renne ich zurück zum Haus, vorbei an Paps, die Treppen hoch – bis ich endlich in meinem Zimmer bin.

Es klopft an meiner Tür. Mühsam setze ich mich auf.

»Ja?«, rufe ich unwillig, und Jonas kommt herein.

Er schließt schnell die Tür hinter sich und sieht mich mit demselben fassungslosen Blick an wie eben im Garten. Aber er scheint keinen Streit zu suchen. »Was zum Teufel war das eben?«

»Ich kaufe ihm ein neues Handy, wenn er immer noch heult«, murmle ich in meine Bettdecke.

»Wovon denn?«

Ich zucke die Schultern.

»Du brauchst ihm kein neues kaufen. Er sagt seinen Eltern, dass es ihm beim Fahrradfahren aus der Tasche gefallen ist. Die haben genug Geld.« Jonas' versöhnlicher Ton macht mich misstrauisch. Er redet mit mir wie mit einer reizbaren Geisteskranken.

»Wirst du jemandem erzählen, was wir uns angeschaut haben?«

Ich schüttle den Kopf.

»Das war nur ein blöder Spaß!«, versichert er mir hastig. »Wir machen so was sonst nicht. Wir gehen auch nicht zu Nutten … so einen Scheiß machen wir nicht!« Es scheint Jonas wirklich leidzutun, der *blöde Spaß*.

»Nutten ist ein schreckliches Wort. Sag das nicht.«

»Ja, okay, whatever.« Jonas durchbohrt mich mit seinem Blick. Ich kann praktisch zusehen, wie in den Tiefen seiner Gehirnwindungen ein Teil der Wahrheit für ihn sichtbar wird. Vielleicht hat auch er mich auf dem Foto erkannt, zumindest unbewusst. Ich halte seinem Blick stand. Die Stille zwischen uns beginnt zu flirren.

Dann senkt er den Blick. Er hat es nicht greifen können. Er bleibt ahnungslos. Mein dummer großer Bruder.

Mit sorgenvoll gerunzelter Stirn durchblättert Nick am nächsten Tag meine Klausuren, während wir im Aufzug stehen und zur Wohnung hochfahren.

»Du bist eine ganze Note schlechter geworden.«

Ich schweige.

»Du darfst nicht aufhören zu lernen.«

Ich schweige.

»Hey, Caro!« Er stupst mich an. »Hörst du mir zu?«

Ich blicke zu ihm auf. »Ja, ich lerne mehr«, sage ich und klinge wie Siri – eine computergesteuerte Stimme mit Charme und ohne Seele.

»Wie läuft's beim Basketball?«

»Hab aufgehört.«

Der Aufzug stoppt, die Aufzugtür geht auf. Aber Nick bewegt sich nicht, starrt mich nur an. Die Aufzugtür geht wieder zu, Nick hält sie mit seinem Unterarm auf.

»Keine Auffälligkeiten, schon vergessen? Willst du, dass alles auffliegt?!«

»Meine Eltern denken, dass ich aufgehört hab, weil ich so verknallt bin. Die finden das süß.« Für eine Sekunde weiß ich nicht, ob meine Gelassenheit Nick nur noch mehr aufbringt. Dann atmet er laut aus und lächelt. Krise abgewehrt.

»Bist du doch auch, verknallt, oder nicht?«, grinst er mich an, und ich lächle automatisch zurück.

Nick zwinkert mir zu und schließt die Wohnungstür auf.

Ich bleibe im Hausflur stehen, kann mich auf einmal nicht mehr bewegen. Denn durch die geöffnete Tür sehe ich die vier, wie sie auf dem Sofa sitzen und mit der Spielekonsole zocken.

Tarik, Demjan, Matze und der Türsteher.

16

»Was machen die hier?«, flüstere ich und spüre, wie die Panik wiederkommt, wie sie mir die Kehle zuschnürt, meine Muskeln lähmt, meine Lungenflügel zerquetscht –

Tarik blickt von der Spielekonsole zu uns. Ich ertrage seinen Blick nicht.

Nick tritt zurück zu mir in den Hausflur und lehnt die Tür zur Wohnung an.

»Das sind meine Kumpel, schon vergessen?«, flüstert er zurück.

»Wie kannst du mit denen noch befreundet sein?«, frage ich fassungslos.

»Ich hab nie gesagt, dass ich nicht mehr mit denen befreundet bin.« Nick ist so gelassen, so verflucht gelassen.

Ich fühle mich betrogen, verarscht.

»Aber er ist es doch, dem du das Geld schuldest, Tarik, oder nicht? Der uns zu all dem zwingt, der mich … Wer denn sonst …?«

Nick sagt nichts, steht einfach nur da und schaut mich an.

Oh mein Gott. Ich bin so dumm. So unglaublich dumm.

Was, wenn es gar keine Schulden gibt? Und keine Schuldner?

Was, wenn alles nur gelogen ist?

Alles …

Dieser Gedanke ist zu schmerzhaft, um ihn überhaupt zu denken.

»Du hast versprochen, dass ich die nie wiedersehen muss!« Mir stehen die Tränen in den Augen, so verraten fühle ich mich.

»Keiner von denen wird dich anpacken«, sagt Nick zärtlich. Beschützend legt er mir den Arm um die Schultern, nimmt mein Gesicht in seine Hände. Unter seinen Händen erstirbt mein Schmerz und mit ihm die Angst. Unter seinen Händen stirbt alles, was ich bin. Es bleibt nur Siri.

***

Das Mädchen sitzt zwischen den Männern auf dem weißen Sofa, ein Roboter auf Standby-Modus. Die Männer zocken ein Ballerspiel, saufen, ziehen sich das Pulver in die Nasen, lachen und kabbeln sich.

Der Freund macht dem Mädchen zwei Lines zurecht, sie zieht sie hoch. Das High hält ihre Augen auf, macht ihren Körper wach, ihren Puls schneller.

»Ich muss gleich rüber, einkassieren«, sagt der Blasse, während er auf dem Fernsehbildschirm einen Soldaten massakriert.

Niemand bemerkt, wie das Mädchen den Blick auf das Handy ihres Freundes richtet.

»Ja, geh mal checken, sonst pissen sie dir auf den Kopf, die Ladys«, sagt der Älteste.

»Da steht er doch drauf, auf Ladypisse im Gesicht«, witzelt der Freund des Mädchens.

Die Männer lachen laut wie kläffende Straßenköter, während das Mädchen auf dem Handy ihres Freundes eine Chatanfrage liest, die gerade aufblinkt.

SUCHE WAS JUNGES, VIRGINLIKE – WANN, WO, WIE VIEL?

»Meine Neue ist dreizehn, Alder, dreizehn!«, gibt der Türsteher an. »Die schafft zwanzig am Tag, ich sag dir, die ist geboren dafür!«

Das Mädchen wird bleich. Der blonde Bubi zwickt sie in den Arm. Das Mädchen zuckt zusammen.

»Du auch, Schnickse, du bist auch geboren dafür, ne?«, kichert der Bubi.

»Finger weg von meiner Prinzessin!«, schnauzt ihn der Freund des Mädchens an. Dann beugt er sich zu seinem Mädchen und küsst es, besitzergreifend.

Der Älteste wendet sich an den Bubi. »Auf die Tour kriegst du nie was Eigenes gestartet, du Spast!«

Es klingelt. Der Freund steht auf und öffnet die Tür.

»Hey, da seid ihr ja, kommt rein, kommt rein«, begrüßt er die Kunden.

Zwei Männer kommen in die Wohnung – sie sind nicht alt, vielleicht grade mal Anfang dreißig. Durchgestylt, sehr teure Anzüge, noch teurere Uhren. Der Erste hat eine Frisur wie ein Fußballer, Undercut und Gel, und ein kleines Tattoo, eine Schlange, die sich ein winziges Stück über seinen Hugo--Boss-Kragen Richtung Ohr schlängelt. Der Zweite hat eine glatt rasierte Glatze, dafür einen umso längeren Bart.

Die Schlange betrachtet das halb weggetretene Mädchen auf dem Ledersofa. »Ist sie das?«

»Hab nicht zu viel versprochen, oder?«, plappert der Freund des Mädchens.

»Und sie ist bestimmt erst fünfzehn?«, nuschelt der Vollbart schüchtern.

»Schau sie dir an, die fängt grad erst an zu blühen …« Der Freund macht dem Mädchen ein Zeichen, aufzustehen. Sie tut es, ihr Blick bleibt am blutüberströmten Soldaten auf dem Fernsehbildschirm hängen.

»Ich will es hart und von hinten.« Wieder die Schlange, fester Ton, herrschsüchtig.

»Ist doch klar. Beide gleichzeitig, abgemacht ist abgemacht.«

»Und keine ausgeleierte Ware«, fordert die Schlange weiter.

»Bei der war hinten noch keiner vorher drin«, versichert der Freund beflissentlich.

Mit einem Mal begreift das Mädchen die Bedeutung der ihr zufliegenden Worthülsen.

***

Ich drehe mich zu Nick.

»Hinten mache ich nicht.« Ich spreche leise, für die anderen kaum hörbar. »Das hast du versprochen. Hinten nicht.«

Nick ist mit mir ins Badezimmer gegangen. So zart, so sanft, redet er auf mich ein, dass ich mich in die unbeschwerte Zeit unseres Kennenlernens zurückversetzt fühle. Aber die Erinnerungen passen nicht mehr hierher – zerschlagen an den Fliesen der Badwände, rieseln sie zerstört zu Boden. Während er redet, zieht er mich langsam aus, vorsichtig, liebevoll. Küsst mich, auf den Hals, auf mein Schlüsselbein, hinter mein Ohr.

Ich lasse es geschehen.

»Meine Kleine, meine Prinzessin. Du lässt mich nicht hängen, ja? Oder bin ich dir auf einmal scheißegal? Hm, bin ich dir egal?«

Ich bleibe stumm.

»Die beiden reichen Idioten da draußen, die sind deine Chance, *unsere* Chance!« Wieder küsst er mich. Sein Ton ist so unglaublich sanft. Meine Klamotten sind zu Boden gefallen, ich stehe nur noch in Unterwäsche vor ihm. Und ob ich es ertrage oder nicht, ich höre in Nicks Worten nur noch Lügen. Lügen über Lügen.

Ich brauche alle zusammengekratzten Reste meines Willens, um ihm mit zittriger Stimme zu widersprechen.

»Ich will das nicht. Du behandelst mich wie … wie ein Stück Dreck.« Mir ist schwindlig, aber ich bücke mich, klaube mühsam meine Sachen zusammen. »Ich will gehen!«

Nick rührt sich nicht, sagt nichts. Mein Mut wächst, meine Stimme wird klarer. Ich lasse mich nicht länger erpressen. Es ist vorbei. Endgültig vorbei.

»Macht mit dem Video, was ihr wollt!« Ich schlucke, erschrocken über mich selbst. Aber es stimmt, ich habe keine Angst mehr, sollen sie es veröffentlichen, was habe ich noch zu verlieren? Dann füge ich hinzu: »Wenn du mich jetzt nicht gehen lässt, zeig ich dich an!«

Nick schnellt vor wie aus dem Nichts, packt mich mit seiner Rechten fest um den Hals und drückt mich gegen die Wand, während er mir seine Linke über meine Nase und meinen Mund presst.

Ich bekomme keine Luft!

Ich wehre mich, trete nach ihm, versuche, seine Hände von mir zu lösen, schlage auf ihn ein.

Vergeblich.

Meine Lungen brennen, der Druck in meinen Augen steigt. Todesangst umklammert mein Herz. Ich ersticke. Er bringt mich um. Während mein Kampf verzweifelter wird, flüstert er in mein Ohr.

»Wenn du mir noch einmal drohst, holen wir deine kleine Schwester und machen mit ihr dasselbe wie mit dir!«

Vor meinen Augen wird es schwarz.

Dann lässt er mich los, so plötzlich, wie er mich gepackt hat. Ich falle röchelnd zu Boden.

Nick beugt sich über mich.

»Ich hab dir gesagt, du sollst mich nicht wütend machen.«

Ich ringe weiter nach Luft, Gretas Bild in meinem Kopf. Meine Schwester, sie ist noch so klein … Doch er zerrt mich schon wieder hoch.

»Und jetzt gehst du da raus und lässt dich ficken!«

Er öffnet die Badtür und lässt mich los.

***

Das Mädchen schlurft halb nackt aus dem Bad und weiter zum Schlafzimmer.

Die Schlange und der Vollbart folgen ihr.

***

Caro

3. Teil

17

Ein paar Stunden später gibt es Hähnchen und Wein in unserem Schwedenhaus. Es ist Freitagabend – der große Abend, auf den sich Mum *so* gefreut hat, weil sie Nick ja *unbedingt besser kennenlernen* möchte.

Greta grinst Nick an wie ein Honigkuchenpferd. Sie hat tatsächlich nicht ein Wort über seinen heimlichen Besuch verloren. Mum und Paps wissen nichts von der Wii, die Nick mitgebracht und wieder mitgenommen hatte. Nichts von dem Schlaflied und nichts von dem Armband. Greta ist so unglaublich stolz auf die Geheimnisse, die sie mit Nick teilt.

Ihre Freude schneidet mir ins Herz. Ihr darf nichts passieren, niemals!

Das Sitzen tut unglaublich weh. Es fühlt sich an, als würde ich langsam von unten verbrennen. Aber ich lasse mir nichts anmerken, bleibe auf meinem Schmerz hocken und beiße die Zähne zusammen.

Das stundenlang mit Butter übergossene Hähnchen hat Mum zur Feier des Tages selbst zubereitet, und sogar Jonas ist da, obwohl er freitags sonst immer bei Tom ist.

Was sind wir doch für eine perfekte Familie.

»Und, gehst du auch noch zur Schule?«, erkundigt sich mein Vater bei Nick.

»Nein, nicht mehr. Mein Vater hat eine Kfz-Werkstatt, mittlerweile arbeite ich dort.« Die Haut des Hähnchenschenkels knuspert, als sie in Nicks Mund verschwindet.

»Wie spannend, da gibt es sicher eine Menge zu lernen!«, meint meine Mutter, als ob sie auch nur den blassesten Schimmer von Autos hätte. »Heutzutage kann man ja kein Auto mehr reparieren, ohne einen Computer daran anzuschließen.«

»Ja, die guten alten VW-Käfer-Zeiten sind schon lange vorbei. Aber ich bin reingewachsen in die Technik, ich hab von klein auf meinem Vater in der Werkstatt geholfen. Wir sind sehr eng in der Familie.« Nick erzählt und erzählt, und kein Wort davon ist wahr.

Ich stochere in meinem Essen, nehme das Hähnchenfleisch auseinander, häute es.

»Wo ist denn eure Werkstatt?«, fragt Paps.

Für den Bruchteil einer Sekunde zögert Nick mit der Antwort. Sein Pokerface behält er.

»Mühlheimer Straße«, sagt er dann beiläufig.

Paps blickt ihn weiterhin fragend an, die Antwort reicht ihm nicht.

»Fünfundvierzig«, setzt Nick nach.

»Vielleicht bekommen wir bei euch ja noch einen Termin zum Reifenwechsel? Ich weiß nicht, wie wir es jedes Jahr aufs Neue schaffen, aber meistens haben wir noch zu Weihnachten die Sommerreifen drauf.« Mum blüht richtig auf bei diesem ganzen Small Talk.

»Na klar, bestimmt.« Nick isst weiter, Mum steht auf.

»Ich notiere mir rasch die Adresse«, sagt sie und steht auch schon vor dem Kühlschrank, an dem unser Notizblock hängt.

Ich werde unruhig. Die Adresse ist genauso gelogen wie der ganze Rest.

»Ist das deine Karre, mit der du gekommen bist?«, will Jonas von Nick wissen.

»Ja. Dreihundertvierzig PS.«

Jonas' Augen leuchten auf. »Nice.«

»Kannst du vergessen!«, ruft meine Mutter prompt.

»Ich hab nur ein Fahrrad«, raunt Jonas Nick zu.

»Ist auf jeden Fall besser für die Umwelt«, sagt Nick. Er und Jonas müssen sich das Lachen verkneifen.

Ich steche fest mit der Gabel ins Hähnchenfleisch. Der Schmerz lodert unter mir auf.

Während meine Mutter zurück zum Tisch kommt, verkündet mein Vater feierlich: »Der Vertrag ist übrigens unterschrieben, der Auftrag für das Café steht fest!«

»Das ist ja großartig, Gratulation!« Nicks Kompliment macht meinen Vater fast ein bisschen verlegen, und jetzt hebt Nick auch noch sein Glas. »Na dann … prost. Auf Ihren Auftrag!«

Alle stoßen sie an, selbst Greta hebt stolz ihr Glas mit Orangensaft.

Hastig stehe ich auf und laufe ins Bad.

»Du musst mit anstoßen!«, ruft mir Greta hinterher, doch da schließe ich schon die Badtür hinter mir ab und durchwühle die Badkommode.

Leider weiß ich, dass Mum Hämorrhoiden hat – und leider auch, dass sie eine Salbe dafür besitzt. Ich will solche Dinge nicht wissen, aber in einem Haus ohne Privatsphäre weiß man so etwas eben voneinander. Verrückt, was man weiß und was trotz allem im Dunkeln bleibt …

Ich finde die Salbe in der zweiten Schublade. Es tut weh, als ich sie mir auftrage. Sehr sogar. Ich beiße mir auf die Zunge, um nicht zu schreien. Ich schmecke ein wenig Blut in meinem Mund, so fest beiße ich zu.

Nach dem Auftragen ist auch Blut auf meinem Finger. Ich wasche es ab, nehme Seife und die Nagelbürste und schrubbe, bis meine Haut knallrot geworden ist.

Es klopft an der Tür. Ich erschrecke mich so sehr, dass mir die Nagelbürste auf den Boden fällt.

»Alles gut bei dir?« Meine Mutter.

Schnell trockne ich meine Hände ab und lasse die Salbe wieder in der Kommode verschwinden. Der Schmerz ist so schlimm, dass ich mich zusammenkrümmen muss.

»Na klar, ich komm gleich.« Ich weiß nicht, wie meine Stimme so normal klingen kann, während ich auf dem Badboden kauere.

Zum Glück verschwindet meine Mutter wieder, und ich zwinge mich kurz darauf, aufzustehen und mich wieder zu den anderen zu gesellen.

Jonas räumt gerade die erste Ladung Geschirr in die Spüle, und meine Eltern verteilen am Kühlschrank den Nachtisch auf kleine Teller.

Nick sitzt alleine mit Greta am Tisch. Sie tuscheln miteinander. Das Bild lässt mir das Blut in den Adern gefrieren.

»Ich hab dich nicht verraten«, flüstert Greta Nick zu.

Er zwinkert sie an. »Weiß ich doch, würdest du nie tun, stimmt's, kleine Prinzessin?« Beim letzten Wort blickt er zu mir.

Mir wird kalt. Eiskalt. Er wiederholt seine Drohung, subtil zwischen den Zeilen und nur für mich. In dieser Sekunde blickt mir sein wahres Ich entgegen. Er ist nicht mein Freund. Er liebt mich nicht. Er ist mein Zuhälter. Mehr nicht. Ich habe es zu spät begriffen …

Greta grinst. Sie weiß nicht, was es bedeutet, seine Prinzessin zu sein.

Ihm zu gehören.

Ich werde nicht mehr von ihm wegkönnen.

Greta darf nichts passieren!

In meinen Ohren beginnt es zu rauschen. Ich kann nicht mehr.

Ich kann nicht mehr.

Nachdem sich Nick endlich verabschiedet hat, bringe ich Greta ins Bett und lese ihr ein Kapitel aus einem ihrer Pferderomane vor. Eine so große, fast schmerzhafte Zuneigung habe ich schon sehr lange nicht mehr für sie empfunden. Ich dachte, ich bin zu tot dafür – innerlich –, aber da habe ich mich wohl geirrt.

Gedankenverloren streichle ich ihre Haare, auch noch, als sie längst eingeschlafen ist. Gerade will ich das Licht an Gretas Bett ausknipsen, da höre ich Stimmen draußen. Ich kann Nick durchs Fenster sehen. Er steht mit Jonas auf der Spielstraße und zeigt ihm seinen BMW. Sie scheinen Spaß zu haben miteinander, ich glaube, Jonas bewundert Nick sogar ein bisschen. Nick lässt ihn am Steuer sitzen, den Wagen starten.

Ich spüre, wie mir die Tränen in meine Augen schießen.

Ich. Will. Nicht. Weinen.

Und dann – plötzlich greife ich nach einem von Gretas Kugelschreibern. Ramme mir den Kugelschreiber in die Handfläche, bis der Schmerz so stark wird, dass die Tränen versiegen.

Draußen lachen Jonas und Nick.

Als uns Herr Yildirim einige Tage später Matheklausuren zurückgibt, rumort die ganze Klasse, Noten werden verglichen, Verschwörungstheorien leise ausgetauscht, tuschelnd wird ausgiebigst gemeckert. Mir ist das ganze Gezische egal.

Seit Nicks Besuch bei uns zu Hause ist meine Müdigkeit größer und größer geworden. Von all den Lügen. Von all dem Zeug, das ich von Nick bekomme, zum Rauchen, zum Trinken, zum Schniefen, zum Schlucken.

Ich bin so abgrundtief erschöpft, dass ich den Kopf auf den Tisch lege und wegdöse – nicht lang, denn schon spüre ich, wie Herr Yildirim neben mir stehen bleibt. Selbst sein Atem klingt missbilligend. Ich setze mich widerstrebend auf.

»Das war nichts. Es hat grade noch so für eine Fünf gereicht«, sagt er und gibt mir meine Klausur zurück. »Was ist los mit dir, Caro?«

Der arme Yildirim hat nicht nur seine Kapitänin, sondern auch seine beste Streberin verloren – voll schade für ihn. Ich schaue ihn an und sage nichts.

»Du kannst auch außerhalb der Sprechzeiten zu mir kommen …«, bietet er mir an.

Jetzt glotzen natürlich alle zu mir rüber. Sollen sie doch. Ich lege meinen Kopf auf die versaute Klausur und schließe die Augen. Der Yildirim seufzt, geht weiter.

Etwas Weiches schiebt sich unter meinen Kopf. Ich öffne die Augen. Lara hat mir meinen Pullover als Kopfkissen zurechtgefaltet. Ich versuche ein dankbares Lächeln in ihre Richtung. Eine Sekunde später bin ich schon wieder weggedöst.

18

Ich fahre im Aufzug hoch zur Wohnung. Ich weiß nicht, zum wievielten Mal. Ich habe aufgehört zu zählen. Heute Nacht gab es zum ersten Mal Frost. Der Sommer ist schon so lange vorbei. Der Winter kommt. Und mein Leben findet nur noch auf dem Bett in der Wohnung statt.

Nick wartet im Wohnzimmer auf mich. Ich blicke ihn nicht richtig an, ziehe meine Jacke aus, will ins Bad gehen, meine Arbeitskleidung anziehen. Aber er hält mich auf.

»Deine Jacke brauchst du noch«, sagt er, zieht sich seine eigene Jacke über und hält mir die Wohnungstür auf.

Ich schaue fragend zu ihm.

»Überraschung«, meint er. Seine grünen Augen leuchten, und er sieht plötzlich sehr jung aus, glücklich.

Ein kleines Fenster geht auf zu einer längst verschütteten Vergangenheit. Eine warme Welle fließt durch meinen Körper, als ich mich an sein erstes Lächeln in diesem Fast-Food-Schuppen erinnere.

Wir fahren ins Kino, schauen uns eine peinliche Schnulze an, knutschen und bewerfen uns mit Popcorn. Als wäre es noch Sommer. Als hätte ich nie einen Fuß in die Wohnung gesetzt. Als hätte ich nie sein wahres

Gesicht gesehen, wäre nie seine Hure geworden. Als wär ich noch ein normales, ein bisschen unsicheres und frisch verliebtes Mädchen. Ich lache sogar über Nicks Späße. Klammere mich an den schönen Stunden fest.

Nach dem Kino fahren wir zum Rhein. Wir setzen uns auf die heilige Motorhaube des BMW und lassen uns davon wärmen. Nick nimmt meine Hand in seine und küsst der Reihe nach meine Finger.

Wir sind selbst die totale Schnulze.

»Ich hab noch fünf andere Finger«, sage ich und halte ihm meine andere Hand entgegen.

Er küsst auch hier jeden Finger einzeln, knabbert am letzten, grinst, leckt peinlich darüber, verarscht mich.

Ich kuschle mich an ihn. Der Rhein sieht dunkel aus, dreckig, die Bäume sind kahl und die Wiesen braun.

»Ich vermiss dich«, flüstere ich sehr leise.

»Ich bin doch hier«, sagt Nick.

»Ja, jetzt. Aber wenn wir in der Wohnung sind … Ich weiß gar nicht mehr, wer du bist.«

Er nimmt mich fester in den Arm. Küsst mich auf den Mund. Dass er so weiche Lippen hat, dass er so zärtlich sein kann. Und dann wieder …

»Es tut mir so leid!«, bricht es aus ihm heraus, als hätte er meine Gedanken, meine Verunsicherung gespürt. »Wenn ich wütend werde, ist es, als hätte ich etwas in mir drin, das rauswill, alles zerstören.«

Wir schweigen beide.

»Ich will dir nicht wehtun«, flüstert er irgendwann in mein Haar. »Caro. *Ich will das nicht!*«

»Lass uns einfach für immer hierbleiben.«

Er packt meinen Hintern und dreht mich zu ihm, setzt mich auf sich. Ich schlinge meine Beine um ihn und küsse ihn.

Es ist noch nicht spät, aber es wird schon dunkel, als Nick mit seinem BMW auf einen Parkplatz an der Landstraße fährt. Es nieselt leicht. Ich schaue mich verwirrt um.

Was machen wir hier? Ich dachte, er fährt mich nach Hause.

»Hast du dein Kleid dabei?«, fragt er.

Mein Kleid. Meine Arbeitskleidung. Die Nuttenunterwäsche. Die schönen Stunden, an die ich mich so geklammert habe, sie sind vorbei. Ende der Schonfrist.

»Wo sind wir hier?«, will ich wissen.

»Mehr Lippenstift«, fordert Nick, anstatt zu antworten, und ich gehorche.

Am anderen Ende des Parkplatzes entdecke ich ein paar Mädchen, allesamt knapp bekleidet. Ein Auto fährt an ihnen vorbei. Sie winken den Fahrer auffordernd zu sich. Eines der Mädchen erkenne ich. Es ist Tina, die damals im Club, bei meiner ersten Begegnung mit Nicks … *Freunden,* ebenfalls dabei war. Deshalb hatte sie also so einen kranken Blick. Ob ich mittlerweile genauso wirke? Sie entdeckt mich, sie lächelt mir zu. Ein Lächeln wie aus einem Stephen-King-Film. Gruselig.

Ich wende den Blick von ihr ab. Ich habe verstanden. Ich bin keine Ware mehr für die Wohnung, ich gehöre jetzt auf die Straße, Abfall, der ich bin. Ich wünschte, Nick wäre sofort mit mir hierhingefahren, ohne Kino, ohne Rhein. Mit der kurz aufgeflackerten Hoffnung ist die Enttäuschung jetzt nur noch schmerzhafter. Es gibt nichts Schönes mehr in meinem Leben, wann werde ich das endlich begreifen?

Still ziehe ich mich neben Nick um. Er blickt aus dem Seitenfenster und redet und redet.

»So läuft es jetzt: Blasen vierzig Euro, Runterholen dreißig, normal achtzig, hinten hundert. Extras zwanzig mehr. Wenn du hörst, dass es eine hier für weniger macht, sagst du mir sofort Bescheid.«

Ich habe mich inzwischen umgezogen, aber ich kann, ich will nicht aussteigen.

Aus dem Handgelenk zaubert Nick ein paar Ohrringe hervor. Sie haben kleine rote Steine am Ende und baumeln ein wenig hin und her. Sie sehen schön aus. Zärtlich legt er mir die Ohrringe an.

»Ich liebe dich!«, flüstert er. »Vergiss das nie.«

Wir blicken uns an. Es gibt nichts mehr zu sagen.

Nick hält mir den Spiegel mit den Lines hin. Schnell

ziehe ich das Zeug in die Nase. Es wird mich aus dem Auto und durch die nächsten Stunden tragen.

Ich steige aus.

***

Der Parkplatz wird das neue Zuhause des Mädchens. Sie ist nicht mehr alleine. Um sie herum stehen andere. Aber sie reden nicht miteinander. Nicht, solange ihre Freunde im Dunkeln auf sie warten und sie beobachten. Ihre Zuhälter. Und sonst auch nicht. Was sollen sie auch sagen?

Etwas später kommt ein neues Mädchen dazu. Sie sieht jung aus, viel zu jung. Auch da sagt keine etwas. Sie waren alle einmal viel zu jung. Sind es immer noch.

Es gibt kein Bett mehr, keine geheizte Wohnung. Dafür eine Menge Autos. Mit Sitzheizung und ohne. Manche sind zugemüllt, manche so sauber, als kämen sie frisch vom Werk. Die Enge der Autositze, die Gangschaltung, die sich in den Brustkorb des Mädchens bohrt, wenn sie sich zum Fahrer rüberbeugt. Der Geschmack der Kondome in ihrem Mund. Zwischen den Lines und den Pillen beginnt das Mädchen zu rauchen, mehr und mehr. Es macht sie die Kälte und das Wetter vergessen, es gibt ihr etwas in die Hand, wenn die Autoscheinwerfer sie anstrahlen, ihr Fleisch ausleuchten.

Das Mädchen nimmt ab, ihre Haut wird blasser, ihre Augenringe tiefer. Aber es ist Winter, viele werden blasser, es fällt nicht weiter auf. Ihr Immunsystem fällt langsam aus. Die Kälte und die Nässe zerstören es. Pilze, Blasenentzündungen. Cremes und Tabletten.

Und alles, was sie noch spürt, ist: nichts.

***

Vielleicht ist mir ja doch noch nicht alles egal. Das merke ich am nächsten Tag in der Schule. Nick ist nicht der Einzige, der etwas in sich hat, das hinauswill, um zu zerstören. Auch in mir brodelt dieses Etwas unter der Haut.

Zu Pausenbeginn schließe ich mich in der Schultoilette ein. Ich ziehe meine Jeans herunter, hole die Rasierklinge aus meinem Geldbeutel und aus ihrer Schutzhülle, und setze einen geraden Schnitt unter die anderen an der Innenseite meines Oberschenkels. Schnell wische ich die Rasierklinge mit Toilettenpapier ab und verstaue sie wieder.

Es ist nur ein kurzer Schmerz im Moment des Schneidens, danach kommt die Entspannung. Wenn das kleine rote Rinnsal fließt, geht es mir ein bisschen besser. Es sind die einzigen ruhigen Minuten, die ich am Tag habe.

Ich ritze mich noch nicht lange. Die Rasierklinge ist mir einfach irgendwann in die Hand gefallen.

Das Rinnsal erreicht langsam mein Knie. Ich knülle eine Menge Toilettenpapier zu einem Ball zusammen und drücke auf den Schnitt, bis kein neues Blut mehr nachkommt, dann ziehe ich meine Jeans wieder hoch.

So nah an meiner Scham sieht niemand die Schnitte. Niemand, außer den Männern in ihren Autos. Für einen kurzen Moment sehen sie dann geschockt aus. Ich stelle mir vor, dass sie nicht nur geschockt sind über mich, sondern auch über sich selbst. Dass sie in dem Moment, wo sie mein zerschnittenes Fleisch sehen, begreifen, dass ich das nicht freiwillig mache. Nichts davon. All das flackert für den Bruchteil einer Sekunde in ihren Augen auf, bevor sie weitermachen und sich nehmen, wofür sie bezahlt haben.

Als ich kurz darauf über den Schulhof gehe, tummeln sich dort längst jede Menge Schüler – auch Tom und Jonas sind hier. Sie stehen beim Schultor in der Warteschlange vorm Pausenwagen, um sich ihr Frühstücksbaguette zu holen. Seitdem Paps den großen Auftrag hat, haben wir nicht nur eine neue Spülmaschine, es gibt auch wieder Geld für den Pausenwagen. Aber ich esse nur noch, wenn es absolut nötig ist. Ich kaue und schlucke nicht mehr gerne. Da rauche ich lieber.

Ich lehne mich – natürlich alleine – an die Schulwand und zünde mir eine Zigarette an. Ein Stück weit entfernt entdecke ich Chrissy und ihren Fanclub. Lara kommt dazu und umarmt die Mädels, Chrissy als Letzte. Sie lässt ihren Arm auf Chrissys Schultern liegen, flüstert ihr etwas ins Ohr. Dann lachen die beiden.

Sieht ganz so aus, als wären sie nun beste Freundinnen. Lara blickt mich an. Ich nehme einen tiefen Zug und blicke kalt zurück. Verunsichert wendet sich Lara wieder Chrissy zu.

Ein Ball kullert mir vor die Füße. Er ist bunt und fröhlich mit all den Farben. Er geht mir auf die Nerven. Ein Mädchen aus der Fünften hechtet dem Ball hinterher. Sie trägt zwei Zöpfe rechts und links und ist genauso bunt wie der Ball. Oh Mann!

Kurz bevor sie den Ball erreicht, kicke ich ihn weg. Das Mädchen bleibt ungläubig stehen. Das ist wohl das Schlimmste, was ihr in ihrem behüteten Leben bisher passiert ist. Mit einem beleidigten Schmollmund starrt sie mich an.

»Na vielen Dank auch!«, meckert sie. »Rauchen ist übrigens nur auf dem Raucherhof erlaubt.« Mit diesen Worten dreht sie sich um und will wieder dem blöden Ball hinterherlaufen.

Da explodiert das Etwas in mir, das nur darauf gewartet hat, endlich herauszukommen. Auf einmal habe ich eine Scheißwut auf dieses dumme Mädchen und ihren Streber-Kommentar.

Ich packe die Göre an einem ihrer Zöpfe und zerre fest daran. Sie taumelt nach hinten, wirbelt zu mir herum. Ich schlage ihr ins Gesicht. Sie schreit auf, hebt ihre Arme, will sich schützen. Ich schlage weiter auf sie ein, weiter und weiter und –

Irgendjemand ruft mir etwas zu, und im nächsten Moment werde ich von hinten gepackt und wegzerrt.

Lara.

»Caro, hör auf!« Sie ist außer sich. »Spinnst du jetzt völlig?!«

Ich will mich aus Laras Griff befreien, trete um mich. Aber ich habe keine Chance, sie bekommt Hilfe.

»Hör auf, verdammt noch mal!« Es ist Jonas, der mich nun ebenfalls festhält.

Schnaufend nähert sich zu guter Letzt auch noch der Yildirim. Er hetzt zu uns, mitten durch die Meute der anderen Schüler, die fassungslos zugeschaut, die Handys gehoben und mitgefilmt haben.

Er geht in die Hocke und spricht beruhigend auf das laut jammernde Mädchen ein. Dann blickt er hoch zu mir. Ich blicke weg.

Kurz darauf zitiert mich der Yildirim in eins der Klassenzimmer. Die anderen machen weiter Pause und zerreißen sich das Maul über mich, während die *arme Kleine* von der Schulschwester zum Durchchecken ins Krankenhaus gebracht wird.

Herr Yildirim baut sich vor mir auf.

»Ich verstehe dich nicht mehr, Caro«, legt er los. »Ganz offensichtlich hast du mit irgendetwas ein großes Problem. Aber wenn du mit niemandem darüber redest, dann kann dir auch niemand helfen.« Er sieht mich eindringlich an. »*Warum* redest du nicht endlich?«

Mein Blick klebt an der Tafel, Yildirims Stimme ist nicht mehr als das Rauschen einer Autobahn im Hintergrund.

»Was auch immer los ist mit dir, du kannst deinen Frust nicht an anderen auslassen. Das ist ein absolutes No-Go. Kapiert?«

Automatisch nicke ich.

»Es ist gut möglich, dass Sarahs Eltern Anzeige gegen dich erstatten.«

Jetzt blicke ich ihn an. *Sarah*, so heißt sie also. Für einen kurzen Moment meldet sich tief in mir so etwas wie Reue. Es tut mir leid, dass ich der Kleinen wehgetan habe. Sie ist nicht viel älter als Greta. Wenn jemand das mit Greta gemacht hätte, ich würde ausrasten.

»Wenn sie dich anzeigen wollen, werde ich es ihnen nicht ausreden. Es ist ihr gutes Recht.«

Ich nicke wieder. Ich soll angezeigt werden. Ich bin die Täterin. Nicht das Opfer. Gut so.

Der Yildirim hält mir einen Flyer hin.

»Hier ist eine Telefonnummer – vielleicht können sie dir helfen, wenn du lieber nicht mit mir sprechen willst. Ist alles anonym. Fang an zu reden, Caro, bitte.«

Ich nehme den Flyer. Ein Kummertelefon.

Na super.

Da werde ich bestimmt anrufen und mich von irgendeinem Studenten mit zu viel humanistischem Ehrgeiz und null Lebenserfahrung beraten lassen.

»Kann ich jetzt gehen?«, frage ich.

Der Yildirim sieht mich schweigend an.

»Bitte …«, sagt er schließlich und zeigt zur Tür. »Egal, was es ist, gib dich nicht so einfach auf.«

Ich bin jenseits von Kämpfen oder Aufgeben.

Wie soll ich gegen eine Hölle ankämpfen, die ein Teil von mir geworden ist?

19

Die Hölle, das bin ich. Es gibt nichts mehr, vor dem ich mich fürchten könnte. Das habe ich, als ich dem Yildirim zuhörte, allen Ernstes geglaubt. Nur ein paar Stunden später passiert etwas, das mir eine Scheißangst einjagt.

Ich stehe wieder auf dem Parkplatz. Es ist kalt und grau und nass – nur wenige Autos kommen vorbei. Wir sind zu viele Mädchen für so wenige Freier. Tina steht mit finsterer Miene neben mir – ihr schnappt niemand einen Freier weg! Die Nässe kriecht mir in die Knochen, und ich bin erleichtert, als endlich Nicks BMW auf den Parkplatz einbiegt. Er lässt das Fahrerfenster runter, ich gebe ihm meine Ausbeute von heute, er zählt das Geld. Schnell laufe ich um den Wagen herum, öffne die Beifahrertür, will grade einsteigen, doch Nick sieht mich nur enttäuscht an.

»Caro, das reicht nicht.«

»Mir ist kalt, ich bin müde, ich will nach Hause …«

»Dann streng dich mehr an.« Er streichelt mir kurz über die Wange, macht die Beifahrertür wieder zu und fährt weiter zum anderen Ende des Parkplatzes. Dort stehen schon Tarik und der Türsteher mit ihren Karren und beaufsichtigen uns Mädchen. Nick gesellt sich dazu, raucht mit ihnen. Er trägt eine dicke Daunenjacke mit Fellkapuze. Ich zittere vor Kälte.

Ein Kombi kommt auf den Parkplatz gefahren. Am Steuer sitzt ein ziemlich dicker Typ. Er kommt nicht zum ersten Mal. Er stinkt nach Zwiebeln und altem Schweiß, und jedes Mädchen hier ekelt sich vor dem Grind zwischen seinen Speckfalten. Mit monotoner Stimme rattere ich grade die Preisliste runter, als ich im Augenwinkel ein Fahrrad auf der Landstraße vorbeifahren sehe. Es dauert eine Sekunde, bis mein Gehirn das Bild richtig verarbeitet. Mein Herz setzt aus.

Ich schaue rüber zur Landstraße – und da steht er mit seinem Fahrrad und starrt fassungslos zu mir herüber.

Jonas!

Die Zeit steht still. Der Dicke stellt irgendwelche Fragen, aber ich kann darauf jetzt nicht reagieren. Ich kann nur zu Jonas zurückstarren. Verärgert fährt der Mann zur nächsten.

Jonas lässt sein Fahrrad aufs Feld neben der Landstraße fallen und kommt über die Straße auf mich zu.

Panisch blicke ich zu Nick. Auch er hat Jonas entdeckt.

Jonas bleibt stehen, mitten auf der Straße. Schaut von mir zu Nick und den anderen Jungs.

Bitte, Jonas, geh, lauf, nimm dein Fahrrad und fahr weg, so schnell du kannst. Das hier ist eine Nummer zu groß für dich. *Lauf weg!*

Nick, Tarik und der Türsteher treten enger zusammen. Der Türsteher macht den ersten Schritt auf Jonas zu.

Jonas versteht die Drohung. Ihm steht die Angst ins Gesicht geschrieben. Er blickt mich an. Fassungslos.

Dann tritt er den Rückzug an. Erst langsam, Schritt für Schritt. Doch kaum ist er bei seinem Rad, tritt er in die Pedale wie ein Wahnsinniger und rast davon.

Ich merke erst jetzt, dass ich am ganzen Körper zittere – und nicht mehr vor Kälte.

Fuck!

FUCK!

Ich sitze mit Nick auf der Rückbank seines BMW, er hält mir eine offene Wodkaflasche hin.

»Gleich wird's besser«, meint er.

Ich nehme die Flasche und trinke in großen Schlucken, kann trotzdem nicht aufhören zu zittern.

»Hör zu, ich fahr dich jetzt nach Hause, okay?«

»Scheiße, Scheiße, Scheiße!« Ich presse mein Gesicht ins Polster und spüre, wie Nick mir über die Haare streicht.

»*Schsch,* meine Schöne, meine Prinzessin, schon gut. Nur nicht die Nerven verlieren. Ich pass auf dich auf.«

Ja, ich weiß.

Nick küsst mein Haar, dann setzt er sich wieder etwas weg von mir.

»Ruf ihn an«, verlangt er, also fische ich mein uraltes Handy aus meiner Tasche.

Ich kann meine Finger nur schwer ruhig halten – zwei

Mal scrolle ich an Jonas' Nummer vorbei, bevor ich endlich auf *Anrufen* drücke. Das Display spinnt mal wieder, ich muss noch einmal draufdrücken, fester. Jetzt wählt das Handy. Es klingelt am anderen Ende. Einmal. Zweimal. Dreimal.

Was soll ich nur sagen? Wo anfangen?

Aber er geht sowieso nicht dran. Stattdessen informiert mich eine weibliche Computerstimme, dass Jonas momentan nicht zu erreichen ist. Ich lasse das Handy sinken, schüttle den Kopf.

Nick sieht mich ernst an. »Du musst mit ihm reden, so schnell wie möglich.«

Weiß ich doch selbst. Ich nehme noch einen großen Schluck Wodka.

Ich werde mit meinem Bruder reden müssen.

Nick hat mich nach Hause gefahren. Ich stürze sofort in die Garage: Jonas' Fahrrad steht nicht dort.

Drinnen im Haus ist alles wie immer – still und friedlich. Ich lausche. In der Küche ist leises Klappern von Geschirr ist zu hören.

Wissen meine Eltern schon Bescheid?

Oh Gott, mir ist so übel. Diese verdammte Übelkeit hat sich irgendwie in meinem Inneren festgekrallt.

Als ich in unsere Wohnküche komme, lächelt Mum mir mit kakaobestäubtem, wenn auch leicht sorgenvollem Gesicht entgegen.

»Hallo, Liebes«, sagt sie ein bisschen *zu* fröhlich, aber eins ist klar: Jonas hat ihr noch nichts erzählt.

Erleichtert atme ich aus.

»Hey. Sag mal, wo ist denn Jonas?«, frage ich so unauffällig wie möglich.

»Ich glaube, er wollte sich mit Tom treffen.«

»Weißt du, wo?«

Mum beäugt mich neugierig. »Nein, in der Stadt vielleicht. Unternehmt ihr jetzt wieder mehr miteinander, du und Jonas?«

Mist! Kein Misstrauen erwecken, verdammt.

»Ist nur wegen Chemie.« Was Besseres fällt mir nicht ein, aber Mum schluckt es zum Glück. Ich schlurfe zum Kühlschrank und trinke Orangensaft direkt aus dem Karton.

»Warst du bei Nick?«, fragt meine Mutter jetzt.

Anstelle einer Antwort nicke ich nur.

»Und, wie geht es ihm? Oder euch?«

Bedächtig stelle ich den Karton zurück in den Kühlschrank. »Du, Mum, ich muss noch lernen und bin total müde. Können wir morgen reden?«

Die Sorgenfalten kommen wieder auf der Stirn meiner Mutter. »Vielleicht nur ein bisschen Tiramisu?«, bietet sie mir an. »Hab ich extra gemacht …«

»Nein danke, aber das ist lieb von dir.«

»Hast du Lust auf Heimkino später? Paps ist mit Greta noch beim Schwimmen, und ich hab uns zwei

Romcoms besorgt. Ich dachte, wir machen uns mal wieder einen richtig schönen Mädelsabend.«

Ich schüttle den Kopf. »Sorry, ich bin echt fertig ...«

Und dann kommt's. Plötzlich schlägt Mum einen anderen Ton an.

»Wie viel hast du abgenommen in letzter Zeit?«

Ich stocke, drehe mich um und starre sie an. »Wieso?«

»Du siehst nicht gut aus. Du bist zu blass. Und so dünn. Tiramisu war immer dein Lieblingsdessert ...«

»Ja, und?«

»Hast du Angst, dass du Nick nicht gefällst? Findet er dich zu dick?«

»Glaubst du, ich hab eine Essstörung?« Der Gedanke ist ja total absurd! Aber Mum sieht das offensichtlich anders.

»Hast du?«, fragt sie eindringlich.

Eine Essstörung! Ja, genau, *das* ist mein Problem. Ich drehe mich auf dem Absatz um und gehe. Soll sie doch denken, was sie will. Ich muss mit Jonas sprechen.

Seit ich vor meiner Mutter in mein Zimmer geflüchtet bin, hocke ich nun schon auf dieser verflixten Fensterbank und observiere die Spielstraße. Ich muss Jonas abfangen, und zwar noch bevor er ins Haus kommt. Doch er taucht einfach nicht auf, und ich erreiche ihn nicht übers Handy.

Ich werde immer unruhiger. Vielleicht sollte ich es doch drauf ankommen lassen, Jonas zu verpassen, und zu Tom fahren.

Ich bin so lange nicht mehr mit meinem Fahrrad gefahren, dass ich zuerst die Reifen aufpumpen muss. Ich verkrieche mich in meinem Parka und ziehe die Kapuze bis weit über die Stirn, trotzdem kann ich nicht aufhören zu zittern, so nervös bin ich. Ich will Wodka haben, eine Zigarette, einen Joint, eine Pille, egal was, nur irgendetwas, das mich beruhigt. Aber das Zeug kriege ich nur bei Nick, und Nick ist nicht hier. Das hier muss ich alleine regeln.

Ich klingle bei Tom und hoffe, dass er nicht selbst öffnet. Dass seine Mutter zur Tür kommt. Dass ich ihn nicht ansehen muss.

Umsonst gehofft. Er blickt mich an, als habe er Angst, dass ich genauso über ihn herfallen könnte wie damals über sein Handy.

»Ist Jonas bei dir?«, erkundige ich mich.

»Nee. Wieso? Ist was passiert? Wir wollten uns in der Stadt treffen, aber er ist nicht gekommen, und erreichen kann ich ihn auch nicht.«

Ich zucke nur die Schultern und laufe wieder zu meinem Rad.

»Er soll das nächste Mal gefälligst absagen, wenn er nicht kommt!«, ruft Tom mir hinterher. »Das kannst du ihm gern ausrichten.«

»Sag's ihm doch selbst.«

Tom blickt mich unschlüssig an, dann schließt er die Tür.

Was habe ich bloß jemals an *dem* gefunden?

Ich setze mich auf mein Rad und überlege, wo ich jetzt noch nach Jonas suchen könnte. An der nächsten Kreuzung halte ich an und schicke ihm eine neue Nachricht.

Wo bist du? Ich muss mit dir sprechen!!

Endlich kommt eine Antwort. Nur ein Wort.

Waldspielplatz.

Ich trete in die Pedale.

Ich bin komplett durchgeschwitzt, als ich endlich beim Waldspielplatz ankomme, trotz der Kälte.

Jonas sitzt oben auf dem Turm, von dem die Rutsche runterführt, lässt seine Beine baumeln und raucht. Ich klettere zu ihm hoch, setze mich neben ihn. Wortlos reicht er mir eine Zigarette und gibt mir Feuer. Er guckt mich nicht an, stattdessen blicken wir beide an den Schaukeln vorbei in den Wald, auf die kahlen Winterbäume.

Leise beginnt Jonas zu reden.

»Das warst du, damals auf Toms Handy, oder? Deshalb hast du's kaputt gehauen.«

»Ja.«

Jonas schnippt seine Zigarette runter in den Sand,

ich beobachte, wie sie das letzte Stück bis zum Filter weiterglimmt. Jonas wendet mir seinen Kopf zu, eine schmerzhaft langsame Bewegung, als kostete es ihn große Überwindung, mich direkt anzusehen. Dann stellt er die Frage, die ich mehr fürchte als alles andere.

»Warum tust du das?«

20

Ich schaue meinen großen dummen Bruder nicht an. Ich habe Angst davor, was alles in seinem Blick liegen mag.

»Das verstehst du nicht«, murmle ich.

»Dann erklär es mir.«

Ich schweige.

»Wie kannst du so was tun?« Jonas' Stimme wird fordernder.

Ich muss ihn ansehen.

Die Mischung aus Mitleid, Unverständnis, Ekel und Abscheu, die in seinen Augen liegt, fährt mir direkt in die Magengrube. Die Übelkeit kommt wieder. Und die Wut.

»Was fragst du *mich*? Frag doch die Typen, die dafür Geld bezahlen! Du selbst hast dir die Seiten angeschaut im Internet. Wie kannst denn *du* so was tun?« Die Wut ballt sich zu einem glühenden Ring um mein Herz zusammen.

»Das war nur Spaß, verdammt! Du machst das in echt!«

»Sei still!« Der Ring zieht sich zusammen, brennt sich in mein Herz. Ich schmeiße die Zigarette weg.

»WARUM MACHST DU DAS?!«

Meine Hände krallen sich um das kalte, nasse Holz des Kletterturms. Ich kann Jonas nicht sagen, warum.

Weil das Schreckliche passiert ist. Weil ich reingelegt wurde, ausgenutzt, erpresst. Und weil ich so erbärmlich bin, dass ich trotz allem nicht ohne Nick kann.

»Du darfst niemandem was davon erzählen. Das musst du mir versprechen!«, flehe ich Jonas an. »Wenn das rauskommt, dann …« Ich zögere. Sehe Chrissy, wie sie sich in der Schule mit ihrem Hofstaat das Maul über mich zerreißt. Sehe Mum und Paps, ihren Schmerz, ihre Verzweiflung.

Sehe wieder Greta mit Nick. – Daran darf ich nicht denken, der Gedanke ist zu schlimm!

»Alle werden mich hassen.« Meine Stimme ist wacklig. »*Alle.* Bitte, Jonas! Bitte!«

Er sieht mich nachdenklich an, dann schüttelt er den Kopf. »Ich kann das nicht für mich behalten.«

»Doch, kannst du!« Die Panik kommt wieder.

»Ich muss das Mum erzählen. Das ist krank, Caro. Du musst damit aufhören.«

Er springt vom Turm und will zu seinem Fahrrad gehen.

Ich springe hinterher, stelle mich ihm in den Weg. »Nichts wirst du erzählen, hast du mich verstanden?! *Nichts!*«

»Caro, lass mich einfach vorbei!«

»Nein!« Ich schubse ihn, er schubst zurück – ich fliege in den Sand. Die Wut lodert mit einer Stichflamme in mir auf.

Als ich mich aufrapple, hat er sich schon auf sein Fahrrad geschwungen und fährt in Richtung Wald.

»Wenn du Mum und Paps was sagst, bist du tot für mich, tot!«, schreie ich ihm hinterher. Ich weiß nicht mehr, was ich tun soll.

Er darf nichts sagen!

Dann greife ich nach dem I-Phone und wähle die einzige eingespeicherte Nummer.

Nick hebt sofort ab.

Ich hole tief Luft. »Er will mit meinen Eltern reden.«

Nick sammelt mich an der Kreuzung vor dem Spielplatz auf. Mein Fahrrad lasse ich einfach dort liegen. Hektisch lotse ich ihn zur Straße, die am großen Wald entlangführt. Vielleicht können wir Jonas dort den Weg abschneiden. Nick rast über die Landstraße, die Bäume fliegen an uns vorbei.

Und tatsächlich – kurz darauf kann ich durch das Gewirr der kahlen Äste das Rot von Jonas' Jacke erkennen. Er taucht am Straßenrand auf, hält – und will schnell über die Straße, um von da aus auf den Feldweg zu gelangen. Aber wir sind schneller. Mit quietschenden Reifen bremst Nick und stellt sich Jonas in den Weg.

Jonas erstarrt, als er uns hinter der Windschutzscheibe des BMW erkennt.

Nick springt aus dem Wagen.

»Du bleibst sitzen«, befiehlt er mir.

Dann steht er auch schon vor Jonas, der instinktiv mit seinem Fahrrad Abstand zu Nick zu halten versucht. Vergeblich. Nick packt das Rad und schleudert es in den Wald.

Für den Bruchteil einer Sekunde flackert Jonas' Blick zu mir. Panik liegt darin. Todesangst. Jetzt weiß er, warum ich es mache.

Plötzlich rennt er los, zurück in den Wald. Nick spurtet ihm nach, bekommt Jonas' Jacke zu packen, zerrt daran und bringt Jonas ins Straucheln. Die beiden verschwinden hinter einem Eibenstrauch aus meinem Blickfeld.

Wie ferngesteuert, steige ich aus, tappe durch den Wald.

Ich höre, wie Jonas laut aufschreit.

Dazwischen das dumpfe Geräusch von Schlägen.

Dann sehe ich die beiden.

Jonas liegt auf dem Boden. Mit den Armen schützt er instinktiv seinen Kopf, er ist völlig hilflos. Nick hockt auf ihm und schlägt mit geballten Fäusten auf ihn ein. Auf sein Gesicht, in seinen Bauch. Gnadenlos, wieder und wieder und wieder, bis Jonas nur noch ein wimmerndes Häufchen ist, sich zusammenkrümmt, um sein Leben bettelt.

Nick beugt sich zu Jonas hinunter.

»Das ist mein Mädchen. Du hältst dich raus aus ihrem Leben! Ein Wort zu irgendjemandem, und ich bring dich um! Kapiert?«

Jonas flennt wie ein kleiner Junge. Nick steht auf und tritt ihn mitten in den Bauch, Jonas schreit auf.

»Kapiert?!«

»J-ja … ja … k-kapiert«, bringt Jonas mühsam und unter Tränen hervor.

Nick zerrt Jonas vom Waldboden hoch, will mit ihm zurück zum Auto gehen. Da entdecken die beiden mich hinter dem Strauch. Jonas sagt keinen Ton. Er sieht mich nur an. Mit seinem zerschürften Gesicht, der aufgeplatzten Lippe, aus der Nase blutend.

Ich hätte meinem Bruder helfen können, mich dazwischenwerfen, Nick aufhalten. Ich habe es nicht getan. Wenigstens sollte ich Mitleid haben mit ihm, es bereuen, Nick angerufen zu haben. Aber das tue ich nicht. Ich spüre eine abgrundtiefe Kälte, die in meinem Blick liegen muss.

»Ins Auto, verdammt!«, schnauzt Nick mich an.

Ich renne zurück zum Auto und schiebe mich auf den Beifahrersitz. Über den Rückspiegel beobachte ich, wie Nick meinen Bruder auf den Rücksitz verfrachtet und ihm ein Taschentuch für seine Nase reicht.

»Blut mir bloß nicht meine Karre voll«, knurrt er, dann setzt er sich hinters Steuer und fährt mit uns los. Auch Jonas' Fahrrad wird zurückgelassen.

Jonas hält sich das Taschentuch vor die Nase. Er ist sehr blass. Wieder treffen sich unsere Blicke im Rückspiegel. Schnell schaut Jonas zu Boden. Er weiß nicht, wohin wir fahren. Er hat immer noch Angst um sein Leben. Auch ich weiß nicht, was uns jetzt erwartet. Aber ich frage nicht. Ich lehne meinen Kopf gegen das Fenster und blicke raus auf die Felder, auf die ersten Häuser. Dann schließe ich die Augen. Ich höre Jonas' Atem, unterdrückt, panisch.

Ich atme tief ein.

Als Nick den BMW anhält, öffne ich die Augen wieder. Wir stehen vor dem Malteser Krankenhaus.

»Du bist vom Fahrrad geflogen«, sagt Nick zu Jonas.

Jonas nickt.

»Und du …«, Nick wirft mir einen kurzen Seitenblick zu, »… du hilfst deinem Bruder.«

Natürlich tue ich das. Jetzt tue ich es. Jetzt, wo die Gefühlskälte wieder in unerreichbare Tiefen abgetaucht ist. Als ich aussteige und Jonas von der Rückbank hochhelfe, keucht er auf und krümmt sich vor lauter Schmerz.

Dann fährt Nick davon.

Uns Geschwister lässt er alleine vor dem Krankenhaus zurück. Jonas stützt sich auf mich – so schleppen wir uns durch den Eingang zur Notaufnahme.

21

Der junge Arzt stellt sich als Dr. Reinschmidt vor, bevor er beginnt, Jonas zu untersuchen, seinen Bauchraum und sein Gesicht abzutasten, sein Gleichgewicht zu testen, seine Reflexe, seine Reaktionsgeschwindigkeit. Er stellt ihm Fragen zum Datum, zu seinem Namen. Erkundigt sich, ob er sich erinnern kann, was passiert ist.

Jonas hält sich tapfer.

»Ich bin vom Fahrrad geflogen«, gibt er an, wie ihm befohlen.

Dr. Reinschmidt blickt ihn durchdringend an. Er glaubt ihm nicht.

»Sicher?«

»Ich bin vom Fahrrad geflogen«, wiederholt Jonas.

Nun schaut der junge Arzt zu mir, aber ich zucke nur mit den Schultern. Er rollt auf seinem Drehhocker ein paar Schritte zurück.

»Wir haben einen Sozialarbeiter hier in der Klinik, er kann dir helfen, wenn du Anzeige erstatten willst.«

»Ich bin vom Fahrrad geflogen«, beteuert Jonas zum dritten Mal.

»Wie du meinst«, seufzt Reinschmidt. Er rollt zum Schreibtisch zurück, tippt etwas in den digitalen Behandlungsbogen ein. »Wir machen noch ein MRT von deinem Kopf und deinem Rumpf, zur Sicherheit. Falls da nichts Bedenkliches zu sehen ist, kannst du heute noch nach Hause. Aber wenn dir in den nächsten Stunden oder Tagen übel wird, du Gleichgewichtsprobleme, Sehstörungen, Gedächtnisstörungen oder Ähnliches kriegst, meldest du dich sofort wieder. Okay?«

Jonas nickt.

»Die Kopfschmerzen wirst du wahrscheinlich noch ein paar Tage haben, sollten die aber schlimmer werden, meldest du dich auch. Habt ihr schon eure Eltern angerufen?«

Dann sieht dieser junge Reinschmidt es endlich, oben auf dem Behandlungsbogen.

»Neumann … Du bist doch nicht etwa der Jonas von Anna?«

Einigermaßen verblüfft sieht er abwechselnd zwischen Jonas und mir hin und her. Wir schweigen ertappt, während er rasch zum Telefon greift.

Keine Minute später kommt Mum in ihrem Stationsschwesternkittel durch die Tür gerauscht. Als sie Jonas sieht, bleibt sie erschrocken stehen. »Was ist denn mit dir passiert?«

»Ich bin vom Fahrrad geflogen«, leiert er seinen Spruch herunter. Langsam wirkt es, als wäre das Jonas' kompletter Wortschatz.

Mum runzelt die Stirn und schaut sich Jonas' Gesichtsverletzungen an. Dann blickt sie zum Arzt, der von seinem Drehhocker aufgestanden ist. Wortlos verständigen die beiden sich. Alle hier im Raum wissen, dass Jonas' Verletzungen nur dann von einem Fahrradunfall stammen können, wenn das Fahrrad nach dem Sturz noch einmal aufgestanden wäre und Jonas in die Fresse geschlagen hätte. Vorsichtig nimmt Mum meinen Bruder in den Arm. »Willst du vielleicht Anzeige …«

»Nein!«

»Hab ich auch schon versucht«, meint der Reinschmidt zu meiner Mutter.

Mum nickt.

»MRT?«, fragt sie.

Jetzt nickt der Arzt.

»Wir kommen gleich.«

Reinschmidt versteht und lässt uns alleine.

Mum küsst Jonas die Stirn, er zuckt leicht zurück.

»Was machst du denn für Sachen?«

»Tut mir leid. Ich hab das Fahrrad im Wald gelassen«, sagt Jonas.

»Das Fahrrad ist doch jetzt egal.« Immer noch hält Mum ihn im Arm – und auf einmal komme ich mir vor wie das fünfte Rad am Wagen.

Die Eifersucht schmeckt bitter auf meiner Zunge.

Wer nimmt *mich* in den Arm?

Am Abend herrscht bei uns zu Hause eine merkwürdige Stimmung. Jonas liegt im Bett, hat keinen Hunger.

Der Rest von uns sitzt am Tisch und isst still Abendbrot. Greta will wissen, warum Jonas' Gesicht aussieht wie ein zermatschter Streuselkuchen, aber weder Mum noch Paps haben Lust, darüber zu reden.

Später, als Greta schläft und ich von den Meerschweinchen zurückkomme, höre ich, wie meine Eltern im Bad miteinander tuscheln.

»Ich hab im Wald kein Fahrrad mehr gefunden«, flüstert mein Vater. »Vielleicht hat's ihm jemand geklaut.«

»Wegen so einem billigen Rad schlägt man doch keinen zusammen!« Mum klingt, als würde sie mit den Tränen kämpfen.

»Wenn man sich abreagieren will, schon«, erwidert Paps.

»Aber Christian, das ist ... wer tut denn so was?«

Durch den Türspalt kann ich sehen, wie mein Vater Mum in den Arm nimmt.

Ich frage mich, ob er auch nach meinem Fahrrad gesucht hat. Ob es ihm aufgefallen ist, dass in der Garage *zwei* Räder fehlen. Wahrscheinlich nicht.

»Vielleicht ist er ja wirklich nur vom Fahrrad geflogen«, murmelt Paps.

»Wir verlieren ihn«, antwortet Mum leise. »Und Caro auch. Ich weiß nichts mehr über die beiden. Nichts darüber, was in ihnen vorgeht. Was ihnen passiert. Was sie beschäftigt ...«

»Sie werden erwachsen, Anna.«

»Aber doch noch nicht jetzt!«

»Du hast ja noch Greta«, frotzelt mein Vater. Mum boxt ihn in die Seite, er küsst ihre Wange – sie sind das perfekte Elternteam.

Lautlos verschwinde ich in meinem Zimmer.

Am Morgen habe ich das Bad ganz für mich allein. Es ist Samstag, Greta ist schon im Reitstall, und Jonas liegt immer noch im Bett. Ich will grade unter die Dusche steigen, da sehe ich durch das Badfenster, wie ein Mann und eine Frau, beide etwa so alt wie Mum und Paps, aus unserem Haus heraustreten. Keine Ahnung, was das für Leute sind, aber als Paps sie verabschiedet, sieht keiner von ihnen glücklich aus. Im Gegenteil.

Vielleicht gibt es ja Probleme mit Paps' großem Auftrag, und Mum hätte die neue Spülmaschine besser noch nicht gekauft.

Es könnte mir nicht egaler sein. Ich drehe den Wasserhahn auf. Das heiße Wasser brennt etwas, jagt mir einen Gänsehautschauer über den Körper und lässt einen frischen Schnitt an der Innenseite meines Oberschenkels nachbluten. Ich schließe die Augen. Das Wasser kann gar nicht heiß genug sein.

Als ich aus dem Bad wieder in den Flur trete, höre ich merkwürdige Geräusche aus meinem Zimmer. Sachen werden herumgeschmissen. Rastet Jonas gerade aus? Schnell laufe ich in mein Zimmer – und erstarre.

Mum durchwühlt manisch meine Sachen, während Paps vergeblich versucht, sie aufzuhalten.

»Hör auf. Anna! Lass uns erst mit ihr sprechen«, redet er auf sie ein.

Plötzlich hält Mum ihm meine Wodkaflasche vor die Nase, die ich hinter den Bettkästen versteckt hatte, und Paps fällt schier die Kinnlade runter. In rasender Geschwindigkeit räumt Mum das ganze Versteck leer. Jede Menge Alkohol und Zigarettenpackungen.

Verdammt. Hat Jonas doch gepetzt?

In dem Moment entdeckt Mum mich im Flur.

Ihr Blick lässt keinen Zweifel übrig.

Sie weiß es.

Es ist vorbei.

Schluss mit den Lügen.

Sie haben endlich kapiert, was mit mir passiert.

Auch Paps sieht mich nun schweigend an.

»Wir wissen, was passiert ist«, sagt er schließlich.

Gut.

Jetzt findet auch Mum ihre Sprache wieder. »Wie kannst du eine jüngere Schülerin schlagen?« Ihre Stimme klingt ganz schrill.

Was? Moment mal. Darum geht es ihnen? Mum meint doch wohl nicht im Ernst diese Kleine aus der Schule? *Das* ist so schlimm für sie?

»Caro, was ist denn nur los?«, setzt Paps nach. »Warum müssen wir das erst von ihren Eltern erfahren?«

Mir wird kalt. Jetzt verstehe ich. Dieser Mann und diese Frau vorhin, das waren die Eltern der kleinen Nervensäge. Darum dreht sich hier alles. Mum und Paps kapieren immer noch nichts.

Sie werden es nie kapieren. Nie.

Ich betrete mein Zimmer, ohne mir was anmerken zu lassen. »Seid ihr fertig?«, sage ich kalt. »Kann ich mich jetzt anziehen?«

Mum und Paps starren mich fassungslos an.

»Und der Alkohol hier, die Zigaretten?« Mums Stimme wird immer schriller. »Wie lange hast du die schon?«

Mein Vater streicht ihr beruhigend über den Rücken, sie atmet tief ein.

»Hast du Probleme mit Nick?«, fragt er mich.

Anstelle einer Antwort fische ich mir eine Zigarette aus dem Schlachtfeld auf dem Boden, schnappe mir das Feuerzeug von meinem Schreibtisch und zünde sie mir an.

Mum springt auf mich zu, reißt mir die Zigarette aus dem Mund und zerdrückt sie draußen auf dem Fensterbrett. »Solange du bei uns wohnst, wirst du keine Zigarette anrühren!« Sie atmet schwer – anscheinend muss sie sich ziemlich zusammenreißen, um mich nicht anzubrüllen.

»Es war nicht leicht, die Eltern von dem Mädchen davon zu überzeugen, dass sie keine Anzeige gegen dich erstatten«, sagt Paps. »Verstehst du, wie ernst die Sache ist?«

Ich gucke ihn immer noch nicht an.

»Du wirst dich bei diesem Mädchen entschuldigen müssen! Bei ihr zu Hause, im Beisein der Eltern«, fordert Mum.

Ja, whatever. Ich zucke mit den Schultern. Stille. Jetzt weiß Mum auch nicht mehr weiter. Sie sackt auf meinem Bett zusammen.

»Ich verstehe das nicht. Du verprügelst ein Mädchen? Ein kleineres Mädchen? Wie kannst du so etwas derart … *Gemeines* tun? Und dann wird Jonas von jemand anderem verprügelt … Wo kommt denn auf einmal diese ganze Gewalt her?« Mum sieht wirklich aus, als wäre sie langsam reif für die Burn-out-Klapse.

»Jonas ist vom Fahrrad geflogen«, erinnere ich Mum automatisch.

Sie schlägt mit der Faust gegen die Wand, so fest, dass ich erschrecke. »Sagt hier denn keiner mehr die Wahrheit?«, schreit sie mich an.

Paps räuspert sich. »Wir können gemeinsam zu einer Psychologin gehen, wenn du willst.« Er sieht mich fragend an. »Dann wird das mit deinen Noten vielleicht auch wieder besser.«

»Schule, Noten, ist das alles, was euch noch interessiert?!« Jetzt schreie auch ich.

Geschockt blickt Mum auf, mein Vater tritt einen Schritt auf mich zu. Er will mich tatsächlich in den Arm nehmen!

Ich stoße ihn von mir weg.

»Beruhige dich, Caro, was ist denn nur los?« Erschrocken sieht er mich an.

»Fass mich nicht an!«, schreie ich noch lauter.

Meine Eltern haben inzwischen das Schlachtfeld geräumt, nicht ohne alles Unerlaubte zu konfiszieren. Ich bin alleine in meinem Zimmer, hocke am offenen Fenster, lasse die eiskalte Luft meine nassen Haare gefrieren und rauche eine Zigarette, die ich noch in meiner Tasche versteckt hatte.

Aus dem Garten dringen gedämpft die Stimmen meiner Eltern. Sie führen den Streit nun untereinander weiter.

»Betrinkst du dich jetzt?«, nörgelt Paps.

»Na, und? Was kümmert es dich, guck doch einfach weiter weg!«

»Tu das nicht, Anna.«

»Was denn? Reagier ich wieder über? Ist ja alles Quatsch, was ich sage, oder? Essstörung, Quatsch, Verhaltensauffälligkeiten, Quatsch. *Das ist die Pubertät, das ist alles normal.*« Mum kann die Stimme meines Vaters ziemlich gut nachäffen.

»Es IST die Pubertät«, verteidigt er sich.

»Aber es ist nicht NORMAL, ein kleines Mädchen zu verprügeln!«

Stille. Die Waffen müssen kurz nachgeladen werden.

»Ich hätte nicht auf dich hören dürfen«, geht Mum meinen Vater weiter an.

»Du hast recht gehabt, okay! Ist es das, was du hören willst?«

»Interessiert dich überhaupt, was mit unseren Kindern passiert, oder denkst du nur noch an deine verdammte Werkstatt?!«

»Entschuldige bitte, dass ich mir den Arsch abarbeite, damit wir uns deinen Traum vom Haus leisten können!« Mittlerweile zischt Paps wie eine Schlange. Es kann nicht mehr lange dauern, und er rastet aus.

»Ich arbeite mich auch halb tot! Aber ich vergesse nicht, dass wir noch drei Kinder haben!«

»Anna – hör – auf – zu – schreien!« Der Countdown läuft, die Lunte brennt schon, gleich geht Paps in die Luft.

»Ich schreie, so viel ich will! Verstehst du? Das ist alles deine Schuld! Und bleib gefälligst hier«, ruft Mum durch den Garten. »Du haust jetzt nicht ab!«

Doch da fliegt schon die Haustür auf, und Paps stapft mit schnellen Schritten zu unserem Kombi. Er schaut nicht hoch, sieht mich nicht am Fenster. Im nächsten Moment startet er den Kombi und fährt mit quietschenden Reifen davon. Unten wird die Haustür fest zugeknallt.

Das war es wohl mit dem perfekten Elternteam.

Langsam wird meine ganze Familie von meinem Dreck kaputtgefressen.

Ich drücke die Zigarette aus, steige vom Fensterbrett und stocke mitten in der Bewegung: Erst jetzt bemerke ich Jonas an meiner Tür.

Wie lange steht er schon dort und schaut mich an mit seinen grün und blau geschlagenen Augen?

Er bewegt sich nicht. Ganz reglos steht er da und sieht aus wie ein Geist. Ich bin mir kurz nicht sicher, ob er überhaupt real ist.

Er sagt nichts.

Er blickt mich nur stumm an, ich kriege auch kein Wort raus.

Die Zeit dehnt sich ins Unendliche, sein Blick wird mir unheimlich.

Plötzlich dreht er sich um und geht.

Ich höre, wie er die Badtür hinter sich abschließt, wie die Dusche angestellt wird. Mein Atem bildet kühle Wolken vor meiner Nase. Ich schließe das Fenster. Es ist eiskalt in meinem Zimmer geworden. Ich greife zum I-Phone, schreibe Nick eine Nachricht.

Ich drehe hier durch!

Ich schleiche die Treppen hinunter. Jonas ist noch im Bad, Paps immer noch verschwunden, und Mum tröstet sich mit meinem Wodka auf der Couch. Lautlos schlüpfe ich aus der Haustür und laufe schnell über den Fußweg zur Straße hinter unserem Garten.

Nick wartet schon in seinem BMW auf mich. Ich lasse mich auf den Beifahrersitz plumpsen, dessen Sitzheizung mir den Hintern wärmt. Nick reicht mir den heiß ersehnten Joint.

Nach den ersten paar Zügen breitet sich die Entspannung in mir aus, und ich beginne zu erzählen. Von der Kleinen aus der Schule und davon, dass meine Eltern jetzt Stress machen deswegen. Dass die Stimmung total mies ist, und ich nur deshalb noch keinen offiziellen Hausarrest verpasst bekommen habe, weil meine Eltern zu sehr damit beschäftigt waren, sich wegen mir zu streiten.

Nick streichelt mir die Hand, ich kuschle mich in mein High ein.

»Es gibt zwei Möglichkeiten«, sagt Nick. »Entweder du kriegst das mit deinen Eltern selber wieder hin …«

»Ich hab keinen Bock mehr auf diesen Spießerscheiß!«, unterbreche ich ihn. Meine Eltern können mich langsam mal.

»Ob du Bock hast oder nicht, ist völlig egal«, fährt Nick fort. »Wenn deine Eltern was merken, dann haben wir nichts mehr, verstehst du? Dann bin ich weg und du allein. Kapierst du das?«

»Aber die gehen mir dermaßen auf die Nerven!«, nöle ich. Weil sie blinder als blind sind.

»Die zweite Variante ist: Ich beruhige sie. Auf meine Art.«

Ich versteinere. Das kann er nicht ernst meinen.

»Bei deinem Bruder hat es auch funktioniert.« Er meint es ernst.

Ich starre ihn an. »Willst du jetzt meine ganze Familie zusammenschlagen?«

Nick schweigt, blickt in die Ferne.

»Wenn du meinem Vater drohst, wie du Jonas gedroht hast, bringt er dich um.«

Nick lacht kalt auf. »Ach, Prinzessin, jeder hat seinen wunden Punkt, man muss ihn nur finden.« Er nimmt mein Kinn in seine Hände, lächelt mich merkwürdig an. »Vielleicht bist *du* ja sein wunder Punkt? Weißt du, ich kann …« Er schluckt. »… ich *kann* einfach nicht zulassen, dass sich irgendjemand zwischen uns stellt. Du gehörst mir – und sonst niemandem.«

Es klingt so lächerlich, was Nick sagt. Ich wünschte, ich könnte darüber lachen. Aber ich habe inzwischen kapiert, dass er keine leeren Drohungen ausspricht. Er *wird* es nicht zulassen, wenn ihm irgendjemand in die Quere kommt.

»Okay«, murmle ich. »Ich kümmre mich drum.«

Er streichelt meine Wange. »Ich bin stolz auf dich.« Seine Stimme ist rau. »Also gehst du jetzt wieder schön nach Hause und redest mit deinen Eltern. Das schaffst du schon, das Brave-Tochter-Programm. Und bei der kleinen Göre entschuldigst du dich auch.«

Ich nicke, aber ich schaue ihn nicht mehr an.

22

Paps ist immer noch nicht zurück, und so essen wir ohne ihn zu Abend. Mum reißt sich zusammen, der Wodka ist ihr nicht anzumerken. Wahrscheinlich hat sie weniger getrunken, als ich dachte. Oder sie kann sich genauso gut verstellen wie ich. Greta plappert fröhlich vor sich hin, über Ponys, Hufeauskratzen, Galopphilfen, Sattelpflege. Sie würde am liebsten ihr ganzes Leben im Stall verbringen. Gar keine so schlechte Idee eigentlich. Sie wäre dort sicher, und wir müssten uns nicht den ganzen Ponyhofmist anhören.

Ich bin schon längst im Bett und schlafe, als mich der Motor des altersschwachen Ungetüms aufweckt: Paps. Ich blinzle zur Uhr. Es ist kurz nach Mitternacht.

Keine Minute später wird die Tür zu meinem Zimmer leise geöffnet. Paps kommt herein, setzt sich zu mir auf mein Bett. Ich finde nur mühsam den Weg aus meinem Dämmerschlaf heraus und muss mich regelrecht zwingen, die Augen zu öffnen.

»Die Werkstatt von Nicks Vater …«, flüstert Paps. »Ich hab versucht, sie zu finden.«

Schlagartig bin ich wach. Ich dachte, Mums Notizzettel mit der Fake-Adresse wäre längst im Müll gelandet.

»Mum hat sie damals bestimmt nicht richtig aufgeschrieben.« Vielleicht glaubt er es ja, einen Versuch ist es wert.

»Caro!« Paps will sich anscheinend nicht so leicht abspeisen lassen, nicht mehr. »Gibt es diese Werkstatt überhaupt?«

Ich zögere.

»Nein«, gebe ich schließlich widerwillig zu.

»Wer ist dieser Nick?«, will mein Vater prompt wissen.

»Weißt du doch, Paps«, murmle ich. »Mein Freund.«

Er schnauft. Auch mich dumm zu stellen, funktioniert nicht mehr, ich habe verstanden. Ich setze mich auf. Was bleibt mir schon übrig? Das Brave-Tochter-Programm startet jetzt.

»Paps, es ist alles in Ordnung, wirklich. Nicks Eltern sind arbeitslos, aber das wollte er nicht erzählen. Weil er sich schämt. Er selbst jobbt in einem Supermarkt. Er hat gedacht, dass das nicht gut genug ist für euch ...«

Paps blickt mich durchdringend an, versucht sich als Lügendetektor.

»Und das ist jetzt die Wahrheit?«

Ich nicke heftig, und auf einmal zeigt sein Gesicht den Ansatz eines Lächelns.

Hm. Er glaubt mir. Als Lügendetektor hat er eindeutig versagt.

Ich kuschle mich an ihn. »Es tut mir leid, das mit der Schülerin. Das war fies und absolut nicht okay von mir. Ist alles ein bisschen viel grade in der Schule. Aber ich streng mich an, wirklich.« Immer schön allgemein bleiben in den Begründungen.

»Und mit dem Alkohol ist Schluss?«

»Versprochen.«

»Zigaretten?«

Ich beiße mir auf die Lippe. Zu brav sollte ich auch nicht wirken. Außerdem würde mir wirklich was fehlen, wenn ich nicht mehr am Fenster rauchen könnte.

»Ich versuch's.«

Paps lacht leise auf. Dann gibt er mir einen Kuss auf die Stirn und steht auf.

»Schlaf weiter, Trotzkopf«, murmelt er und schleicht sich wieder aus meinem Zimmer heraus. Bevor er an der Tür ankommt, halte ich ihn noch einmal auf.

»Paps? Wirst du das Mum erzählen? Mit Nicks Eltern?«

Er überlegt kurz, dann schüttelt er den Kopf.

Am nächsten Morgen bin ich früh wach, obwohl Sonntag ist. Es ist noch dunkel draußen, als ich in den Flur trete. Durch den offen stehenden Spalt der Badtür fällt Licht. Ich entdecke Jonas vor dem Waschbecken. Anscheinend konnte er auch nicht gut schlafen. Wie auch? Er versucht mit zusammengepressten Lippen, seine Wunden zu reinigen. Als ich mich zu ihm ins Bad geselle, schnellt er vom Waschbecken hoch.

Er hat Angst, nicht nur vor Nick, auch vor mir. Das wird mir jetzt klar.

Schweigend greife ich nach einem der neuen Einmalwaschlappen, die Mum aus der Klinik mitgebracht hat, halte ihn unter lauwarmes Wasser, wringe ihn ein wenig aus.

Jonas entspannt sich. Er setzt sich auf die Wannenkante, und ich beginne vorsichtig, die Schürfwunden, die sein Gesicht zerfurchen, abzutupfen. Er kneift die Augen zusammen. Ich gönne ihm eine kurze Pause, dann säubere ich die Wunden weiter. Zum Schluss trage ich noch einen dünnen Film Wundcreme auf.

Die ganze Zeit wechseln wir kein Wort. Nur stumme Blicke. Ich versuche es mit einem versöhnlichen Lächeln.

Für den Bruchteil einer Sekunde huscht etwas über Jonas' Lippen, was eventuell als ein Zurücklächeln durchgehen könnte.

Ich muss Geduld haben. Jonas steht garantiert noch unter Schock. Ich kann nur hoffen, dass er mich nicht für immer und ewig hasst.

Irgendwann verkrümle ich mich nach unten in die Küche. Als meine Mutter und Greta dazukommen, habe ich schon den Frühstückstisch gedeckt, Kaffee gekocht und frischen Orangensaft gepresst.

»Guten Morgen!«, zwitschere ich.

»Wow … Morgen.« Mum traut ihren Augen nicht. Sie setzt sich mit Greta an den Frühstückstisch und beobachtet mich mit derselben Verwunderung, die man einem Schlittschuh fahrenden Esel entgegenbringen würde.

Greta greift nach einem dampfenden Croissant.

»Beim Bäcker warst du auch schon?«, fragt Mum.

»Jep«, trällere ich weiter und verteile den frischen Orangensaft.

Jetzt schlappt auch Paps in die Wohnküche. Ich werfe ihm die zusammengeknüllte Brötchentüte zu, er fängt sie und pfeffert sie in Richtung Papiermüll. Die Tüte landet daneben, wie immer. Trotzdem grinst er zufrieden.

Kaum hat Paps sich auf seinen Stuhl fallen lassen, steht Mum auf und schleudert die Tüte in den Müll. Beim Elternteam herrscht tendenziell immer noch Eiszeit, aber sie haben sich wohl fest vorgenommen, das nicht vor uns Kindern auszudiskutieren.

Jonas gesellt sich als Letzter dazu. Ich reiche ihm die Brötchenschale, er schüttelt nur den Kopf. Ich reiche ihm stattdessen einen Joghurt, den nimmt er. Schließlich setze ich mich auch.

Ich schnappe mir ein Croissant, reiße ein Stück ab und beschmiere es mit extra viel Nutella.

»Das ist echt ungesund«, erinnert mich Greta.

Ich zerwusle ihre Locken. »Genau«, sage ich und verschlinge den Nutellahappen.

Ich kann Mums Blick auf mir spüren. Ich blicke zurück, lächle.

»Ich bau keinen Mist mehr, Mum, versprochen.«

Jonas runzelt die Stirn, und Greta ist sofort voll dabei.

»Was denn für Mist?«, will sie unbedingt wissen.

Aha, weder Greta noch Jonas wissen also Bescheid.

Ich beuge mich zu meiner kleinen Schwester.

»Weißt du, ich hab auf dem Pausenhof was ziemlich Gemeines gemacht. Irgendwie war ich plötzlich superwütend, und da hab ich ein kleines Mädchen geschlagen. Dabei hatte sie gar nichts Falsches gemacht. Ich war nur total gestresst an dem Tag, und sie hat das abbekommen.«

Mum und Paps blicken mich mit großen Augen an. Vielleicht hätten sie das alles lieber vor Greta geheim gehalten. Ich schiele kurz zu Jonas rüber. Er weiß jetzt, welche Wahrheit hinter all meinen Lügen steckt. Welcher Abgrund hinter meiner Wut. Und er schweigt, genau wie ich.

Greta versteht gar nichts mehr.

»Du hast ein kleines Mädchen gehauen? Jünger als ich?«

»Ein bisschen größer.«

»Aber, wieso denn?« Gretas ganzes Weltbild bekommt grade einen Riss. »Wieso warst du denn so wütend?«

Ich muss tief durchatmen, aber zum Glück rettet mich Mum.

»Wir machen alle mal sehr dumme, sogar richtig gemeine Sachen. Leider. Das Wichtige ist, dass man seinen Fehler einsieht, es einem aufrichtig leidtut und man daraus lernt, denselben Fehler nicht noch einmal zu machen.«

Mum wieder – die geborene Pastorentochter, wie wunderschön sie das ausgedrückt hat. Oh Mann!

»Wenn du Hilfe beim Lernen brauchst, rede mit uns, ja?« Dieses Angebot kommt von Paps. »Wenn du nicht mit uns redest, können wir dir auch nicht helfen.«

Ja, aber wenn ich mit euch rede, dann wird euch *niemand mehr helfen können …* »Mach ich, Paps«, lüge ich fröhlich.

»Das gilt auch für dich«, redet mein Vater mit Blick auf Jonas weiter, doch der vergräbt sich in seinen Joghurt.

»Und für mich nicht?« Greta wieder – muss immer im Mittelpunkt stehen.

»Doch, natürlich, für dich auch«, beruhigt Mum sie.

Mums Blick schweift zu mir und dann weiter zu Paps. Sie traut dem Frieden nicht.

»Um elf fahren wir bei Sarahs Eltern vorbei«, verkündet sie.

Super. Ich stopfe mir hastig den Rest des Croissants in den Mund.

Ich habe mich brav bei der kleinen Sarah entschuldigt. Die wollte davon zwar nichts hören, aber ihre Eltern hat es wohl ausreichend besänftigt. Danach habe ich angefangen, wieder für die Schule zu lernen. Seitdem sind die Tage mit Sinusfunktionen, atomarem Molekülaufbau, Genetik, Goethes *Faust*, Kants Imperativ und der industriellen Revolution gefüllt. Wie leer ich mich fühle, merkt niemand.

Nick holt mich nur zwei Mal in dieser Woche ab, bringt mich zum Parkplatz, verschwindet wieder – und ich leiste meinen Dienst.

Im Matheunterricht mache ich Herrn Yildirim offensichtlich eine Freude mit meinem wiedererwachten Interesse. Wahrscheinlich fühlt er sich als mein Retter, glaubt, seine kleine Standpredigt von wegen Anzeige hätte irgendetwas damit zu tun. Dabei bin ich fix und fertig – in Wahrheit fällt es mir immer schwerer, mich auf irgendetwas zu konzentrieren.

Es hat geschneit, der ganze Pausenhof ist weiß. In der Pause zertrampeln Hunderte von Füßen den Schnee. Ich beobachte Jonas. Er war ein paar Tage krankgeschrieben. Mittlerweile sieht sein Gesicht nicht mehr ganz so schlimm aus. Tom und seine anderen Kumpels scharen sich um ihn, und Jonas gibt tatsächlich damit an, dass er sich »geprügelt hat«.

Da bemerkt er mich. Sofort fällt das Lachen von ihm ab. Blitzschnell blickt er sich um, panisch. Als befürchtete er, Nick könnte genau hinter ihm stehen. Dann ist der Moment vorbei, und Jonas witzelt weiter mit seinen Kumpels, die von seiner Angst nichts bemerkt haben. Nur mich schaut er lieber nicht mehr an.

Kurz vor Pausenende verschwinde ich noch einmal in die Mädchentoilette, um neue Wimperntusche aufzulegen. Ich bin stärker geschminkt als früher. Mit Make-up fühle ich mich wohler. Als könnte ich mich dahinter verstecken.

Kurz nach mir kommt Lara herein, stockt jedoch, als sie mich entdeckt. Sie würde wohl am liebsten die Flucht ergreifen, trotzdem läuft sie zum Waschbecken und trinkt aus dem Wasserhahn. Ich lasse die Wimperntusche sinken.

»Wie geht's denn so?«, frage ich sie.

Lara dreht das Wasser ab, stellt sich gerade hin, blickt mich über den Spiegel an. »Ah, verstehe«, sagt sie ironisch. »Kennst du mich jetzt wieder?« Sie macht auf beleidigte Leberwurst.

Ich zucke nur die Schultern. Aber Lara ist noch nicht fertig mit mir.

»Wenn du Probleme hast, dann rede darüber und schlag keine kleinen Mädchen zusammen.«

Meine Güte, schon wieder diese Sarah.

»Hab keine Probleme«, nuschle ich den Spiegel an.

Lara schüttelt den Kopf – und geht.

Ich betrachte mich im Spiegel. Ich lasse meine Mundwinkel fallen, das starre Lächeln verschwindet.

Ich ziehe die Mundwinkel wieder hoch, das Lächeln sitzt wieder an seinem Platz.

Das I-Phone in meiner Hosentasche vibriert, ich hebe ab.

»Hey, meine Süße, hast du den Test zurückbekommen?« Nick – er meint den Mathetest. Seit der Sache mit meinen Eltern ist er besorgter als sonst.

»Zwei minus«, antworte ich knapp.

»Mein Mädchen! Du bist die Beste!«

»Das sind alles Aliens, in der Schule, zu Hause, alles Fremde. Ich vermiss dich!«, platzt es aus mir heraus.

»Caro, ich bin immer bei dir, immer«, beruhigt er mich.

»Ich brauch dich, in echt. Nur kurz, nur ganz kurz, bitte, sonst halte ich das hier nicht durch, bitte! Ich sehe dich fast gar nicht mehr. Können wir nicht mal wieder ins Kino? Oder an den Rhein? Bitte!« Ich winsle wie ein Straßenköter, bettle um ein bisschen Aufmerksamkeit, es ist erbärmlich, aber es ist wahr. Ich brauche ihn. Ich brauche meinen Peiniger. Ohne ihn macht nichts mehr Sinn.

»Du bist so stark! Du schaffst das auch ohne mich«, sagt Nick und fügt leise hinzu: »Ich bin so stolz auf dich.«

Ich habe mich nie schwächer gefühlt.

»Ich kann heute nicht, aber ich denke jede Sekunde an dich und an uns. Wir gehören zusammen, für immer. Wir schaffen das!«

»Ja«, antworte ich tonlos.

Dann lege ich schnell auf. Ich kralle mich am Waschbecken fest, beuge mich hinunter, krümme mich zusammen. Ich weine. Ohne Laut und ohne Tränen.

Und trotzdem tut es so weh.

23

Nach der Schule fahre ich kurz entschlossen mit der Straßenbahn zu der Wohnung. Es ist lange her, seit ich das letzte Mal dort war. Aber ich habe beschlossen, mich nicht so einfach abspeisen zu lassen. Ich muss Nick sehen, ich muss. Ich bin genauso abhängig von ihm geworden wie von dem ganzen Zeug, das er mir gibt. Ich habe Entzugserscheinungen. Kopfschmerzen, Schwindel, Übelkeit, kalter Scheiß. Ich brauche jetzt meine Dosis Nick, sonst drehe ich wirklich durch. Er geht nicht an sein Handy. Also muss ich ihn eben suchen.

Ich lasse den Aufzug stehen, nehme lieber die Treppen. Mit jedem Stockwerk bin ich etwas mehr außer Atem. Mit jedem Stockwerk komme ich meiner alten Angst näher. Jede Stufe löst ein Bild aus in mir. Einen Freier nach dem anderen, ein unendlicher Marsch von Haut, Händen, Haaren, Geschlechtsteilen, Gerüchen, Gelüsten, Perversionen. Das Treppenhaus scheint sich um mich herumzuschnüren wie eine Würgeschlange. Ich zwinge mich, weiterzugehen. Als ich endlich vor der Tür zur Wohnung ankomme, lege ich meinen Kopf dagegen. Ich klingle nicht.

Warum tu ich mir das an?

Ich bin kurz davor, wieder umzudrehen, da geht die Tür plötzlich auf. Ich bin so überrascht, dass ich einen

Schritt in die Wohnung hineintaumle. Ein Mann weicht vor mir zurück, nicht älter als der Yildirim, der enge Sportdress sieht jämmerlich aus, wie er sich um seinen beginnenden Bauch quetscht. Er hat sicher sein Rennrad unten stehen, macht nur ein bisschen »Sport« in der Mittagspause.

Rasch huscht er an mir vorbei und trippelt die Treppen hinunter. Mit einem unguten Gefühl betrete ich die Wohnung. Ich habe schon lange geahnt, dass diese Wohnung nichts anderes ist als ein illegales Bordell, vier Wände, die fremde Blicke draußen halten, innerhalb derer für Geld alles zu haben ist. Ich sollte lieber wieder verschwinden, bevor ich entdeckt werde.

Dann höre ich es aus dem Schlafzimmer. Ganz leise. Nicks Stimme. Wie er auf jemanden einredet in diesem sanften, innigen Ton.

»Meine Prinzessin, meine Schöne, ich lieb dich über alles, über alles, das darfst du nie vergessen, hm?«

Etwas reißt in mir. Wie an dem Tag, als mich diese Sarah provoziert hat. Nur fühlt es sich diesmal viel, viel schlimmer an. Mit wem redet Nick da? Ich sehe rot. Blutrot. Ich raste aus.

Ich renne ins Schlafzimmer – und bleibe in der Tür wie erstarrt stehen. Mitten im Raum steht ein junges Mädchen, jünger als ich, höchstens vierzehn, ein kleines, schmales, verschüchtertes Ding mit ängstlichen Augen, wie ich es einmal war. An ihrem Handgelenk baumelt das gleiche Armband, das auch Nick mir geschenkt hat, ein silbernes Kettchen, zusammengehalten von einem Herzen.

Nick lässt das Mädchen los. Gleichzeitig bewegen wir uns aufeinander zu, es ist eine sehr schnelle Bewegung, aber in meinem Kopf läuft sie wie in Zeitlupe ab. Dann kollidieren wir miteinander.

Meine Hand klatscht laut auf seine Wange. »Wer ist das?«, schreie ich. »WAS HAT DIE HIER ZU SUCHEN?« Ich schlage immer weiter auf Nick ein, auf seinen Kopf, in sein verlogenes Gesicht.

Doch er bekommt meine Arme zu fassen und zieht mich aus dem Zimmer. Aus dem Augenwinkel sehe ich, wie das kleine Ding hilflos zurückbleibt im Schlafzimmer. Dann zerrt Nick mich den Flur entlang, während ich weiter wüte, um mich trete und schlage und hysterisch kreische.

»Ich hör auf, du Scheißkerl. Soll sie doch für dich die Kohle ranschaffen! Du Hurensohn!«

Ohne auch nur einen Ton zu sagen, zerrt Nick mich ins Bad.

Er knallt die Badtür zu und packt mich brutal an meinen Haaren, zerrt meinen Kopf in den Nacken. In seinen Augen lodert ein unbändiger Hass auf. Mit einem Schlag wandelt sich meine Wut in Angst.

Draußen vor dem Bad ruft das kleine Ding mit zittriger Stimme nach ihm.

Nick lässt mich los, ich falle auf die Fliesen. Er geht mit schnellen Schritten aus dem Bad und schließt die Tür hinter sich ab.

Ich laufe zur Tür, rüttle an der Türklinke, erfolglos.

Was habe ich bloß getan?

Die Angst erfasst meinen ganzen Körper, jede Faser in mir krampft sich zusammen.

»Nick? Lass mich raus …«, bettle ich. »Es tut mir leid, bitte, es tut mir leid!«

Gedämpft höre ich die Wohnungstür ins Schloss fallen. Danach herrscht absolute Stille.

Ich werde panisch. Mit zittrigen Fingern fummle ich das I-Phone hervor. Ich strenge mich an, ich muss mich an eine Nummer erinnern, nur an eine. Ich wähle.

Es klingelt in der Leitung. Dann geht die Voicemail an.

»Hey-ho, ich kann grad nicht, Nachricht, Pieps, ihr wisst Bescheid.«

»Lara?«, flüstere ich ins Telefon. »Scheiße, hast du mich grade weggedrückt? Ich hab Schiss. Ich … ich weiß nicht, was er tun wird … Ich hab echt Schiss!«

Abrupt geht die Badtür wieder auf. Nick stürmt herein, reißt mir das I-Phone vom Ohr und tritt so lange darauf, bis nur noch Scherben und Splitter übrig bleiben.

Ich weiche zurück, quetsche mich in die Ecke, an die kalten Fliesen.

Zu spät, er schlägt zu, mit geballter Faust in meine Seite, einmal, zweimal, schnell hintereinander. Würgend ducke ich mich auf dem Boden zu einem kleinen Knäuel zusammen, suche Schutz, wo keiner ist.

»Willst du die Bullen rufen oder was?!«, brüllt Nick mich an.

»Es tut mir leid, ehrlich, es tut mir leid«, wimmere ich und muss an Jonas denken, wie er auf dem Waldboden lag, genauso hilflos wie ich. Wie habe ich nur glauben können, dass mir das nicht passieren wird? Dass ich über der Angst stehe, stärker bin als mein Bruder? Ich bin es nicht. Das hier ist die gerechte Strafe dafür, dass ich meinen eigenen Bruder ins Messer habe laufen lassen.

Aber ich darf jetzt nicht aufgeben, nicht den Kopf verlieren. Sonst komme ich hier nicht mehr lebend raus.

Ich nehme meinen Mut zusammen, richte mich ein wenig auf, greife vorsichtig nach Nicks Hand. Leise spreche ich zu ihm.

»Ich habe mich nur so aufgeregt, weil das hier doch unsere Wohnung ist. Weil ich dich doch liebe. Ich liebe dich so sehr. Wie kannst du denn da –«

»Sei still!«, schnauzt er.

Ich dringe nicht zu ihm durch.

Und dann höre ich Schritte im Flur.

Nick dreht sich um: Es sind Tarik, Demjan und Matze. Der Ältere, der Blasse und der Bubi. Ich kann kaum mehr atmen vor Angst. Ich darf Nicks Hand nicht loslassen. Ich rede, so schnell ich kann.

»Tu das nicht, Nick. Ich kenne dich, ich kenne dein Herz, das bist nicht du. Das ist nicht mehr das Getto hier. Lass uns weggehen zusammen. Weit weg. Wo du alles vergessen kannst, alles, was du durchgemacht hast. Ich weiß, dass du mich liebst.«

Nick beugt sich zu mir hinunter, blickt mir kalt in die Augen.

»Hast du Mitleid mit mir?«, fragt er ungläubig. »Mit mir?«

Nein. Nein! Ich habe die falsche Strategie gewählt, es geht nach hinten los. Bitte nicht!

Ich schüttle den Kopf.

Nick flüstert mir ins Ohr, ich spüre seinen Atem in meinem Nacken. »Keiner geht so mit mir um, auch du nicht, Prinzessin.«

Er steht auf. Dreht sich um. Geht.

Die anderen kommen ins Bad, Tarik voran.

Ich schreie nach Nick. So verzweifelt wie an jenem Tag, als das erste Mal das Schreckliche geschah. Ich schreie um mein Leben.

***

Das Mädchen weint verzweifelt, schreit. Der Ältere schlägt ihr mit der flachen Hand über den Mund, doch ein Schlag reicht nicht mehr aus, um die Todesangst des Mädchens zum Schweigen zu bringen. Die Schläge prasseln auf sie herab, sie spürt sie nicht, sie schreit und schreit und schreit. Eine Hand legt sich um ihren Mund, presst zu. Sie reißt sich los, beißt fest in die Finger, schreit weiter. Sie kämpft um ihr Leben. Sie spürt das warme Blut über ihr Gesicht laufen. Schreit weiter. Bis ein Schlag sie so hart trifft, dass sie mit dem Kopf gegen die Wand schlägt.

Der Körper des Mädchens sackt zusammen, sie verstummt, alles wird still, sie kann nichts mehr hören. Aber immer noch sieht sie, spürt sie, was mit ihr passiert. Der Bubi schlägt noch einmal nach. Mit der rechten Hand, an der sie ihre Beißmarken hinterlassen hat.

Gemeinsam zerren sie das Mädchen aus dem Bad, durch den Flur, aus der Wohnung, in den Aufzug. Unten wartet ein Lieferwagen direkt vor der Haustür, die Türen zum dunklen Laderaum sind schon geöffnet. Der Türsteher wartet dort auf die anderen. Der Freund des Mädchens ist weg. Ihr Zuhälter. Ihr Loverboy.

Das Mädchen wird in den Laderaum geworfen. Noch einmal schlägt ihr Kopf hart auf. Die Türen des Laderaums werden abgeschlossen.

Das Mädchen fällt.

Fällt und fällt in eine bodenlose Tiefe.

***

Als ich aufwache, liege ich in undurchdringlicher Dunkelheit. Der Boden unter mir vibriert, ich kann das Rattern der Straße hören. Ich bin in einer Art Lieferwagen gefangen. In meinem Kopf hämmert es, mein Körper ist ein einziger Schmerz.

Vorsichtig taste ich mich in der Dunkelheit vor. Neben mir ist eine Wand, die Wand des Wagens. Ich taste mich an ihr entlang, bis ich zu einer Ecke komme, noch ein Stück weiter, und dann spüre ich einen Griff unter meinen Fingern.

Das muss die Tür sein!

Ich rüttle daran. Nichts passiert, abgeschlossen. Meine Finger ertasten den Spalt der Flügeltür. Ich zerre am Spalt, aber ich breche mir damit nur die Fingernägel ab. Ich lege mich in Position und trete so fest gegen den Spalt, wie ich nur kann. Als mein Fuß gegen das Blech der Tür knallt, schießt mir ein glühender Schmerz durch den Bauch, meinen Brustkorb hoch und explodiert in meinem Kopf. Die Tür gibt nicht nach. Ich trete noch einmal. Und noch einmal. Ich werfe mich mit dem ganzen Körper dagegen. Dann kann ich nicht mehr. Die Schmerzen, überall in meinem Körper, werden stärker, so stark, dass mir übel wird und ich mich übergeben muss.

Ich komme hier nicht raus.

Wieder beginne ich zu schreien. Brülle, so laut ich kann. Ich warte darauf, dass der Wagen anhält, die Tür geöffnet wird und ich mit einem neuen Schlag in die Bewusstlosigkeit zurückbefördert werde. Aber der Wagen hält nicht an. Irgendjemand muss mich doch hören?

Aber es passiert nichts.

Ich gebe auf. Es ist eiskalt in dem Wagen. Ich kauere mich in der Dunkelheit zusammen und bete. Bete zu einem Gott, den ich nicht kenne. Den es wahrscheinlich gar nicht gibt.

Denke an Mum. Paps. An Jonas und Greta.

Ich will nicht sterben.

Nur dieser eine Gedanke noch. In Endlosschleife. Die Dunkelheit umhüllt mich, ich verliere die Zeit, verliere oben und unten.

Ich will nicht sterben.

Der Wagen biegt ab, wird langsamer. Hält an. Ich rutsche zurück, weg von der Tür, bis ich gegen die Wand des Wagens stoße. Schritte gehen um den Wagen herum.

Bitte.

Bitte!

Die Tür geht auf.

Jonas

1. Teil

1

Ich bin mir nicht mehr sicher, wer ich bin.

Bis vor Kurzem war mein Leben zwar nicht spektakulär, aber ganz okay. Die Schule war, was sie eben war – ein bisschen anstrengend, ein bisschen Zeitverschwendung, ein bisschen lächerlich, mehr nicht. Ich hatte Tom und die anderen Jungs, unseren Treffpunkt bei der S-Bahn, *Taormina*, eine kleine Pizzeria, bei der das Bier besser sein könnte, aber nicht billiger, unsere Touren mit den Rädern, Saufen am Rhein, Rumblödeln und manchmal LAN-Partys, bei denen ich meistens gewonnen habe. Ich habe ganz gern gezockt – zu viel und zu lange, klar, aber sonst war eben nicht so viel los. Und ja, es hat sich ziemlich gut angefühlt, auf geheimer Mission unterwegs zu sein. Wach, schnell und tödlich zu sein und von Level zu Level noch wacher, schneller und tödlicher zu werden. Der gottverdammte King zu sein.

Ich kann nicht mehr zocken. Ich kann auch nicht mehr schlafen. Konnte ich früher auch nicht immer, was eventuell an dem vielen Zocken selbst gelegen hat. Aber jetzt kann ich gar nicht mehr schlafen. Also setze ich mich logischerweise an den Computer und versuche zu zocken – nachts um drei. Aber es geht nicht mehr. Ich kann mich nicht einmal dazu motivieren, auch nur den kleinen Finger zu bewegen. Ich schaue tatenlos zu, wie ich auf dem Bildschirm erledigt werde. Wie mir Arme und Beine abgehackt werden und ich schließlich in einer Fontäne aus Blut, Fleischstückchen und Brocken von Hirnmasse explodiere. Ich komme nicht mehr über das erste Level hinaus, egal, welches Spiel ich ausprobiere. Trotzdem mache ich weiter, wieder und wieder muss ich mir mein eigenes Versagen ansehen, meine eigene Massakrierung, und kann nicht damit aufhören.

Es ist nicht nur mein Gesicht, das seit Nicks Angriff irgendwie verändert ist. Ich bin meilenweit davon entfernt, mich noch als King zu fühlen. Von Tag zu Tag wächst in mir ein Gefühl der Verachtung gegen mich selbst, weil ich mich habe zusammenfalten lassen wie ein Stück Papier. Weil ich diesem Arschloch nichts, aber auch gar nichts entgegenzusetzen hatte. Weil ich zusammengesackt bin und geflennt habe um mein Leben wie ein kleines Kind.

Und weil meine eigene Schwester einfach nur zugesehen hat.

Sie, der ich helfen wollte, der ich hätte helfen müssen. Sie, die einfach weitermacht, zu fremden Männern in die Autos steigt, als wäre es nicht das Ekelhafteste, was man sich überhaupt vorstellen kann. Sie, die ich im Stich gelassen habe, und die es doch selbst nicht anders wollte.

Ich weiß nicht mehr, wer ich bin, und ich weiß nicht mehr, wer sie ist.

Es ist halb sechs Uhr morgens, als ich den Computer endgültig ausschalte und mich wieder ins Bett lege. Ich schließe die Augen, aber an Schlaf ist immer noch nicht zu denken. Das Blut treibt so schnell, so stark durch meine Adern, dass ich glaube, meine Haut müsste aufplatzen. Mein Herz rast, rennt ängstlich um sein Leben. Ich kann nicht im Bett liegen. Ich kann nicht liegen, Punkt. Egal, wo. Wenn ich mich hinlege, bin ich sofort wieder auf dem Waldboden und –

Ich kann nicht liegen.

Also setze ich mich wieder auf.

Von unten höre ich leise, aufgeregte Stimmen. Um diese Uhrzeit, am Wochenende. Anscheinend sind Anna und Christian schon wach. Ich bin der Einzige von uns drei Kindern, der unsere Eltern beim Vornamen nennt, alles andere ist mir einfach zu kindisch.

Irgendetwas stimmt nicht.

Ich quäle mich aus dem Bett und schlappe zu meinen Eltern nach unten.

Anna schiebt die unzähligen Zettel am Kühlschrank hin und her, sucht etwas. Christian wuselt seltsam verpeilt um sie rum.

»Irgendwo muss dieser Zettel doch sein«, murmelt Anna.

»Da steht seine Nummer nicht drauf, glaub mir doch.« Christian fummelt ihr schon wieder dazwischen.

»Was ist denn los?«, erkundige ich mich leicht nervös.

Christian wirbelt herum, sie haben mich wohl beide nicht kommen hören.

»Hast du Nicks Telefonnummer?« Sorgenvoll sieht mich Anna an.

»Nein, sorry.« Sein Name lässt mein Herz noch mehr rennen, ich will mich schon wieder umdrehen, mich umschauen, Deckung suchen. Ich spüre ihn schon wieder hinter mir.

»Was ist denn?«, wiederhole ich meine Frage.

»Caro ist nicht nach Hause gekommen«, stößt Christian hervor.

Ich erstarre. Es war alles umsonst. Mein Schweigen, Caros Schweigen – jetzt tut er sich doch auf: dieser Abgrund, der unsere ganze Familie verschlucken will.

»Weißt du, wo sie sein könnte?«, fragt Anna mich.

Ich schweige und schüttle den Kopf, zu schnell, zu häufig, aber weder Anna noch Christian fällt das auf.

Loser!, schreie ich mich im Stillen an. Das ist meine Schuld. Was immer mit meiner Schwester passiert oder schon passiert ist, wird nichts Gutes sein. Es wird etwas Furchtbares sein, ich weiß das, im Gegensatz zu meinen Eltern weiß ich das mit Sicherheit. Und was immer es ist, es ist meine Schuld.

Immer noch schweige ich. Dabei wäre es höchste Zeit, endlich die Wahrheit zu sagen. Vielleicht könnte ich Caro damit doch noch helfen. Aber ich kann nicht.

Ich kann nicht.

»Ich rufe jetzt bei der Auskunft an«, beschließt Christian und greift schon zum Telefon.

»Was willst du da denn fragen? Wir kennen noch nicht mal seinen Nachnamen!«

Bei Annas Worten stockt Christian, lässt das Telefon wieder sinken. »Wieso kennst du seinen Nachnamen nicht?«, geht er Anna an.

»Und dass du ihn nicht kennst, ist völlig okay, oder was?«, regt sich Anna sofort auf.

Ich stehe zwischen ihnen wie ein Ringrichter zwischen zwei Boxern. Und mir ist gar nicht wohl dabei.

»Wir müssen Lara anrufen«, sagt Anna entschieden.

»Es ist Sonntag«, wendet mein Vater besorgt ein. »Wir können sie doch nicht so früh aus den Betten klingeln.«

»Das ist mir scheißegal!« Anna nimmt ihr Handy und wählt.

Und tatsächlich, Lara antwortet.

»Lara, entschuldige, dass ich dich wecke«, kommt Anna sofort zur Sache. »Caro ist nicht nach Hause gekommen. Weißt du vielleicht, wo sie sein könnte?«

Scheinbar hat auch Lara keinen blassen Schimmer, was los ist. Dann fragt Anna nach Nicks Telefonnummer, und als sie Laras Antwort hört, wird ihre Miene noch sorgenvoller. »Weißt du vielleicht, wer Nicks Telefonnummer haben könnte?«, fragt sie schließlich, lauscht – und dann fällt Annas Gesicht endgültig zusammen.

»Ja, wir sagen Bescheid, wenn sie nach Hause kommt. Und du auch, wenn du was h örst, ja?« Anna legt auf und blickt Christian ernst an.

»Caro hat seit Wochen nicht mehr mit Lara geredet«, sagt sie.

Einen Moment lang schweigen wir alle drei beklommen, dann stürzt Anna plötzlich in den Flur.

»Mühlheimer Straße 45!«, ruft sie. »Das war doch die Adresse von dieser Autowerkstatt! Ich erinnere mich!«

Christian folgt ihr nicht.

Verunsichert kommt Anna wieder zu uns in die Küche. »Na los, wir müssen dort hin!«

Christian sieht so miserabel aus, wie ich mich fühle. Anna blickt ihn verständnislos an.

»Christian?«

»Die Werkstatt gibt es nicht.«

Anna kann es nicht fassen. Und ich auch nicht. Was hat *er* alles verschwiegen?

»Ich war da«, redet Christian hastig weiter. »Deswegen weiß ich, dass es diese Werkstatt nicht gibt. Seine Eltern sind arbeitslos. Ich habe Caro versprochen, nichts zu verraten.«

Anna starrt ihn immer noch an, er windet sich unter ihrem Blick.

»Es tut mir leid.«

»Weißt du, wo seine Eltern wohnen?«, fragt Anna mit unbewegter Miene.

Christian schüttelt den Kopf.

»Ich rufe jetzt die Polizei.« Wieder greift Anna nach ihrem Handy.

Und ich – ich betrachte das Ganze, als wäre ich gar nicht beteiligt. Sehe mein feiges Selbst in der Wohnküche zwischen meinen Eltern stehen und weiter schweigen.

Caro.

Was hat er bloß mit dir getan?

Bitte, sei am Leben. Bitte.

Sonst …

Bitte.

2

Greta war nicht gerade begeistert, als ich sie aus dem Bett geschmissen habe. Wir haben sie zu einer ihrer Freundinnen gebracht. Christian konnte gar nicht aufhören, sich bei deren Eltern für die frühe Störung zu entschuldigen. Ich glaube, mit jeder Entschuldigung ist die Wut in Anna gewachsen. Aber sie hat sie hinuntergeschluckt. Greta ist die Einzige, die noch in ihrem Traumland von heiler Familie und heiler Welt lebt, die noch nicht begriffen hat, wie furchtbar die Wirklichkeit ist.

Direkt danach sind wir weiter zur Polizei gefahren, und dort hocken wir jetzt in einem grauen Büro, unter grauem Neonlicht, auf unbequemen Metallstühlen und starren auf den Computerbildschirm der uns gegenübersitzenden Kriminalpolizistin. Sie hat sich als Frau Derksen vorgestellt, Regine Derksen. Ihr Gesicht hat unter dem Neonlicht die gleiche graue Farbe wie die Topfpflanze auf dem Fensterbrett. Rechts von mir sitzen Anna und Christian, zu meiner Linken ruckelt Lara auf ihrem Stuhl herum. Ihre Eltern warten im Flur. Kurz nachdem wir beim Polizeipräsidium angekommen waren, hat sie noch einmal bei Anna angerufen. Hat völlig aufgelöst etwas von einer Mailbox-Nachricht von Caro erzählt – und diese auch der Polizistin vorgespielt, die

Caros Verschwinden vielleicht gerade deswegen nun so ernst nimmt.

Ich konnte Caros Stimme auf dem Band schwer aushalten. Sie klang wie ich auf dem Waldboden. Ängstlich. Hilflos. Panisch. Schlimmer noch als ihre Stimme war das Krachen und Knacken am Ende, als das Handy wohl von Nick zerstört wurde. Und am schlimmsten die Stille, die darauf folgte. Gnadenlose, tödliche Stille.

Hauptkommissarin Derksen hat uns alle befragt, um mehr über Nick zu erfahren. Lara und ich konnten uns ganz gut an seinen Angeber-BMW erinnern, zusammen konnten wir das Kennzeichen rekonstruieren. Und jetzt flimmert uns auf Frau Derksens Bildschirm ein Haftfoto von Nick entgegen.

Unsere stummen, geschockten Gesichter sind Antwort genug, Anna nickt trotzdem. Frau Derksen dreht den Bildschirm ihres Computers wieder zu sich.

»Er ist also … vorbestraft?«, fragt Christian leise.

Frau Derksen schweigt.

»Was hat er schon alles getan?«, bohrt Christian nach.

»Es tut mir leid, dazu kann ich Ihnen keine Auskunft geben.« Frau Derksen sieht ihn mitfühlend an.

»Sie haben ihn in Ihrem Computer, also ist er natürlich vorbestraft, muss er ja. Aber *was hat er getan*?!« Diesmal ist es Anna, die die Stimme erhebt. Lara rutscht noch unsicherer auf ihrem Stuhl herum.

»Ich kann Ihnen darauf …«, setzt Frau Derksen an.

»Wo wohnt er?«, unterbricht Christian die Polizistin.

»Herr Neumann, das fällt in unseren Aufgabenbereich, wir übernehmen jetzt. Sie müssen uns unsere Arbeit machen lassen.«

»Und seine Eltern?«, fragt Anna. »Was ist mit denen?«

Verzweiflung liegt in ihrem Blick. Eine Verzweiflung, die meine Selbstverachtung ein gutes Stück wachsen lässt. Ich habe nichts von Nicks Attacke auf mich erzählt. Ich sitze in einem Polizeibüro, Nick ist als Krimineller identifiziert, und immer noch sage ich nichts. Tief drinnen hoffe ich, dass ich es nie werde sagen müssen. Dass es einfach vergessen wird und langsam verschwindet, bis es irgendwann so sehr vergessen ist, dass es gar nicht mehr wirklich passiert ist.

Die Verzweiflung in Annas Blick scheint Frau Derksen nicht zu entgehen. Sie atmet tief ein, scrollt mit dem Rädchen an ihrer Maus über ihren Bildschirm, liest – und antwortet tatsächlich.

»Seine Eltern sind tot, er ist Vollwaise.«

Anna blickt Christian an, ihr Blick lässt ihn mit einem Schlag blass werden. Frau Derksen redet weiter.

»Gewöhnlich wartet man wenigstens 24 Stunden, aber in diesem Fall werden wir die Suchaktion sofort einleiten.«

Als wir endlich aus dem Büro treten, sind alle mit den Nerven fertig. Lara wird sofort von ihren Eltern in die Arme geschlossen. Anna geht mit versteinerter Miene an ihnen vorbei.

Schnell löst sich Lara aus der Umarmung ihrer Eltern. »Es tut mir so leid!«, sagt sie mit zittriger Stimme zu Anna. »Ich wünschte, ich …«

Sie verstummt. Annas eiskalter Blick hat sie zum Schweigen gebracht.

Dann geht Anna einfach weiter, verlässt den Flur des Polizeipräsidiums, ohne Lara noch einer Antwort oder nur eines weiteren Blickes zu würdigen.

Christian und ich folgen ihr. Beim Weggehen versuche ich, Lara ein aufmunterndes Lächeln zuzuwerfen. Ich befürchte, es gelingt mir nicht sonderlich gut. Sie hat nichts Falsches getan. Sie hat sich nur von einem Menschen zurückgezogen, der nichts mehr mit ihr zu tun haben wollte.

Wenn meine Mutter schon findet, dass Lara mitschuldig ist, was wird sie dann erst über mich denken?

Als wir schweigend wieder im Auto sitzen, stelle ich plötzlich fest, dass Anna gar nicht nach Hause fährt, sondern näher an den Rhein, in eine Gegend mit einer Reihe neuerer Hochhäuser. Sie hält den Wagen vor einem Weg an, der sich an einer abgestorbenen Hecke zu den einzelnen Eingängen der Häuser entlanggeschlängelt.

»Du bleibst hier«, sagt Anna zu mir und steigt auch schon aus. Christian folgt ihr, und gemeinsam gehen sie mit schnellen Schritten den Weg entlang zu einem der Eingänge. Anna fährt mit dem Finger an den Klingelschildern entlang. Einmal, zweimal. Sie tritt von den Klingelschildern zurück, hebt hilflos die Arme. Dann beginnt sie, wahllos auf die Klingeln zu drücken, eine nach der anderen, und in die Freisprechanlage zu sprechen. Doch ihr wird nicht geöffnet. Anna fängt an zu weinen. Christian legt die Arme um sie, versucht, sie zu beruhigen, aber sie reißt sich von ihm los und läuft zurück zum Auto.

Beide steigen sie wieder ein.

Anna fährt nicht los, blickt durch die Windschutzscheibe ins Leere.

»Sie können wer weiß warum dort gestanden haben«, murmelt Christian unsicher.

Ich weiß nicht wirklich, worüber die beiden reden. Ich will es auch nicht wissen. Ich will raus aus dem Auto, alleine sein, schlaflos vor dem Computer sitzen, egal – Hauptsache, ich bin nicht länger Zeuge dieser abgrundtiefen Verzweiflung meiner Eltern.

Aber natürlich bleibe ich weiter auf der Rückbank sitzen und begreife: Meine Eltern wissen sich absolut nicht zu helfen. Sie werden von alldem zerdrückt.

»Was, wenn er ihr etwas angetan hat?«, fragt Anna das Nichts vor der Windschutzscheibe. »Wenn sie irgendwo liegt … und keiner hilft ihr?«

»Das wissen wir nicht, Anna. Wir wissen es nicht.«

Anna wendet sich Christian zu, aber er kann ihren Blick nicht mehr aushalten.

»Es tut mir leid«, quetscht er mit rauer Stimme hervor und springt aus dem Auto.

Er schlägt die Tür hinter sich zu und läuft ziellos den Bürgersteig entlang.

Anna schaut mich über den Rückspiegel an. »War er das?«, fragt sie leise. »Hat Nick dich verprügelt?«

Sie weiß es. Sie spürt es. Ich muss es ihr jetzt sagen. Ich muss.

»Ich bin vom Fahrrad geflogen, wirklich.«

Anna blickt mich weiter unverwandt an, sagt jedoch nichts.

Draußen stößt mein Vater einen unterdrückten Schrei aus. Er reißt der toten Hecke ein paar Äste aus. Dann steigt er, schwer atmend, wieder zu uns ein.

Endlich wendet Anna den Blick von mir ab und fährt weiter.

Der Tag schleppt sich quälend langsam dahin. Meine Eltern tigern unruhig durchs Haus. Zur Untätigkeit verdammt, bleibt ihnen nichts anderes übrig, als auf den erlösenden Telefonanruf zu warten – der nicht kommt.

Ich bin in meinem Zimmer in Deckung gegangen. Ich versuche wieder einmal, nicht mehr daran zu denken. An den Angriff. An das, was ich davor auf dem Parkplatz gesehen habe. Die Polizei fahndet nach Nick, sucht nach Caro. Nichts, was ich jetzt noch tun könnte, würde etwas ändern. Das rede ich mir mit mäßigem Erfolg ein und bin endlich müde genug, um ein wenig zu schlafen.

Später holt Anna Greta wieder nach Hause. Ich soll herunterkommen, ich soll Zeuge sein, wie meine Eltern der Kleinsten von uns mühsam eine Version der Wahrheit beizubringen versuchen, die für eine Siebenjährige einigermaßen erträglich ist.

Greta versteht nicht wirklich, was vor sich geht. Caro ist weg, und eine Erklärung wird nicht geliefert, nur das Versprechen, dass sie sicher bald wieder da sein wird. Meine kleine Schwester kann die Schwingungen in der Luft gut genug deuten, um sich vor Nachfragen zu hüten. Für ihre Verhältnisse wird sie ungewöhnlich still.

Nach dem Mittagessen wird Greta zum Spielen in ihr Zimmer geschickt, und ich ziehe mich auch lieber wieder zurück. Alle verkriechen wir uns.

Ich kann meine Eltern im Schlafzimmer reden hören. Christian hält es nicht länger im Haus aus. Er muss raus, wird die Straßen nach Caro absuchen, muss etwas tun. Kaum ist er verschwunden, ist Annas unterdrücktes Schluchzen durch die Wände zu hören.

»Was ist denn mit Mum?« Greta steht plötzlich in der Tür zu meinem Zimmer.

Ich zucke die Schultern. Das muss Anna ihr schon selbst erklären. Greta setzt sich neben mich auf den Boden vor mein Bett. Das macht sie sonst nie. Überhaupt hat sie schon ewig nicht mehr mein Zimmer betreten.

»Wo ist Caro?«

Wieder zucke ich die Schultern.

»Ist Caro tot?«

Ich starre Greta an. Und dann nehme ich meine kleine Schwester einfach in den Arm – worüber wir beide einigermaßen verblüfft sind.

»Lässt du mich an deinem Computer spielen?«, fragt sie und kuschelt sich an mich.

»Aber nur ausnahmsweise.«

»Eins von *deinen* Spielen«, verlangt Greta.

»Okay.«

Am Abend kommt mein Vater wieder nach Hause. Er hat nichts erreicht und sieht noch elender aus. Anna hat in der Zwischenzeit stündlich bei Frau Derksen angerufen, aber es gibt keine Neuigkeiten. Dieser Telefonterror war sowieso unsinnig – Frau Derksen hatte versprochen, sich sofort zu melden, wenn sich irgendetwas tut. Meine Eltern vergessen beide, dass es schon längst Zeit fürs Abendessen ist. Greta und ich erinnern sie nicht daran. Greta nascht Joghurt aus dem Kühlschrank, und ich habe sowieso keinen Hunger.

Meine Eltern bereden etwas auf der Terrasse, obwohl es draußen kalt und nass ist. Aber mit der geschlossenen Terrassentür können sie sicher sein, dass Greta und ich sie nicht hören. Als sie wieder reinkommen, wird Greta mit einem Pferdefilm vor den Fernseher gesetzt. Mit mir wollen meine Eltern nach oben gehen, in mein Zimmer.

Ich folge ihnen die Treppen hinauf. Meine Füße werden bleischwer. *Dead Man Walking*.

Oben im Flur bleibe ich stehen.

Ich will nicht.

»Jonas?« Mein Vater hält die Tür zu meinem Zimmer auf.

Ich muss hineingehen.

Hinter mir wird die Tür geschlossen. *Klack*.

Anna steht vor mir, und Christian bleibt in meinem Rücken stehen.

Dann kommt sie, die Frage, die ich nicht hören will.

»Was weißt du über Nick?«

3

Was weiß ich über Nick? Mir wird ganz schlecht bei dieser Frage. Trotzdem versuche ich, locker zu bleiben. »Das Gleiche wie ihr, wieso denn?«

»Ich frage jetzt noch ein letztes Mal, und ich möchte diesmal keine Lüge mehr hören«, sagt Anna. »Hat er dich zusammengeschlagen?«

Ich schweige. Die Stille ist so geladen – ein Funke würde reichen, und alles hier fliegt in die Luft.

Und dann – dann nicke ich.

Christian hinter mir atmet scharf ein, und Anna sackt buchstäblich in sich zusammen.

Ich habe es nicht von selbst geschafft, diesen Moment herbeizuführen. Trotzdem hoffe ich, dass es irgendwie besser wird, jetzt, wo ich gezwungen bin, die Wahrheit zu sagen.

Also erzähle ich ihnen alles, von dem schrecklichen Moment an, als ich Caro auf dem Parkplatz entdeckt habe, bis zu unserem Gespräch und ihrer geradezu panischen Angst, ich könnte es zu Hause weitererzählen, und schließlich auch davon, wie sie Nick dazugeholt und wie er mich in den Wald getrieben hat. Von meiner Todesangst.

Jedes schmerzhafte Detail erzähle ich, aber nichts wird besser. Die Verachtung wird nicht kleiner, der Selbsthass auch nicht. Im Gegenteil.

Und meine Eltern? Annas Blick ist glasig, sie scheint meilenweit entfernt, und Christian schaut mich an, als würde er mich am liebsten gleich auch verprügeln.

Er packt mich am Arm, zieht mich aus dem Zimmer und schnell weiter die Treppen hinunter.

»Du führst mich dahin!«, bellt er.

Anna rennt uns hinterher. »Christian, bleib stehen!« Sie steht eindeutig immer noch unter Schock, aber ihr Blick ist fokussierter.

Er hört nicht auf sie. Er knallt mir meine Sneakers vor die Füße und zieht sich rasch seine Schuhe über. Kaum habe ich die Sneakers an, zerrt er mich auch schon nach draußen. Anna, die uns gefolgt ist, ignoriert er, schiebt mich kurzerhand auf den Rücksitz unseres Kombis, schlägt die Tür hinter mir zu und setzt sich, schwer atmend, ans Steuer.

»Christian, verdammt …« Anna reißt die Beifahrertür auf. »Du fährst da nicht hin!«

»Mach die Tür zu«, verlangt Christian.

Aber Anna rührt sich nicht vom Fleck.

»Tür – zu!«

Anna blickt mich flehentlich an.

»Das stimmt doch nicht, Jonas, das kann doch nicht stimmen. Das ist gelogen.« Sie wendet sich wieder an Christian. »Das stimmt nicht, das ist unsere Caro, das darf nicht stimmen!«

Anna redet dagegen an, aber ihre Augen verraten, dass sie es weiß: *Es ist wahr.* Sie erträgt es nur nicht.

»Anna, bitte.« Christians Stimme klingt kalt.

»Lass Jonas hier«, verlangt sie, doch da startet Christian schon den Wagen und fährt rückwärts aus der Einfahrt, obwohl die Beifahrertür immer noch offen ist. Anna springt zur Seite. Schnell beugt Christian sich vor und knallt die Tür zu. Dann gibt er Gas.

»Komm zurück! Christian!« Ich höre Anna verzweifelt hinter uns rufen. Christian tut so, als würde er sie gar nicht hören.

Stattdessen wendet er sich an der nächsten Kreuzung mit derselben kalten Stimme an mich.

»Wo lang?«

Während der ganzen Fahrt spricht mein Vater kein weiteres Wort, aber ich verstehe auch so, dass ich ihn zu diesem Parkplatz führen soll, von dem ich eben erzählt habe. Und ich kapiere, dass das hier nicht nur eine Suchaktion ist. Es geht ihm auch um mich, um seine Enttäuschung, und er zwingt mich hiermit, mich endlich all dem zu stellen, vor dem ich so lange davongelaufen bin. Ich verstehe das und finde es zugleich grundfalsch. Womöglich machen wir jetzt alles nur noch schlimmer für Caro! Wir sollten zur Polizei gehen. Das sage ich Christian, aber er hört gar nicht hin.

Ich sage ihm auch, dass ich diesen Parkplatz nie

wieder sehen will, dass ich Angst habe, dass Nick oder die anderen Männer da sein könnten, Angst nicht nur um mich, auch um ihn. Doch er fährt einfach weiter, und irgendwann kapituliere ich und halte die Klappe.

Als wir auf dem Parkplatz ankommen, hat es zu schneien begonnen. Ich kann weder Nick noch die anderen Typen an ihrem Treffpunkt erkennen. Vielleicht haben wir Glück. Mein Vater fährt stumm an den Mädchen vorbei, die weißen Flocken wirbeln um sie herum, bleiben in ihren Haaren hängen und tauchen alles in eine schräge Stille, als wären wir in einer obszönen Schneekugel gelandet. Eine sieht jünger aus als die andere. Ich sinke tiefer hinab auf dem Rücksitz, ich würde mich am liebsten in Luft auflösen. All diese Mädchen, Kinder, deutlich jünger als ich. Warum ist die Welt so scheiße?

Christian scheint sich dasselbe zu fragen. Auf seinem Gesicht macht sich eine Fassungslosigkeit breit, die verrät, dass er erst jetzt, erst bei diesem Anblick, wirklich versteht, was Caro hier getan hat.

Er hält an, nimmt seine Hände vom Lenkrad. Sie zittern. Er betrachtet sie gedankenverloren, als es plötzlich gegen die Scheibe der Beifahrertür klopft. Christian schreckt auf, ich sinke noch tiefer in die Rückbank.

Neben der Beifahrertür steht ein Mädchen und beugt sich zu Christian hinab, der zögerlich das Fenster hinunterlässt.

»Na?«, fragt das Mädchen in einem eindeutig antrainiertem Ton, der eher gelangweilt als sexy klingt. Sie sieht etwas älter aus als die anderen Mädchen, wirkt auch etwas abgebrühter – aber ihre Pupillen sind riesig.

Ich spüre, dass Christian krampfhaft um Worte ringt. Ihm kommt nichts über die Lippen. Ruckartig wendet er den Kopf von ihr ab, legt den ersten Gang ein, fährt weiter.

»Soll ich deine Tochter spielen?«, ruft das Mädchen ihm schnell nach.

Christian bremst, ich knalle in meinen Anschnallgurt.

Lächelnd steigt das Mädchen ein, setzt sich neben meinen Vater auf den Beifahrersitz.

»Süßer, geradeaus, ja? Zum Waldweg dahinten«, dirigiert sie Christian, und er gehorcht.

Erst jetzt bemerkt sie mich.

»Ach, ihr seid zu zweit.« Sie blickt zwischen mir und Christian hin und her. »Das kostet das Doppelte mit Aufpreis.« Für einen kurzen Moment meine ich, Sorge oder sogar Angst in ihren Augen aufflackern zu sehen, dann verzieht sich ihr Gesicht zu einem breiten Lächeln.

»Ist das dein Sohnemann?«, fragt sie meinen Vater. »Bin ich das Geschenk zum Achtzehnten?«

Er antwortet nicht, hält lediglich den Wagen am Waldweg an. Trotzdem grinst mir das Mädchen zu.

Ist das hier normal, dass Väter ihre Söhne für das erste Mal vorbeibringen?! Mir wird auf einmal schlecht. Ich senke den Blick, will dem Mädchen nicht länger in die Augen sehen.

Christian verriegelt die Türen.

Plötzlich ist da wieder die Angst, die das Mädchen überfällt. Ihre Stimme ist nicht mehr pseudo-sexy, überhaupt ist sie schlagartig völlig anders, lebendiger, weniger betäubt.

»Ey, mach das nicht! Du holst dir nur Prügel von den Jungs!«, blafft sie Christian an.

Er greift in seine Jacke und holt ein Foto von Caro heraus. »Das ist meine Tochter. Weißt du, wo sie ist?«

Das Gesicht des Mädchens versteinert. »Selbst wenn die hier jemand kennt, niemand wird es dir sagen, klar?!«

»Sie ist vielleicht in Gefahr«, beharrt Christian.

»Scheiße, das sind wir hier alle!«

Wie kann sie nur so gleichgültig sein?, frage ich mich, und auch Christian sieht sie fassungslos an. »Warum macht ihr das?«, fragt er. »Warum holt ihr euch denn keine Hilfe?«

Ich sehe, wie sich seine Hände um das Lenkrad ballen, so fest, dass die Fingerknöchel weiß werden.

Das Mädchen sieht es auch. Sie beugt sich nah zu ihm. Das Foto von Caro hat ihre Angst wieder verscheucht. An die Stelle der Angst ist etwas anderes getreten, etwas Bitteres.

»Würdest du uns alle retten, ja?«, säuselt sie ihm ins Ohr. Dabei streicht sie ihm mit der Hand langsam das Hosenbein hinauf. Kurz vor seinem Schritt hält Christian wütend ihre Hand auf. Dabei grinst mich das Mädchen mit kalten Augen an.

Ich bin kurz davor, mich zu übergeben.

Guck weg, guck doch bitte weg!

Sie flüstert Christian weiter ins Ohr. »Hier kommen viele einsame Papis hin. Deine Tochter ist von Hunderten von einsamen Papis …«

BAMM! Die Ohrfeige knallt laut.

Christian ist die Hand ausgerutscht.

Das Mädchen hält sich die geschlagene Wange. Sie ist nicht überrascht, im Gegenteil, sie grinst noch kälter.

»Ihr seid alle gleich.«

Christian sackt in sich zusammen.

Er öffnet die verriegelten Türen wieder und lässt das Mädchen aussteigen, während er selbst hinter dem Steuer sitzen bleibt. Klein und zerstört.

Zu Hause wartet Anna schon im Flur auf uns. Sie ist völlig aufgelöst. Im Haus ist es still, Greta schläft bestimmt schon.

»Ich habe der Polizistin von dem Parkplatz erzählt. Sie haben immer noch keine Spur.«

Christian presst sich die Hand vor den Mund – er weint. Ich habe ihn noch nie weinen sehen. Jetzt weint er so sehr, dass es seinen ganzen Körper schüttelt.

Anna nimmt ihn fest in den Arm, klammert sich an ihn.

Ich stehe hinter den beiden im Flur und fühle mich irgendwie … vergessen. Mir ist immer noch kotzübel, wenn ich an den Parkplatz denke, aber dafür ist hier kein Raum mehr. Es geht hier nicht um mich. Ich muss mich zusammenreißen.

Plötzlich schiebt mein Vater Anna von sich, atmet tief ein, schluckt die restlichen Tränen hinunter.

»Ich kann das nicht aushalten«, setzt er an. »All diese Männer, die sie angefasst haben! Unsere Tochter ist –«

Anna lässt es ihn nicht aussprechen. »Sei still!«, schreit sie. »Kannst du nicht einfach mal still sein?«

»Wenn du nicht immer im Krankenhaus gewesen wärst …«, flüstert Christian weiter – und da scheuert Anna ihm eine. So wie er dem Mädchen eine gescheuert hat. Eine Kette von Ohrfeigen, die zusammenhängen wie aufgereihte Dominos. Die Dominos kippen. *Klack, klack, klack, klack.* Reißen alles mit sich zu Boden.

Ich bemerke eine Bewegung oben an der Treppe: Greta. Erschrocken schaut sie zu uns hinunter. So schnell ich kann, laufe ich zu ihr hoch, nehme sie an die Hand und gehe mit ihr zurück in ihr Zimmer.

Von unten dringen Annas Worte gedämpft das Treppenhaus hinauf. »Ich muss die ganze Zeit an diesen Mann denken, der an der Tür stand, als wir das erste Mal Nick getroffen haben«, zischt sie Christian an. Ihre Stimme ist voller Ekel, als sie weiterspricht: »Das war ein Freier! Und du hast ihm die Hand geschüttelt.«

Jonas

2. Teil

4

Die Stunden werden zu Tagen und die Tage zu Wochen. Und nichts passiert, es gibt keine Spur von Caro, nicht die geringste.

Die Polizei hat Nick schließlich festsetzen können. Am Parkplatz. Sie haben ihn zum Verhör mitgenommen, und er hat sofort zugegeben, das I-Phone zertreten zu haben, das er selbst Caro geschenkt hatte. Aber mit Caros Verschwinden wollte er nichts zu tun haben. Angeblich habe er sie einfach vor die Tür gesetzt. Sie hatten sich gestritten, er war sauer auf sie, wollte sie an dem Tag nicht mehr sehen. Mehr nicht. Was sie gemacht hat, nachdem er sie vor die Tür gesetzt hat, weiß er nicht. Damit habe er nichts zu tun.

Auch dass er Caro auf den Strich geschickt hätte, verleugnete er. Außer mir wollte niemand anderes gegen ihn aussagen. Somit stand es also Wort gegen Wort. Vor Gericht nichts wert.

Alle wussten, dass er log, auch die Polizistin glaubte ihm kein Wort. Aber sie konnten es nicht beweisen. Also mussten sie ihn wieder laufen lassen.

Nachdem Frau Derksen uns berichtet hat, dass Nick wieder auf freiem Fuß ist, ist Christian ausgerastet. Er ist wieder zum Parkplatz gefahren, aber der Babystrich war nicht mehr da. Also hat er tagelang vor dem Hochhaus gewartet, wo er und Anna damals Nick und Caro getroffen haben. Aber auch dort hat sich Nick nicht mehr blicken lassen. Sosehr Christian sich auch angestrengt hat – Nick konnte er nicht ausfindig machen.

Anna hat sich immer mehr in sich selbst zurückgezogen. Sie geht nicht zur Arbeit, hat sich krankschreiben lassen. Sie kocht für uns, sie putzt, sie wäscht, hängt die Wäsche auf und ab. Ansonsten sitzt sie am Küchentisch, schaut in den Garten und ist nicht ansprechbar. Sie hat tiefe Augenringe bekommen, und sie sieht plötzlich viel älter aus.

Auch Greta ist stiller geworden, traut sich nicht mehr, richtig zu spielen, wenn Anna oder Christian in der Nähe sind. Manchmal hängt sie vor meinem Computer, aber reden will sie nicht mit mir.

Wir sind gar keine richtige Familie mehr, nur noch eine Ansammlung von Menschen, die im selben Haus übernachten.

Es sind Winterferien, doch zum ersten Mal in meinem Leben würde ich lieber weiter in die Schule gehen. So hocken wir nur alle aufeinander und treiben uns gegenseitig in den Wahnsinn. In manchen Momenten ist selbst ein Atmen, das nicht das eigene ist, schon zu viel.

Wir haben Weihnachten nicht gefeiert. Greta hat ihre Geschenke bekommen, aber es gab kein großes Essen. Wir sind auch nicht zu unseren Großeltern nach Bayern gefahren. Annas Mutter wollte unbedingt zu uns kommen, um »Beistand zu leisten«, wie sie es nannte. Aber Anna hat es ihr verboten. Sie hat keine Kraft für noch mehr Verzweifelte im Haus.

Einen Tag vor Silvester halte ich es nicht mehr aus. Ich schreibe Tom.

Was geht?

Tom antwortet noch in derselben Minute.

Sind im Taormina, hier steht noch ein Bier mit deinem Namen drauf.

Ich bin so verdammt froh, endlich rauszukommen, dass ich sofort nach draußen verschwinde, ohne jemandem Bescheid zu sagen. Ich weiß, ich weiß, das ist ziemlich uncool von mir – so, wie meine Eltern grad drauf sind, machen sie sich irre schnell Sorgen –, aber ich habe jetzt keinen Bock auf Diskussionen. Mit langen Schritten laufe ich zu Fuß zur Pizzeria bei der S-Bahn. Gut fünfundzwanzig Minuten durch Kälte und Schneematsch. Als ich beim *Taormina* ankomme, sind meine Schuhe klitschnass und meine Zehen so kalt, dass ich sie kaum mehr spüre.

In der Pizzeria ist es überheizt und stickig. Außer unseren Jungs sind keine anderen Gäste da. Ich setze mich neben Tom, die Runde verstummt kurz. Klar, die wissen alle Bescheid. Am letzten Schultag vor den Ferien ist die Polizei durch die Klassen marschiert und hat Lehrer wie Schüler nach Hinweisen zu Caro befragt. Auch das ohne Erfolg.

Das hat die Gerüchteküche noch einmal zum Überkochen gebracht. Das – und Chrissys dummes Geschwätz. Ich habe nichts dazu gesagt. Dass Caro verschwunden ist, wissen alle seit dem ersten Tag. Mehr gibt es dazu nicht zu sagen.

Tom schlägt mir kurz auf die Schulter und schiebt mir ein Bier hin.

»Und?«, fragt er.

Ich schüttle den Kopf. *Nein, es gibt keine Neuigkeiten. Nein, Caro ist nicht wieder aufgetaucht. Und nein, ich will nicht darüber reden.*

Keiner fragt weiter nach. Ich trinke mein Bier in einem Zug aus und winke in Richtung Bar, um ein neues zu bestellen. Vladic, der ältere Mann hinter der Theke, kennt jeden von uns persönlich, wir sind seine besten Kunden. Hin und wieder gibt er uns sogar einen Tipp, wenn es darum geht, wie man am besten ein Mädchen anspricht. Das sorgt zuverlässig für Gelächter, auch wenn sich keiner von uns bis jetzt getraut hat, seine Tipps umzusetzen und tatsächlich ein Mädchen anzusprechen. Außer Tom natürlich, der macht mit vielen rum, meint es aber eigentlich nie ernst, und mehr als geküsst und ein bisschen gefummelt hat er noch nicht, egal, was er mit fünf Bieren intus auch behaupten mag.

Ich hab mich durch die Kälte hierher durchgeschlagen, um kurz mal vergessen zu können. Aber ein Gespräch will nicht mehr so richtig in Gang kommen, und einer nach dem anderen verabschiedet sich, bis ich mit Tom alleine zurückbleibe.

Ich habe nicht gezählt, wie viele Biere ich getrunken habe. Aber ich spüre, wie der alte Dielenboden unter meinen Füßen langsam hin und her wankt, also waren es wohl eine Menge.

»Tut mir leid, Kumpel«, sagt Tom. Ich weiß nicht so richtig, was er genau damit meint, nehme es aber nickend zur Kenntnis. Mir tut's auch leid, alles. Was auch immer.

In Toms Hose plingt es.

Nachdem Caro sein Handy in unserem Garten getrasht hat, hat es keine vierundzwanzig Stunden gedauert, und Tom hatte schon ein neues, noch teureres. Das holt er jetzt hervor und schaut kurz darauf, aber eh ich sehe, was los ist, dreht er das Handy schnell weg.

»Was soll das denn?«, frage ich und sehe ihn misstrauisch an.

Er zuckt die Schultern. »Ist nur dummer Quatsch.«

Er will das Handy wieder einstecken, aber ich halte seine Hand fest. »Was soll der Scheiß? Du zeigst mir das jetzt!«

Der Alkohol in meiner Birne, der schwankende Boden, mein leerer Magen, der sich schon selbst verdaut, alles tut sich zu einer unguten Mischung zusammen. Ich will jetzt jemandem die Schuld geben, für was auch immer, egal, Hauptsache nicht ich habe sie.

»Beruhige dich, ja?« Tom ist meine Laune nicht geheuer, recht hat er damit, sollte ihm auch nicht geheuer sein.

Widerstrebend reicht er mir sein Handy und beobachtet mich scharf, während ich aufs Display schaue.

Darauf leuchtet ein Selfie von Chrissy. Der Winkel von oben, der wie zufällig nicht nur ihr Gesicht, sondern auch einen verdammt großen Teil ihres tiefen Ausschnitts zeigt, ist alles andere als ein Zufall. Dazu macht Chrissy ihr pseudo-verführerisches Schlafzimmergesicht, eine Mischung aus Duckface und Katzenaugen.

Unter dem Bild steht ein Text von Chrissy.

Für dich würd ich auch auf den Strich gehen.

Was zum …?! Selbst Chrissy kann nicht so bescheuert sein, so was wirklich zu schreiben.

Ich lese die Nachricht noch einmal, dann sehe ich Tom fassungslos an.

Er sieht aus, als ginge er schon mal in Deckung. »Ist nur ein blöder Witz, mehr nicht.«

Meine Hand landet am Kragen seines teuren Polohemds. »Was machst du mit ihr, dass sie dir so einen Mist schreibt?«

Tom hebt abwehrend die Hände. »Ich mach gar nichts, Mann, entspann dich mal. Die labert nur.«

Ich lasse Tom so ruckartig los, dass er gegen die Lehne der Holzbank knallt, auf der wir sitzen.

»Guckst du dir immer noch diese Bilder an? Wie im Garten bei uns?« Ich würde Tom am liebsten eins in die Fresse geben. Er ist so ein Arschloch!

Der Boden wankt stärker, als ich von der Bank aufspringe. Ich muss mich am Tisch festhalten. Vladic schaut von der Theke aus besorgt zu uns rüber. »Antworte, verdammt!«, brülle ich Tom an.

»Jungs, immer mit der Ruhe!« Vladic kommt zu uns und versucht, die Situation zu entschärfen, aber ich rege mich zu sehr auf, um auf ihn zu achten, und auch Tom springt nun auf.

»Das mit Chrissy geht dich absolut nichts an …« Er hat eindeutig genug von meinem Ton, er setzt sogar noch einen drauf: »… und alles andere auch nicht!«

Mit einem Mal weiß ich nicht weiter. Vladic schiebt uns zwei auseinander, ich lasse es geschehen.

»Ich hab immer gedacht, du wärst mein Freund«, stammle ich. Dann dreh ich mich um und wanke unter Vladics besorgtem Blick nach draußen.

»Soll ich deine Eltern anrufen?«, ruft Vladic mir nach.

Ich schüttle den Kopf und trete raus in die Kälte.

Plötzlich geht die Tür zur Pizzeria wieder auf und Tom rennt mir hinterher.

»Hey, ich bin dein Freund, klar? Immer!«, ruft er. »Ich weiß, das ist scheiße, was mit Caro passiert ist. Aber ich kann doch auch nichts dafür!«

Ruckartig bleibe ich stehen und blicke zu ihm zurück. »Ich schon.«

Christian kommt in den Flur gelaufen, noch bevor die Haustür hinter mir ins Schloss gefallen ist.

»Wo warst du?«, blafft er mich an.

Annas eingefallenes Gesicht erscheint in der Tür zur Wohnküche.

»Ich musste mal raus.«

»Dann sagst du uns gefälligst Bescheid. Nach allem, was …« Er schafft es nicht, den Satz zu Ende zu führen, fängt lieber einen neuen an. »Du kannst dir doch denken, was wir uns hier für Sorgen gemacht haben.«

Ich schlüpfe aus meinen nassen Sneakers, klatsche sie zu den anderen Schuhen in die Ecke.

»Wie viel hast du denn getankt?«, fragt Christian weiter.

»Nicht genug.«

Anna hat mich die ganze Zeit stumm angeblickt. Jetzt dreht sie sich um und verschwindet wieder in der Wohnküche.

Ich lasse Christian einfach stehen, laufe die Treppen hoch und knalle meine Zimmertür hinter mir zu.

Dieser Blick von Anna eben, der zerreißt mir die Hirnwindungen. Ein einzelner Blick, so randvoll mit Enttäuschung. Sie gibt mir die Schuld. Ich weiß es, auch wenn sie es nie offen zugeben würde. Hätte ich direkt nach Nicks Attacke geredet, wäre Caro immer noch bei uns. Davon ist sie überzeugt. Und egal, wie sehr ich versuche, die Schuld auf andere umzulenken, auf Tom, auf Christian, auf wen auch immer, ich weiß, dass Anna recht hat.

Es ist meine Schuld.

Meine Schuld.

Ich kann das nicht mehr. Ich habe so viele Bilder in meinem Kopf, was mit Caro passiert sein könnte, eins schlimmer als das andere.

Das kann ich nie wiedergutmachen.

Nie wieder.

Damit muss ich leben.

Ich halte inne.

Muss ich das?

Muss ich leben?

Der Gedanke ist so groß, dass ich es fast nicht wage, ihn zu denken. Mein Blick bleibt an dem verstaubten Kletterseil unten in meinem Regal hängen. Christian hatte es mir einmal geschenkt, in der Hoffnung, dass sich daraus ein gemeinsames Hobby für Vater und Sohn entwickeln könnte. Hat nicht geklappt, das Seil kam nie zum Einsatz.

Ich beuge mich grade zum Seil hinunter, da höre ich unten unser Festnetz klingeln.

Keine drei Sekunden später schreit Anna nach Christian.

5

Ich renne nach unten, wo Anna, völlig aufgelöst, mit dem Telefon in der Wohnküche steht und Christian sich hinter ihr sein Handy ans Ohr drückt.

Anna umklammert das Telefon. »Wo bist du, Caro?«

Diese vier Worte schaffen, was die ganze Zeit über nichts und niemand geschafft hat, sie treiben mir das Wasser in die Augen.

Caro lebt!

Ich beiße mir auf die Zunge, um nicht Rotz und Wasser zu heulen.

Undeutlich kann ich Caros panische Stimme durchs Telefon hören. Anna versucht, sie zu beruhigen, dabei zittert sie selbst am ganzen Leib.

»Sag mir nur, in welcher Stadt du bist.«

Bei Christian hat jemand am anderen Ende abgehoben, leise spricht er in sein Handy.

»Unsere Tochter ruft grade an … Das wissen wir nicht … Sie auch nicht.« Das muss die Derksen sein, mit der er spricht.

»Bleib im Café, versteck dich da irgendwo und gib mir bitte jemanden, der dort arbeitet.« Anna zittert jetzt weniger, ihre Stimme wird entschiedener. Sie wartet kurz, dann redet sie weiter. »Können Sie mir die Adresse von Ihrem Café durchgeben?«

Sofort nach dem Anruf sind unsere Eltern losgefahren, und ich bin mit Greta zurückgeblieben. Greta ist total aufgekratzt und hat all ihre Plüschtiere im Treppenhaus zu einer Willkommensparade für Caro versammelt.

Ich selbst bin völlig durcheinander. Nach der unglaublichen Erleichterung darüber, dass Caro lebt, hat sich in mir eine neue Angst breitgemacht. Angst davor, ihr das erste Mal wieder in die Augen zu blicken.

Am liebsten würde ich weitersaufen und Kette rauchen, aber vor Greta geht das natürlich nicht.

Nach einer gefühlten Ewigkeit höre ich den Kombi in unsere Einfahrt fahren. Greta rast zur Tür und reißt sie auf, ich folge ihr – und atme auf.

Caro.

Sie ist wirklich wieder da.

Irgendjemand hat meiner Schwester eine Decke um die Schultern gelegt. Anna hilft ihr nun aus dem Wagen. Greta stürmt auf Caro zu, wirft sich ihr um den Hals und rast dann zum nächstbesten bereitliegenden Plüschhund und knautscht Caro damit bellend im Gesicht herum.

»Guck, der freut sich auch über dich!«, quietscht Greta.

Caro lächelt, wenn auch etwas verkrampft.

»Greta, hör sofort auf!« Das hat Christian so laut und scharf gesagt, dass Greta tatsächlich aufhört und sich eingeschüchtert schmollend zurückzieht.

Caro tritt mit Anna weiter in den Flur, und jetzt trifft ihr Blick meinen.

Ich will etwas sagen.

Ich kann nicht.

Irgendetwas.

Nichts kommt aus meinem Mund heraus.

Fuck.

Caro

4. Teil

24

Ich bin gerade mal seit vier Stunden wieder zu Hause, da steht schon der nächste Aufbruch an. Mum hat meine Sachen gepackt – absolut alles, was ich jemals brauchen könnte, und noch eine Menge mehr: meinen halben Kleiderschrank, tausend Badsachen, Bücher, sogar meine alten Kuscheltiere aus der Truhe. Ich habe zugesehen, wie sie alles mit schnellen Bewegungen verstaut hat. Niemand bekommt so viel in einen Koffer hinein wie meine Mum.

Schon kurz nachdem meine Mum und Paps zu mir in das billige Café mit den Plastikstühlen und Papiertischdecken gerast sind, haben sie mit dieser Polizistin beraten, wie es jetzt weitergehen soll. Wohin sie mich bringen, wo sie mich verstecken, wie sie mich schützen können.

Ich wollte nur nach Hause, mehr nicht. Aber das war nicht gut genug. Er weiß, wo ich wohne. Zu Hause ist es nicht mehr sicher. Wird es nie mehr sein.

Also wurde beschlossen, dass ich weggebracht werde, in eine Klinik für traumatisierte Jugendliche. Nach meiner Meinung hat niemand gefragt. Denn ich – ich bin ja traumatisiert. Ich bin ja nicht zurechnungsfähig. Darin sind sich die Erwachsenen einig. Was mir passiert ist, was mich traumatisiert hat – danach fragen sie nicht. Noch nicht. Sie trauen sich nicht. Klar, sie wollen behutsam mit mir umgehen. Aber ich glaube, sie haben eine Riesenangst vor der Antwort.

Ich werde nicht darüber reden, was sie mit mir gemacht haben. Ich bin mir selbst nicht sicher, wie sich die Bildfetzen in meinem Kopf in die richtige Reihenfolge setzen lassen, was wann passiert ist und was von meinen Erinnerungen wahr ist und was geträumt. Vielleicht habe ich alles geträumt. Vielleicht träume ich immer noch. Vielleicht wache ich bald auf, und alles ist wie früher.

Meine Finger gleiten über die noch frischen Narben unter meinem Pullover. Sie sind echt. Sie sind kein Traum.

Ich wache nicht auf.

Erschöpft lehne ich mich an unsere Eingangstür. Über mir leuchtet eine einsame Lampe, und ich schaue Paps zu, wie er all die gepackten Taschen und Koffer im Kofferraum des Kombis verstaut. So viel Zeug nur für mich, als würde ich für immer wegziehen, als käme ich nie wieder.

Wer weiß …

Mit jeder Tasche, die im Kombi verschwindet, wird der Druck auf meinen Brustkorb stärker. Ich muss an die Klinik denken. Ich werde in eine geschlossene Anstalt gebracht. Ich werde eingesperrt. Warum ich? Warum werde *ich* eingesperrt?

Ich starre in den Vorgarten, aber ich sehe immer nur das eine: diese Tür, die sich schließt. Diese Dunkelheit, die mich erneut umgibt. In diesem Keller, an den ich nicht mehr denken will.

Ich kriege keine Luft mehr. Meine Brust wird zerquetscht. Ich atme immer schneller, aber je schneller ich atme, desto weniger Luft kommt in meinen Lungen an.

Eine kleine Hand legt sich an mein Bein. Greta. Sie spricht zu mir. Ich sehe aus dem Augenwinkel, wie sich ihr Mund bewegt. Ihre Worte kommen von weit her durch die Dunkelheit, die mich aufzufressen droht.

»Caro?« Meine Mum, ihr Gesicht, ihre Hände, die nach meinen greifen.

»Was ist los? Caro!« Sie spricht mit ihrer eindringlichen, entschiedenen Krankenhausstimme. Ich bin ihre Patientin.

Ich muss mich an der Hauswand festhalten.

»Christian!«, ruft Mum. Und zu Greta: »Hol eine Brottüte!«

Die trippelnden Schritte meiner kleinen Schwester verschwinden im Haus, automatisch blicke ich ihr hinterher –

In der Tür steht Jonas.

Ich kriege keine Luft. Ich japse. Jonas und ich blicken uns an.

Es tut mir so leid. Es tut mir so scheißleid, Bruderherz.

Ich ersticke!

Plötzlich steht auch Paps bei mir.

»Hey, es ist alles gut«, sagt er und will mir den Arm streicheln.

Ich weiche zurück. Mein Atem rast noch schneller. Mein Vater will mich beruhigen, streckt den Arm aus, doch Mum hält ihn auf.

»Lass!«, sagt sie scharf, und sofort geht Paps auf Abstand, besorgt, hilflos, überfordert.

Wieder höre ich Gretas tapsende Schritte, und nun reicht Mum mir eine Brottüte.

»Ganz ruhig, Caro …«, sagt sie sanft. »Einfach da reinatmen.«

Doch mir wird schwarz vor Augen, ich sacke zusammen.

Mum fängt mich auf, setzt sich mit mir auf den kalten, gefrorenen Boden. Sie hält mir die Tüte vor den Mund, ich atme angestrengt hinein.

Ganz langsam beruhigt sich mein Atem. Ich kann die anderen wieder sehen, ihre Umrisse werden deutlicher: Paps, Jonas, Greta, Mum. Voller Sorge blicken sie mich an.

Plötzlich schießt mir der Magensaft hoch. Ich drehe mich schnell zum Buchsbaum und übergebe mich. Mum hält mir die Haare hoch, streicht mir über den Rücken. Ich erschrecke mich vor der Berührung, zucke heftig zusammen – Mum nimmt ihre Hand wieder von mir.

Ich setze mich auf. Hole tief Luft. Mir ist immer

noch sehr übel. Ich blicke meine Mum an, sehe, wie sehr sie sich bemüht, nicht zu weinen.

»Ich will da nicht hin, Mum« flüstere ich ihr zu. »Sperr mich nicht weg, bitte!«

Die Zeit steht kurz still, Mums Gesicht zeigt keinerlei Regung.

Dann steht sie schnell auf und wendet sich Paps zu. »Wir fahren nicht in die Klinik.«

»Bitte was?« Paps ist gar nicht begeistert. Er nimmt Mum zur Seite, redet leise auf sie ein – wenn auch nicht leise genug. »Du hast gehört, was Frau Derksen gesagt hat. Sie ist nirgendwo sonst sicher! Was, wenn sie sich was antut?«

Aber meine Mutter hat ihre Entscheidung getroffen.

»Wir bleiben hier.«

Sie blickt mich an. Ich versuche ein Lächeln. Es erreicht meine Mundwinkel nicht, aber meine Mum versteht es trotzdem.

Danke!

Hellwach liege ich in meinem Bett und starre die Papierfetzen über mir an. Vom Mondlicht beleuchtet, werfen sie Schatten, die aussehen wie kleine, scharfe Schnitte.

Keine Ahnung, wie lange ich schon so daliege. Im ganzen Haus ist es still, aber diese Stille erdrückt mich.

Irgendwann rapple ich mich auf und krieche unter mein Bett, in der Hoffnung, dass wenigstens ein winzig kleines Schnapsfläschchen von der Konfiszierung verschont geblieben ist – aber ich finde nichts. Also tapse ich leise ins Bad, durchsuche die Schubladen unserer Badkommode. Es ist nichts Brauchbares mehr da. Keine Tabletten, keine Rasierklingen. Nachdem ich alles durchsucht habe, dämmert mir, dass meine Mutter alles beseitigt hat, was ich für eventuelle suizidale Gelüste gebrauchen könnte.

Ich tappe weiter, die Treppen hinunter, in die Küche. Auch dort, alles weg. Ich starre unsere Besteckschublade ungläubig an. Kein einziges unserer scharfen Messer ist mehr zu sehen.

Verdammt!

Ich schleiche die Treppen wieder hoch und klopfe vorsichtig an Jonas' Zimmertür. Jonas sitzt auf der Bettkante, als hätte er mich schon erwartet.

Kurz zögere ich. Dann schließe ich die Tür hinter mir und komme direkt zur Sache.

»Kann ich eine von deinen Rasierklingen haben?«

»Ich hab keine Rasierklingen«, antwortet er leise.

»Ach, komm schon«, sage ich gereizt, »wir wissen beide, dass du deine fünf Bartstoppeln nur nass rasierst, weil du das *cooler* findest. Also verarsch mich nicht, gib sie mir einfach!«

»Okay, reg dich ab! Kann sein, dass ich welche hab«, wiegelt er ab. »Aber ich darf sie dir nicht geben.«

»Ich bring mich schon nicht um, versprochen.« Langsam habe ich keine Geduld mehr.

Jonas schüttelt den Kopf.

Ich stelle mein Bein neben ihm auf das Bett und ziehe meine Schlafshorts ein Stück hoch. Die Schnittnarben auf der Innenseite meines Oberschenkels sind direkt auf Jonas' Gesichtshöhe. Kurz blickt er darauf, dann wendet er schnell sein Gesicht ab.

»Hat er dir das angetan?«, fragt er geschockt.

»Das mach ich selbst. Gibst du mir jetzt eine Klinge?«

Jonas rührt sich nicht. Ich beginne, seine Nachttischschublade zu durchwühlen, er hält mich nicht auf. Ganz hinten finde ich endlich die Klingen und nehme eine raus.

»Die kannst du nicht mitnehmen. Ich hab's Mum versprochen.«

Ich setze mich neben ihn.

»Mach ich's eben hier.«

Der Schmerz ist herrlich scharf. Warme Ruhe flutet durch mich hindurch. Ich spüre Jonas' Blick und reiche ihm die Klinge.

»Willst du auch mal?«

Jonas schüttelt vehement den Kopf.

»Das hilft, ehrlich.«

»Glaub ich dir nicht«, sagt er.

Also tupfe ich das Blut mit einem Taschentuch ab

und lege die Rasierklinge vorsichtig zurück auf Jonas' Nachttisch.

Und dann kann ich es endlich sagen.

»Es tut mir so leid, dass ich Nick angerufen hab, beim Waldspielplatz ...«

Ich nehme einen letzten Anlauf.

»Dass ich dir nicht geholfen habe.«

Jonas winkt ab und dreht sich von mir weg. Zuerst denke ich, dass ihn meine Entschuldigung kaltlässt. Dass sie zu spät kommt, dass er mir nicht mehr vergeben kann. Bis ich merke, dass er bloß nicht will, dass ich seine Tränen sehe.

»Mir tut's leid«, murmelt er plötzlich. »Wenn ich nicht so feige gewesen wäre, dann ...«

Er stockt. Er schluckt. Seine Frage kommt so leise aus ihm heraus, dass ich sie kaum hören kann.

»Was haben sie mit dir gemacht?«

Vorsichtig nehme ich meinen Bruder in den Arm. Eine Antwort bekommt er nicht. Aber unsere Entschuldigungen sind ernst gemeint.

Wir halten uns aneinander fest.

25

Am nächsten Morgen bringen meine Eltern mich ins Polizeipräsidium. Sie möchten, dass ich mit der Polizistin rede. Ich bin dazu bereit, aber ich habe sie gebeten, unter vier Augen mit ihr sprechen zu dürfen. Es fällt meinen Eltern sichtlich schwer, aber sie bleiben im Flur und warten dort auf mich.

Die Frau, die Derksen heißt, stellt mir tausend Fragen nach dem Ort, an dem ich gefangen gehalten wurde, nach Nick, nach den anderen Männern, was sie mir angetan haben.

Ich kann die Fragen nach dem Ort nicht beantworten. Ein Keller. Mehr weiß ich nicht. In einem Haus, das ich nicht kannte, in einer Straße, die ich nicht kannte, in einer Stadt, die ich nicht kannte. Ich habe nicht auf die Straßenschilder geguckt, als ich um mein Leben gerannt bin. Ich weiß nicht, was für Läden dort gewesen sein könnten. Eine Tankstelle vielleicht, vielleicht auch nicht. Ich weiß nur, dass er endlich die Tür geöffnet hat, dass ich über die Straße gehen sollte, weil dort drüben in einem Hotel jemand auf mich wartete. Jemand, der für mich bezahlt hatte. Ich bin aus dem Keller herausgegangen, aus dem Haus hinaus, auf die Straße – und bin losgerannt.

Frau Derksen notiert fleißig, obwohl ein Tonband mitläuft.

Ich blicke durch die Scheiben von Frau Derksens Büro auf den dahinterliegenden großen Raum voller Schreibtische. Mein Blick bleibt an einem Schreibtisch hängen, an einem Beamten in Uniform, der dort am Computer sitzt und mir zulächelt.

Er hat immer noch dasselbe pervers zärtliche Lächeln unter seiner Glatze. Ich kann seine Stimme hören, seine Berührung an meiner Schulter fühlen, als wäre es erst gestern gewesen. Er macht mir ein Zeichen, öffnet seine Lippen leicht, lässt seine Zunge heraustanzen, lässt sie an seiner Oberlippe hin und her schnellen wie eine Schlange.

Er war mein Erster.

Der Mann, der mich *armer Engel* nannte.

Der Mann, der mich zur Hure machte.

Ich werde ihn nie vergessen.

Und er mich auch nicht.

Ich blicke wieder zu Frau Derksen.

Ich werde keine ihrer Fragen mehr beantworten.

Ich werde nicht gegen Nick aussagen und nicht gegen die anderen.

Ich werde meine Familie nicht zum Abschuss freigeben.

Meine Eltern sehen uns erwartungsvoll an, als wir aus dem Büro herauskommen, doch Frau Derksen schüttelt frustriert den Kopf. »Solange sie behauptet, sie hätte alles freiwillig getan, sind uns die Hände gebunden«, sagt sie zu meinen Eltern.

Mein Vater starrt mich ungläubig an, dann stürmt er auf mich zu, packt mich an den Schultern, schüttelt mich. »Warum sagst du denn nicht gegen so ein Drecksschwein aus? Caro! Warum?!« Er sieht mich völlig fassungslos an, fast weint er.

Frau Derksen und Mum gehen dazwischen.

»Herr Neumann, bitte!«, ermahnt ihn die Polizistin.

Paps beruhigt sich wieder, er murmelt etwas Entschuldigendes in meine Richtung, während Mum mich schützend in den Arm nimmt.

»Wir fahren nach Hause, und du ruhst dich erst mal aus.« Ohne ihren Arm von meiner Schulter zu nehmen, will sie mit mir den Flur entlanggehen, aber ich reiße mich los.

»Ich kann alleine gehen, ich bin nicht krank! Und müde bin ich auch nicht!«

Ich gehe voraus, während ich noch höre, wie Frau Derksen beschwichtigend auf meine Eltern einredet.

»Die wenigsten Mädchen zeigen ihre Peiniger an. Wenn Sie sie zu sehr unter Druck setzen, werden Sie Ihre Tochter noch ganz verlieren. So schwer es ist, aber sie sollten versuchen, sie ganz normal zu behandeln.«

Die letzten Ferientage vergehen unglaublich langsam. An Silvester standen wir nur still auf der Terrasse, schauten den bunten Lichtern zu, und ich habe mich gefragt, auf was wir uns im nächsten Jahr wohl noch freuen könnten.

Mir fällt nichts ein.

Seit dem Gespräch mit dieser Derksen habe ich das Gefühl, Paps geht mir aus dem Weg. Ist er sauer, weil ich Nick nicht verraten habe? Aber ich schütze doch Paps damit! Ihn und den Rest meiner Familie – auch wenn er das nie erfahren darf. Dann hätte ich versagt.

Die Decke fällt mir zu Hause auf den Kopf. Ich darf nicht raus, und ich bin nie wirklich alleine, weil meine Eltern so eine schreckliche Angst davor haben, dass Nick mich wieder verschleppen könnte.

Ich muss hier raus! Ich kann nicht länger in dieser lähmenden Schwebe hängen bleiben. Ich will so gern einfach wieder in mein altes Leben zurück.

Als wir beim Abendessen sitzen und meine Mum mir die Schüssel mit den Kartoffeln hinhält, platzt es aus mir heraus: »Mum, Paps, ich werde verrückt, wenn ich noch länger im Haus bleiben muss!« Ich sehe sie fast flehentlich an. »Wenn morgen die Schule wieder anfängt, will ich da hingehen. *Bitte!*«

Stille. Meine Eltern werfen sich unsichere Blicke zu, Jonas mampft leise vor sich hin – und Greta schmeißt mal eben ein Stück Möhre über den Tisch.

Mum springt auf.

»So, das reicht jetzt. Schlafenszeit!« Sie nimmt Greta an der Hand und zieht sie raus aus der Wohnküche. Greta wehrt sich nach Kräften.

»Ich will aber nicht!«, brüllt sie.

»Pech!«, brüllt Mum zurück, und so verschwinden sie unter Radau nach oben.

Ich spüre den Blick meines Vaters auf mir. So voller Hilflosigkeit.

Abrupt steht er auf und räumt das Geschirr ab.

Als ich kurz darauf auf meinem Bett sitze, den Kopf an die Wand gelehnt, höre ich, wie meine Eltern in ihrem Schlafzimmer Schranktüren auf- und zuknallen. Paps hat mehrere Koffer aus dem Keller geholt, es geht wieder los.

»Jetzt hör mir mal zu, Anna, wir fahren weg mit ihr. Ist mir egal, wohin, Hauptsache weg!«

»Sie will nicht weg!«, widerspricht meine Mutter ebenso energisch.

Das regt Paps nur noch mehr auf. »Ich lasse sie keinen Tag länger hier, wo er sie jederzeit finden kann!«

»Wir müssen mit ihr zusammenarbeiten und nicht gegen sie.«

»Willst du sie tatsächlich wieder zur Schule gehen lassen?«, fragt Paps wütend, und dann fliegt ein Koffer gegen die Wand mit einem Knall, der mir im Trommelfell wehtut. Schnelle Schritte durchs Treppenhaus, knallende Haustür. Läuft Paps jetzt einfach davon? Ich springe auf, blicke aus dem Fenster.

Er sitzt am Steuer unseres Kombis. Aber er startet den Motor nicht. Sitzt einfach nur da und weiß nicht mehr, wohin.

Ich setze mich zu Paps ins Auto auf den Beifahrersitz. Er hat seinen Kopf auf das Lenkrad sinken lassen. Er blickt nicht zu mir auf. Ich nehme seine Hand.

»Ich bin immer noch deine Caro, Paps.«

»Bist du?«, fragt er tonlos. Dann setzt er sich auf und blickt mich an.

Ich nicke.

Er vergräbt das Gesicht in seiner freien Hand. »Warum ist uns das nur passiert?«

Verblüfft sehe ich ihn an. Es ist doch mir passiert und nicht *uns*! Und es hat absolut keinen Sinn, nach einem Grund zu suchen. Ich habe es lang genug vergeblich versucht. Es ist passiert. Weil ich in diesem Fast-Food-Schuppen war, weil er grüne Augen hatte, weil er gelächelt hat und ich auch. Es hätte jede treffen können. Ich weiß das jetzt. Jede, die an die Liebe glaubt und daran, dass die Welt ein schöner Ort sein kann, wie ich es glaubte. Die keine Ahnung hat, wie ich damals keine Ahnung hatte.

Diese Situation in unserem Kombi ist total verquer. Ich tröste meinen Vater! Dabei sollte es doch eigentlich umgekehrt sein, oder? Und obwohl es endlich keine Lügen mehr gibt, kein Versteckspiel, weiß trotzdem niemand, wie ich mich fühle. Wie wertlos. Ich bin es, die all dieses Leid über unsere Familie gebracht hat. Ich mache *alles* kaputt. Ich glaube, es würde allen besser gehen, wenn ich endgültig weg wäre.

Aber noch kann ich mich nicht dazu entschließen, wirklich und endgültig aufzugeben. Und so hole ich tief Luft und verkünde: »Ich gehe morgen zur Schule!«

Damit beende ich die Diskussion, und erstaunlicherweise widerspricht Paps diesmal nicht. Auch er hat wohl kapiert, dass er mich nicht ewig einsperren kann. Er nimmt meine Hand, hält sie fest.

»Wir werden das gemeinsam schaffen!«, versucht er, etwas Hoffnung in unserem Kombi zu verströmen. Dann fügt er leise hinzu: »Ich hätte dich beschützen müssen. Ich bin dein Vater, das ist mein Job … *ich hätte dich beschützen müssen!*«

***

Das flackernde Neonlicht erhellt den Kellerraum und brennt dem Mädchen in den Augen. Sie ist kein Licht mehr gewöhnt, die letzten Tage gab es nur Dunkelheit um sie herum.

Vor ihr sind die Wasserflaschen aufgereiht. Die Männer schauen zu. Ihr Freund fehlt. Ihr Loverboy. Ihr Zuhälter.

Er überlässt die Drecksarbeit den anderen. Sie muss trinken. Alle Flaschen leer machen. Sie muss, sie haben es ihr befohlen.

Sie darf nicht auf die Toilette gehen, sie lassen sie nicht. Sie muss so dringend. Aber sie zwingen sie, weiterzutrinken, bis sie glaubt, ihr Magen müsste platzen. Sie flößen ihr das Wasser ein, weiter und immer weiter.

Sie muss so dringend. Sie darf nicht. Nicht pinkeln. Pinkel bloß nicht!

Dann die Schläge auf den Bauch, dass sie glaubt, ihre Blase zerspringt, zerreißt, wird sie innerlich verbluten lassen. Aber sie verblutet nicht. Sie macht sich in die Hose, schon wieder, hat aufgehört zu zählen.

Das Lachen der Männer.

Dann die Zigarette. Das Mädchen muss sie selbst anzünden, selbst dran ziehen, bevor der Älteste sie von ihr übernimmt.

Bevor …

***

Ich wache vor dem Wecker auf und bin schweißgebadet. Es ist kalter Schweiß. Angstschweiß. Der Schlaf hat mich wieder in den Keller geworfen.

Nein. *Nein.* NEIN!

Ich will nicht daran denken müssen. Ich habe mich befreit, aber der Keller ist mitgekommen.

Er ist in mir. Ich werde ihn nicht los. Die Folter findet nie ein Ende.

Oder? Vielleicht ist es doch möglich …

Ich stehe entschlossen auf, stapfe rüber ins Bad, lasse das kalte Wasser die Bilder wegspülen.

Heute werde ich den ersten Schritt zurück in mein Leben machen, egal, wie hart es wird.

26

Meine Eltern fahren uns drei Geschwister zur Schule, und nicht nur das: Beim Gymnasium will Mum mich unbedingt bis vor die Klassentür bringen, während Paps im Wagen sitzen bleibt und wie ein Undercoveragent die Umgebung scannt.

»Mum, das ist so peinlich!«, beschwere ich mich. Warum kann sie denn nicht endlich gehen?

Aber Mum kann sehr stur sein. »Vor Unterrichtsbeginn lass ich dich hier nicht alleine«, sagt sie völlig ungerührt. »Und ich muss auch noch deinen Lehrer sprechen.«

»Da hättest du mich auch gleich in die Klinik bringen können«, murmle ich missmutig vor mich hin.

»Bitte *was?*«

Aber ich wiederhole besser nicht, was ich gesagt habe. Außerdem kommt uns gerade Lara durch den Schulflur entgegengelaufen. Schnell gehe ich zu ihr, auch wenn ich dazu an Chrissys lautstark tuschelnder Clique vorbeimuss. Wenigstens kettet sich Mum nicht an meine Fersen.

»Hey.« Lara lächelt mich an, aber ihr Lächeln zuckt ganz schön nervös.

»Hi, Lara. Gut, dich zu sehen.« Ich versuche zurückzulächeln, sehe aber bestimmt auch nicht entspannter aus.

Auf einmal beugt sich Lara zu mir. »Ich hab dich weggedrückt«, stößt sie hastig hervor. »Du weißt schon, als du angerufen hast, bevor du … verschwunden bist. Ich weiß auch nicht, warum. Du warst so komisch in letzter Zeit. Ich wusste einfach nicht …«

In meinem Rücken höre ich immer noch das Getuschel, es klingt böse, gemein. Lara sieht mich irgendwie erwartungsvoll an, aber noch bevor ich mir eine Antwort auf Laras etwas seltsame Ansage überlegen kann, gesellt sich der Yildirim mit seinen Mathebüchern zu uns.

»Caro, wie schön, dass du wieder da bist.« Auch sein Lächeln wirkt etwas bemüht. Können nicht einfach alle normal sein?

Ich drehe mich um, und dann sehe ich es. Chrissy und ihre Clique, alle, die im Flur stehen, meine ganze Stufe, alle starren mich an. Flüstern, tuscheln, zeigen auf mich. Als ich die Blicke erwidere, wenden sie sich ab, einer nach dem anderen. Chrissy als Letzte.

Sie wenden sich ab, weil sie sich ekeln. Vor mir.

Nick hatte recht.

Mit einer wie mir will niemand mehr etwas zu tun haben.

»Lara?«, ruft Chrissy und schickt zugleich noch einen letzten, abfälligen Blick in meine Richtung.

Ohne erst Laras Reaktion abzuwarten, drehe ich mich um und laufe zurück zu Mum. Ich muss hier raus, so schnell ich nur kann.

Mum sieht mich besorgt von der Seite an, während wir nach draußen hetzen. »Was ist denn los?«

»Hab doch keinen Bock«, raune ich ihr zu und gehe weiter.

Lara kommt uns keuchend hinterhergerannt. Direkt vor mir bleibt sie stehen und umarmt mich fest. »Es tut mir so leid!«, schnauft sie.

Ich löse mich aus der Umarmung.

»Was hast du den anderen erzählt?«, frage ich sie kalt.

»Nichts. Ich hab … Die haben so viele Fragen gestellt bei der Polizei, ich war ja mehrmals da. Und später sind sogar Polizisten in die Schule gekommen … Ich hab nur einmal mit Chrissy …«

Weder Mum noch ich hören ihr weiter zu, auch wenn Mum Lara voller Verachtung ansieht und sie wohl am liebsten ohrfeigen würde. Stattdessen läuft sie mir nach. Ich halte es nicht mehr aus hier.

Ich kann nicht zurück in mein altes Leben. Mein altes Leben gibt es nicht mehr. Es war blödsinnig, es auch nur zu versuchen.

Ich bin eben nichts mehr wert.

Ich verdiene keine neue Chance.

Am Abend überredet mich Greta, in ihrem Zimmer den Miniatur-Ponyhof aufzubauen. Ich soll eines der Ponys spielen. Aber das Spiel ist eingefroren. Unsere

Eltern diskutieren unten – soweit wir es von hier oben mitbekommen, überlegen sie wegzuziehen, für immer. Paps will die Werkstatt aufgeben, das Haus verkaufen. Dass sie große Schulden machen werden, dass sie alles verlieren, was sie sich erarbeitet haben, scheint ihm egal zu sein.

»Das ist es wert«, höre ich Paps' Stimme, und Mum stimmt ihm zu. *Für die Familie, für Caro.*

Gerade will ich Greta fragen, ob wir weiterspielen sollen, aber da ist sie auch schon aufgestanden und räumt kurzerhand die Spielsachen weg.

»Ich will nicht weg von hier«, sagt sie wütend.

Als ich ihr beim Zusammenräumen helfen will, reißt sie mir die Sachen aus der Hand.

»Das ist alles nur wegen dir! Warum bist du denn weggegangen? Seitdem ist alles Kacke hier!«

»Kacke sagt man nicht«, sage ich automatisch.

Wütend schiebt sie mich aus ihrem Zimmer und knallt mir die Tür vor der Nase zu.

Fast im gleichen Moment öffnet sich Jonas' Zimmertür. »Sie meint es nicht so«, versucht er, mich zu trösten.

»Doch, tut sie. Und sie hat recht damit.«

»Sollen wir eine am Fenster rauchen?« Jonas hält mir eine Zigarette entgegen.

Dieses Bild, die Zigarette in seiner Hand, zerreißt Zeit und Raum für mich. Für den Bruchteil einer Sekunde ist es nicht mein Bruder, der mir die Zigarette hinhält. Für den Bruchteil einer Sekunde bin ich wieder im Keller.

Das Mädchen muss die Zigarette selbst anzünden …

Ich presse meine Augenlider aufeinander. Als ich sie wieder öffne, bin ich zurück in unserem Flur. Jonas hält immer noch die Zigarette in der Hand.

»Ich hätte lieber eine Rasierklinge«, sage ich.

Jonas steckt die Zigarette wieder ein. »Du solltest aufhören damit. Warum machst du seine Arbeit für ihn? Warum quälst du dich selbst?«

Er versteht es nicht. Ich wünsche mir so sehr, dass er die richtigen Worte finden könnte. Worte, die mich überzeugen könnten, dass es nicht meine Schuld ist. Dass es einen Neuanfang geben kann. Dass noch nicht alles zu spät ist. Aber er findet keine Worte, weder die richtigen noch die falschen. Er sieht mich nur verständnislos an – und ich verkrieche mich wieder in mein Zimmer.

Mit meinem Uralthandy lege ich mich aufs Bett.

Meine Finger tippen die Nummer ganz automatisch ein, dabei war mir noch nicht mal bewusst, dass ich mich überhaupt noch an die Zahlenkombination erinnere.

Ich lausche dem Tuten in der Leitung.

Endlich wird abgenommen.

»Hallo?«

Nicks Stimme strömt durch meine Ohren in meinen Kopf, flutet meinen Körper wie eine Tsunamiwelle.

Ich sage nichts, atme nur ins Telefon.

»Prinzessin?«

Er weiß, dass ich es bin.

Er ist der Einzige, der mich verstehen kann. So furchtbar es ist, nur er kennt mich noch. Weil er mich erschaffen hat. Ich bin seine *Prinzessin*.

Ich lege auf.

27

Am nächsten Morgen komme ich kaum aus dem Bett. Wozu auch? Es gibt keine Schule. Keine Hausarbeit. Kein Babysitten. Ich soll mich weiter ausruhen, mir Zeit geben, mich erholen. Dabei gibt es doch gar nichts mehr in mir, das sich noch erholen könnte.

Irgendwann schleppe ich mich dann doch ins Bad, und auf einmal steht Mum hinter mir. Erschrocken zucke ich zusammen. Es ist das erste Mal, seitdem ich wieder zu Hause bin, dass sie mich nur in Unterwäsche sieht. Ich will mir schnell ein Handtuch vor den Brustkorb halten, aber es ist zu spät. Sie hat es schon gesehen.

Die kreisrunden Narben oberhalb meiner Brüste. Jede Narbe eine Zigarette, die auf meiner Haut ausgedrückt wurde.

Zusammen ergeben sie den Buchstaben N.

Ich bin gebrandmarkt.

Mum wendet den Blick ab, versucht, sich ihren Schock nicht anmerken zu lassen.

»Entschuldige. Wir machen unten Pfannkuchen zum Frühstück, magst du uns helfen?«

»Ich komm gleich«, verspreche ich.

Mum lächelt tapfer und verlässt das Bad.

Durch die geschlossene Tür kann ich ihre Schritte

hören. Zwei, drei Schritte. Dann bleibt sie mitten im Flur stehen.

Es ist still.

Zu still.

Ich weiß, dass sie sich die Hände vor den Mund presst, um nicht aufzuschreien. Dass sie sich zwingt, weiterzugehen, stark zu bleiben.

Ich wende schweigend einen der Pfannkuchen, als es an der Tür klingelt. Paps geht zur Tür, während Mum mir offenbart, dass wir Besuch zum Frühstück bekommen.

»Hallo, Caro.«

Die Polizistin, die Derksen heißt, steht mit Paps in der Küchentür.

Auf einmal habe ich das Gefühl, in der Falle zu sitzen.

Die Pfannkuchen werden verteilt und Kaffee wird eingeschenkt, als wäre das hier ein ganz normales Frühstück. Ich bekomme keinen Bissen herunter.

»Wie geht es dir?«, fragt die Polizistin.

»Geht schon«, antworte ich.

»Irgendwann passt sie auch wieder in ihre Hosen. Momentan schlabbert noch alles an ihr«, plappert Mum nervös.

Ich fixiere die Tischplatte. Ich will weder meine Eltern noch die Polizistin anschauen.

»Deine Eltern haben mich hierhergebeten, um mit dir über die Zukunft zu sprechen. Solange ihr hierbleibt, bist du nicht sicher.« Frau Derksen spricht zu mir, ich bleibe mit dem Blick an der Tischplatte kleben.

»Wir werden umziehen«, sagt Paps.

»Erst mal fahren wir morgen zu Oma und Opa nach Bayern. Und dann werden wir uns dort in Ruhe ein neues Zuhause suchen«, erklärt Mum weiter.

»Aber ich will kein neues Zuhause«, sage ich leise zum Tisch.

Die Polizistin sieht mich freundlich an. »Caro, du brauchst einen Ort, wo du zur Ruhe kommen kannst. Wo dich nicht alles daran erinnert. Es gibt dort unten in Bayern auch eine sehr gute Therapeutin, die auf genau solche Fälle spezialisiert ist.«

Jetzt schaue ich hoch, meiner Mum in die Augen. »Ihr wollt mich doch in die Klapse stecken?!«

Mum bringt kein Wort heraus, also übernimmt Paps. »Nein, natürlich wollen wir dich nicht wegsperren. Aber dir sind schlimme Dinge passiert … vielleicht …« Er stockt kurz und redet dann weiter. »Jedenfalls willst du mit uns nicht darüber reden, und wir respektieren das. Aber wir glauben, dass es besser ist, wenn du weit weg bist von ihm.«

»Warum glauben alle, dass ich Hilfe brauche?« Ich will das nicht. Ich will nicht weg und will nicht zum

Reden gezwungen werden. Ich kriege keine Luft. Ihre ganzen Pläne, sie zerquetschen mich. Ich will das nicht!

Die drei Erwachsenen blicken sich ruhig an.

»Caro, du bist nicht so allein, wie du jetzt vielleicht denkst. Es gibt auch andere Mädchen, denen das passiert ist«, sagt Mum.

»Denen was passiert ist? Sich in den falschen Typen zu verlieben?« Mum will nach meiner Hand greifen, aber ich ziehe sie weg. »Ihr habt doch gar kein Geld für einen Umzug! Und Greta? Habt ihr die mal gefragt? Die hasst mich sowieso schon!« Meine Stimme wird lauter, ich kann nichts dagegen tun. Mir kriecht die Panik in den Körper, nimmt Besitz von mir.

»Das ist doch Quatsch!«, bellt Paps.

»Ich hab schon genug kaputt gemacht«, nuschle ich leise vor mich hin, während ich versuche, meine wachsende Panik in den Griff zu bekommen.

»Caro, dich trifft keine Schuld!« Das sagt die Polizistin aus voller Überzeugung, mit Inbrunst, die keinen Widerspruch duldet.

Aber … Was weiß sie denn schon?

Mein Uralthandy vibriert in meiner Hosentasche, ich presse die Hand dagegen, damit die anderen das diffuse Surren des Vibrierens nicht hören können.

»Kann ich auf mein Zimmer?«, frage ich.

Paps atmet schwer aus.

»Ja, natürlich«, sagt Mum.

Ich verschwinde aus der Küche, ohne die Polizistin oder meine Eltern noch einmal anzusehen. Gehe langsam die Treppen hoch. Vor Jonas' Zimmer stocke ich kurz.

Ich wünschte, er wäre jetzt hier.

Ich wünschte, ich könnte ihn noch ein letztes Mal umarmen.

Ich wünschte, er würde noch etwas zu mir sagen.

Irgendetwas.

Sobald ich in meinem Zimmer bin, krame ich das Uralthandy hervor.

Nur zwei Wörter flimmern auf dem Display.

Ich warte.

Ich kann nicht zulassen, dass meine Eltern hier alles aufgeben. Dass sie alles verlieren, dass sie noch mehr Schulden machen als ohnehin schon. Das wird ihre Ehe zerstören – sie sind sowieso am Limit. Mehr halten sie nicht mehr aus. Ich kann nicht zulassen, dass Greta all ihre Freundinnen verliert und ihren Ponyhof im Stich lassen muss, ihre geliebten Ponys nie mehr wiedersehen wird. Ich kann nicht zulassen, dass Jonas Tom und seine Jungs verliert und die dämliche Pizzeria an der S-Bahn.

Ich kann nicht zulassen, dass Nick ihnen jemals etwas antut. Dass er oder die anderen Greta jemals anfassen. Nur weil ich nicht mehr bei ihm bin, obwohl ich doch ihm gehöre.

Leise öffne ich das Fenster.

Bisher habe ich mich nie getraut, aus meinem Fenster zu klettern, auch wenn ich es manchmal praktisch gefunden hätte. Jetzt tue ich es einfach. Ich hangle mich von der Fensterbank auf die Garage, bewege mich lautlos über das Garagendach und über die Mülltonnen nach unten. Laufe den Weg zwischen den Häusern zur hinten liegenden Straße, vorbei an unserem Garten.

Ich werfe einen letzten Blick zurück auf mein Zuhause. Die Erwachsenen sitzen noch am Tisch. Sie sehen müde aus. Sie sehen mich nicht.

Ich gehe weiter, bis zur Straße.

Auf der anderen Straßenseite steht der graue BMW.

Ich überquere die Straße.

Nick öffnet mir von innen die Beifahrertür.

Ich steige ein.

Ein Nachwort

von Bärbel Kannemann

Wenn ich groß bin, möchte ich Prinzessin werden, doch ich wurde Zwangsprostituierte. (Luisa, 16)

Wie soll ich damit leben, dass ich als Kind schon Hure war? (Angel, 15)

Ich stand mit meiner Zahnspange und einer viel zu kleinen, dünnen Jacke auf dem Straßenstrich im Schneegestöber. (Carolina, 16)

Das Phänomen Loverboy ist nicht neu. Es ist keine Nische, kein Einzelfall, und doch ist es unbekannt. Unbekannt, weil die Täter selten gefasst werden, unbekannt, weil die Opfer nicht zur Polizei gehen, denn sie lieben ihre Peiniger. Nur deshalb funktioniert das System Loverboy so gut. Aber was genau sind Loverboys eigentlich? Was macht sie so gefährlich?

Loverboys sind Männer, die ihre Freundinnen dazu zwingen, als Prostituierte zu arbeiten. Sie isolieren die Mädchen von ihrem familiären Umfeld und machen sie emotional von ihnen abhängig.

Dabei fühlt sich zunächst alles wunderbar an: Dein neuer Freund sieht gut aus, hat immer Zeit, versteht dich – du bist seine Prinzessin und vielleicht zum ersten Mal verliebt. Du gehörst zu ihm, ihr gehört zusammen. Er macht dir Geschenke, sagt, dass deine Freunde dich nicht verdient haben, dass deine Familie dich nicht versteht. Bald kennt er dich so gut wie niemand sonst. Schließlich offenbart er dir ein Geheimnis: Er hat Schulden, die er unmöglich abbezahlen kann. Er bittet dich darum, ihm zu helfen. Wenn du ihn wirklich liebst, dann hilfst du ihm. Natürlich liebst du ihn, natürlich hilfst du. Und gehst für ihn auf den Strich. Denn nur so bekommt er schnell genug das nötige Geld zusammen. Doch es reicht nie, und du gehst immer öfter anschaffen. Es hört nicht mehr auf.

Opfer von Loverboys sind Mädchen aus allen sozialen Schichten. Töchter von Lehrerinnen, Angestellten, Polizisten und Kassiererinnen. Oft sind es Mädchen mit geringem Selbstwertgefühl, Außenseiterinnen – aber nicht immer. Es kann das Mädchen treffen, das in Kunst neben dir sitzt, das Mädchen, das immer für die ältere Nachbarin einkaufen geht. Es kann jede sein.

Eins haben jedoch alle diese Mädchen gemeinsam: Sie sind nicht schuld an dem, was ihnen passiert. Sie haben sich in den Falschen verliebt und brauchen nun Hilfe. Oft geben sich die Mädchen jedoch selbst die Schuld an den Geschehnissen. *Ich habe es doch freiwillig gemacht.*

Doch Schuld haben allein die Täter. Sie wissen, wie man Abhängigkeiten schafft: nämlich durch emotionale Bindung an ihn und soziale Isolation im früheren Umfeld. Allein entkommen die Mädchen nicht dem Zwang.

Die Mädchen brauchen Menschen, die vorurteilsfrei zuhören. Menschen, die ihnen Zeit geben, den Weg zurück in die Normalität zu finden. Menschen, die aber auch akzeptieren, dass die Zeit in den Fängen der Loverboys Narben an Körper und Seele der Mädchen, der Kinder hinterlassen hat.

Wir alle müssen den Mädchen Raum geben, damit die Narben verblassen können und mit unserem Verständnis und unserer Hilfe ein lebenswertes und selbstbestimmtes Leben Realität werden kann.

Sie brauchen Menschen, die nicht wegsehen, die hinter die Maske schauen und das Mädchen, nicht die Prostituierte sehen.

Bärbel Kannemann

NO loverboys e. V.
c/o Diakonisches Werk
Reinickendorf
Wilhelmsruher Damm 159
13439 Berlin
www.no-loverboys.de

Bärbel Kannemann war vierzig Jahre lang Kriminalbeamtin in Deutschland. In der niederländischen TV-Sendung »Vermist« erfuhr sie zum ersten Mal vom Phänomen Loverboy. Nach ihrer Pensionierung zog sie für ein Jahr in die Niederlande, wo die Masche der Loverboys noch verbreiteter ist als in Deutschland, um zu erfahren, wie genau Loverboys handeln, wie sie die Mädchen unter ihre Kontrolle bringen – und wie man gegen sie vorgehen kann.

2010 begann Bärbel Kannemann in Deutschland Präventionsarbeit zu leisten und gründete den Verein NO loverboys e. V. Sie hält Vorträge an Schulen und spricht mit Lehrerinnen, Schulsozialarbeitern, Polizistinnen, Psychologen und Mitarbeitern der Jugendämter, um sie für das Thema Loverboys zu sensibilisieren. Der Verein NO loverboys e. V. ist eine Anlaufstelle für Betroffene und ihre Familien.

Danksagung

Allen an der Entstehung des gleichnamigen Films Beteiligten danke ich von Herzen, insbesondere Ruth Olshan für das gemeinsame Feilen, Werkeln und Hämmern am Drehbuch und Corinna Liedtke fürs genaue Hinschauen mit Kopf und Herz, ebenso der gesamten Filmcrew sowie Lynn Schmitz und dem WDR für das Möglichmachen des ungewöhnlichen Weges vom Film zum Buch.

Großer Dank geht auch an Sabrina Haja, Janina Vollmer, Isabella Clausing und besonders Katharina Jacobi für das wundervolle Lektorat, sowie Christopher von Delhaes und Karin Heberlein fürs Erstlesen und Pferdestehlen und Janusz und Liz fürs Leuchten in Regen und Dunkelheit.

Der größte Dank aber gebührt Bärbel Kannemann für ihre nicht enden wollende Geduld, Kraft und Initiative – und mit ihr allen Mädchen, deren Geschichten ich über sie erfahren durfte.

Aus all jenen Geschichten ist diese eine entstanden.

Möge sie ihnen eine Stimme sein …